未读 · 文艺家 DR | × | 译言古登堡计划
Yeeyan Gutenberg Project

霍桑的希腊神话

（套色版画插图本）

〔美〕纳撒尼尔·霍桑（Nathaniel Hawthorne） 著

〔英〕沃尔特·克兰（Walter Crane）

〔美〕弗吉尼亚·弗朗西丝·斯特雷特（Virginia Frances Sterrett） 绘

吕陈童　戴晓橙等　译

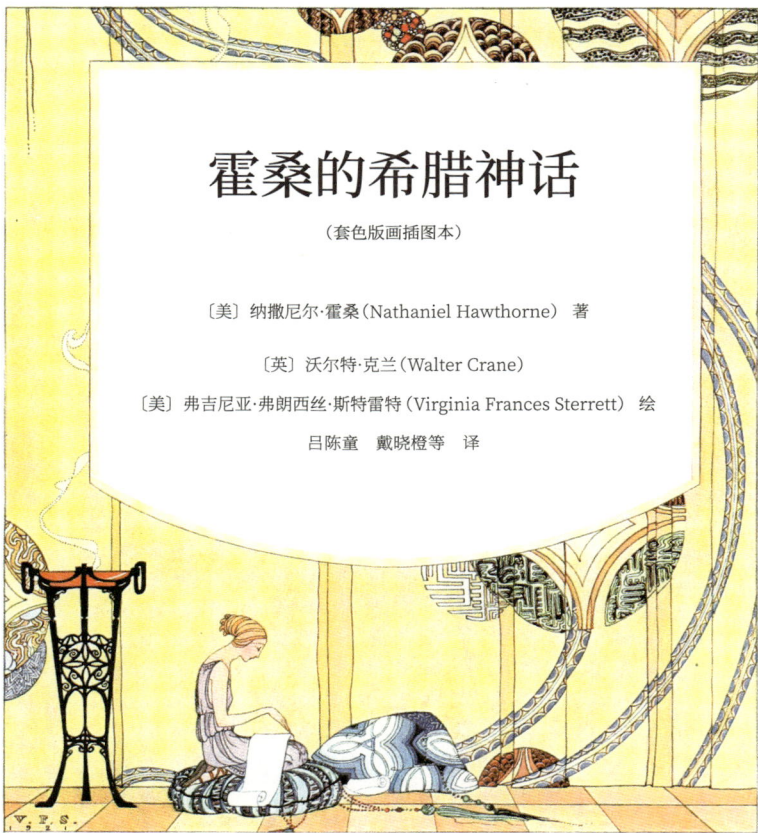

北京联合出版公司
Beijing United Publishing Co.,Ltd.

纳撒尼尔·霍桑

（ *Nathaniel Hawthorne* ，*1804—1864* ）

美国心理分析小说的开创者，也是美国文学史上首位写作短篇小说的作家，被称为美国 19 世纪最伟大的浪漫主义小说家。代表作有短篇小说集《古宅青苔》《重讲一遍的故事》等，长篇小说《红字》《福谷传奇》等。

沃尔特·克兰（ *Walter Crane, 1845 — 1915* ）

19 世纪中后期最负盛名，也最多产的插画家、艺术家与童书作者，艺术与工艺运动的重要推动者之一。他的作品多收藏于伦敦格罗夫纳画廊。

弗吉尼亚·弗朗西丝·斯特雷特（ *Virginia Frances Sterrett* ，*1900 — 1931)*

美国天才插画家。19 岁出版了自己的第一本插画作品，短暂一生中只留下了三部插图本作品，以浪漫优雅的绘画风格青史留名。

译者序

　　我一直认为，每一本书就像一个鲜活的生命，有着属于自己的性格和笑容。希腊神话源远流长，为古往今来浩繁的作品所引用和改编。从古希腊、古罗马，到文艺复兴，再到现世，在层出不穷的学术研究和文艺典章中，各路神灵混迹于希腊先民的人群里，被不同的作者赋予不同的面孔和神情。他们都对着我们笑——在荷马笔下激昂地笑，在奥维德的诗行间变幻无常地笑，在欧里庇得斯的悲剧中悲愤地苦笑，在阿里斯托芬的喜剧里戏谑地轻笑，在莎士比亚的社会问题剧里悲喜交加，在拜伦的心中傲视强权，坚毅隐忍的冷笑回荡在世间。

　　到了 19 世纪前期美国文坛翘楚霍桑的文中，他们又该是怎样一副笑容？在本书的编译过程中，我被引入了一个梦境，那是一个由希腊先民、霍桑和我们全组译者共同编织的梦。本书里，希腊先民和各路神灵的音容就这样浮现在这个奇妙的梦境中。

　　希腊先民生活在一个无法区分现实和梦幻的年代，那个年代里每一个自然现象都是有着人形的神，每一个生活片段都可能被编织进神话中。春去秋来，四季的变迁源自冥王抢亲；广厦良田，城市和宫殿出自龙牙武士之手；灾病横生，世界的宁静无忧毁于一个女孩的好奇心；迎来送往，好客的主人得到永不枯竭的神罐；黄金熠熠，这种俗世里的珍贵物质成为了神物金羊毛和金苹果，又因点金术而在水和面包前黯然失色；至于女妖那惑人心神的歌声和食物、风神的皮袋、凶神恶煞的巨人、毒龙和奇诡可怕的各种怪兽，都脱胎于古人在旅途中的重重艰难险阻。

身为 19 世纪的浪漫主义作家，霍桑又给希腊先民那亦真亦幻的梦境涂染上了时代的色彩。他用自己的心、热情和爱将鲜活的生命注入完美无瑕却又冷酷无情的希腊神话，就像冥后用自己的青春活力软化了冥王冰冷坚硬的心。他用风趣的调侃取代道德教化，谈笑间借喀耳刻庭院里的野兽讽刺了人皮下的野兽心性，借争斗不休的龙牙武士影射出人类的自相残杀，借小矮人们的胜利赞扬了不屈的勇气。霍桑在选材方面也煞费苦心，滤去了那些悲伤、不幸和罪恶所融会成的不祥梦境，以期让愉悦安宁的阳光照进读者的心灵。尤斯塔斯·布莱特就是霍桑安插在书中的代言人。他是个皮肤苍白又神采照人的北方大学生，负责讲故事给一群有着精灵般名字的孩子听。他博学，幽默，还带着一点年轻文人的傲气。霍桑当时虽已年近五十，但是初为人父，对孩子充满了爱，心态也格外年轻，又有谁能否认这个十八岁的孩子王就是作者自己的写照呢？

本书的翻译历经大半年，其间冥后一度又离开了阴郁却深情的冥王，回到慈祥的克瑞斯母亲的怀抱。在这霍桑心中适合创作本书的温暖天气里，我们一起把这本书带进了中文世界。我们尽量让从 19 世纪英语中提炼出的译文能贴合中文的表达习惯，并且做了详尽的注释。这本书不仅是献给有着纯洁童心的成年人的，也是献给所有说中文的孩子们。希望我们的努力能让这一抹温暖愉悦的梦幻微笑永留人间！

吕陈童

2013 年 8 月 29 日

CONTENTS

目　录

前 言

对于希腊神话这一被尊奉了两三千年的古典之作,作者无意去冒犯。但随着想象力的游骋,本书对这些故事确实做了一定的修改。任何时代都没有人能自诩创作了这些永恒的寓言故事,它们似乎天然而存,并非人工雕琢;只要人类存在,它们就永不磨灭。不过正因为如此,任何一个时代都可以赋予它们有时代特色的礼仪和情感,并灌注属于那个时代的道德评判。而在本书的故事中,它们已改头换面,与经典片段相去甚远(或者说,作者并未刻意保留),已披上了哥特式或浪漫主义的外衣。

在进行本次愉快的写作任务时(看上去本书真的适合在温暖的气候中写作,也是本人文艺创作经历中最愉快的一次),我并没有为了迎合儿童的理解能力而故意写得粗浅,也没有花多大工夫去修饰,而是追随原文的走势和它自己的情感,不遗余力地使故事的主题明亮开朗。我认为,只要故事简洁明了,无论立意如何高深,孩子们都有非凡的想象力和感知力去欣赏它。唯一使他们困惑的只是矫揉造作和人为的复杂化。

写于雷诺克斯

1851 年 7 月 15 日

引 言

　　沿着险峻陡峭、林木丛生的山坡向上走着的，是尤斯塔斯和他的小伙伴们。林中树木的叶子还不算茂密，不过长出的嫩叶已抛洒出一片稀疏的绿荫。阳光照耀着树林，碧莹莹的，煞是好看。林间长着苔藓的石头半掩在凋零的枯叶间；腐烂的树干平躺在很久以前它们倒下的地方；衰败的枝条被朔风刮落，四散在地上。可是，尽管这些东西看上去一派老气横秋的样子，整个树林却生机盎然：无论你望向哪边，都能看到点点新绿绽放，等待着夏天的到来。

　　最后，这群年轻人来到了树林的尽头，发现他们几乎到达了山顶。这里不是尖尖的山峰，也不是巨形的圆顶，而是一块开阔的平地，或者叫作"台地"。远处有一座房舍和一个谷仓，房子里住着单门独户的一家人。这个偏僻孤寂的住所高居白云深处，云朵时而化作雨滴，时而生出暴雪，落到山谷里。

　　山顶上有一个石堆，石堆中央插着一根高高的竿子，上头飘扬着一面小旗。尤斯塔斯带着孩子们来到这里，让他们放眼远眺，看一眼望去能瞧见多大一片我们居住的美丽世界。孩子们看着看着，眼睛不禁睁得越来越大。

　　南边的纪念碑山仍然处在风景的中心，但它现在看上去似乎沉陷下去了，只是群山家族中不起眼的一个。更远处的塔克尼克山脉看上去比往日更加高大雄伟了。从这里也能看到我们那片美丽的小湖，它的每个小水湾都清晰可见。除了它之外，另外两三个湖泊在阳光下泛着幽蓝，宛如睁大的明眸。几个白色的村庄散布在远方，每一个村庄里教堂钟楼的尖顶都清晰可见。农舍众多，每一间又有属于它的林地、牧场、草地和耕地。孩子们的头脑里似乎没有足够的空间来装下这纷繁多样的景物。他们也能看到杂林别墅。原先他们一直以为它简直是世界上举足轻重的顶峰之一，从这里看去，它却变得如此渺小。孩子们的目光要么越过了它，要么落在它的边上，所有人都找了许久才发现它的所在。

雪白轻盈的云朵悬在空中，地上处处散落着它们的阴影。不过阳光马上就取代了原来阴影的位置，而阴影又转到别处去了。

远远的西边是一列绵延的青山，尤斯塔斯告诉孩子们，那是卡兹奇山脉 [1]。他说，在雾气缭绕的山间，曾有一些老荷兰移民在那儿不知疲倦地玩着九柱 [2]。其中有一个叫作瑞普·凡·温克尔 [3] 的懒家伙在那儿睡着了，一睡就是二十年。孩子们热切地恳求尤斯塔斯给他们仔细讲讲这个神奇的故事，尤斯塔斯却说已经有人讲过这个故事了，而且讲得很好，无法超越，没人有权利更改一个字，直到它变得像《美杜莎的脑袋》《三个金苹果》和其他神话传说一样古老。

"至少，"长春花说道，"当我们在这儿休息、到处张望的时候，你可以给我们讲一个你自己编的故事。"

"对，尤斯塔斯表哥，"报春花说，"我建议你在这儿给我们讲个故事。选个崇高的话题吧，看看你的想象力能否胜任。或许这一回，山间的空气能让你文采飞扬，富有诗情也说不定。我们现在身在云端，就算你把这个故事讲得多么古怪离奇，我们都能相信。"

"你相信吗，"尤斯塔斯问道，"世上曾有一匹长着翅膀的飞马？"

"我相信，"俏皮的报春花答道，"可我担心你永远都抓不到它！"

3

"说到这个，报春花，"尤斯塔斯反驳说，"我也许能抓住珀伽索斯 [4] 并爬到它的背上，我还知道很多人也能做到。不管怎么说，我这里有一个关于它的故事。世上所有的地方，没有哪个比山顶更适合讲这个故事了。"

于是，孩子们围坐在石堆旁，尤斯塔斯坐在石堆上，眼望着一朵飘过的白云，开始讲下面的故事。

---

[1] 位于纽约州西南部，哈得孙河流域上游。

[2] 九柱（nine-pins）：一种滚球游戏，类似保龄球。

[3] 美国作家华盛顿·欧文的著名短篇小说《瑞普·凡·温克尔》（也译作《李伯大梦》）的主人公。有一次，他在打猎时喝了仙酒，就睡了一觉。醒后下山回家，才发现时间已过了整整二十年，自己已由英王的臣民变为"合众国的一个自由公民"。

[4] 希腊神话中从美杜莎的血中跳出的飞马。

·THE CHIMÆRA·
·BALD·SVMMIT·

第一章　喷火怪兽喀迈拉

故事相关背景：喀迈拉也译作奇美拉，是希腊神话中会喷火的怪物。喀迈拉是头母兽，其名字意思为"母羊"，是众妖之祖堤丰和蛇怪厄客德娜所生的众多怪物子女中的一员。吕基亚（位于今土耳其西南部海岸）境内有喀迈拉山，因火山现象而闻名，有些古代资料中认为它是喀迈拉传说的起源地。

很久很久以前（我要告诉你们的所有怪事，都发生在没人能记得的很久以前），在神奇的希腊，有一股泉水从山坡上喷涌而出。据我所知，这股泉水至今还在同样的位置汩汩流出。不管怎么说，这股宜人的清泉不断涌出，晶莹发亮的泉水顺着山坡流下。在夕阳的金色光辉中，一位名叫柏勒洛丰的英俊少年来到了泉水边。他手里拿着一副马辔头，上面缀满了闪亮的宝石，还装饰着一个金口衔。他看到一个老人、一个中年人和一个小男孩儿在泉边，还有一位少女把水罐放进去汲水，柏勒洛丰停下了脚步，请求姑娘让他喝一口水来解渴。

"这水味道真美。"他喝完后冲洗了水罐，又把它灌满，对少女说道，"请问这泉水可有名字？"

"有的，它叫作珀润丽泉。"少女答道，然后又补充说，"我的祖母告诉我，这眼清泉曾是一个美丽的妇人，当她的儿子被女猎手狄安娜[1]的箭射死后，她终日以泪洗面，化为泉水。眼前这清凉甘洌的泉水，其实是一位可怜的母亲心中的哀痛所化成的！"

年轻的外乡人说道："这样汩汩涌出的清澈泉水从阴影中欢快地舞动到阳光下，我绝不会想到这其中会有哪怕一滴泪水！这么说，这泉水就是珀润丽泉？感谢你，美丽的女郎，感谢你告诉我它的名字。我从遥远的外乡来，就是为了找到它。"

一位中年农夫刚把自己的奶牛赶过来饮水。他死死地盯着年轻的柏勒洛丰和他手里拿着的漂亮辔头。

"朋友，如果你大老远来就是为了寻找珀润丽泉，"他说，"你们那块儿的水流肯定是要枯竭了。不过，请问你是不是丢了一匹马？我看你手里拿着的马笼头上镶着两排宝石，真是太漂亮了。要是那匹马像这副笼头这么好，你把它弄丢了还真是可惜。"

"我没丢马，"柏勒洛丰微笑着答道，"不过我碰巧在找一匹非常有名的马。智者们告诉我，如果能找到它的话，一定是在这附近。你可知道带翅膀的飞马珀伽索斯是不是还常在珀润丽泉一带出没，就像它在你们祖辈的时候那样？"

然而，农夫笑了。

小朋友们，你们当中有些人可能听说过，珀伽索斯是一匹雪白的骏马，身上长着美丽的银色翅膀，大多数时间都居住在赫利孔山[2]的顶峰。它在天空中飞翔的时候，就像冲上云霄的鹰一样狂野、敏捷和轻盈。它在世上独一无二：既没有同伴，也从来没有一位主人骑上它的背，给它系上缰绳。多年来，它独自生活，自由而快乐。

啊，做一匹飞马是多么幸福啊！珀伽索斯晚上在高高的山巅睡觉，白天大部分时间都在空中飞行，似乎根本就不是人间的生物。每当它在高空中飞过时，阳光照耀着它银色的羽翼，你会以为它属于天空。有时它会从低空掠过，飞得过低了一些，便会迷失在薄雾和水汽中，急着寻找回去的路。它冲进一团闪亮柔软的白云中，短暂地迷失在里面，又突然从另一边冲出来，真是令人赏心悦目。有时暴雨阴沉，天空中布满乌云，这匹飞马从云层中飞下，云上那令人愉悦的阳光会跟在它身后闪耀。然而一瞬间，珀伽索斯和美丽的阳光就会一同消失得无影无踪。不过，不管风暴持续多久，任何有幸见到这种奇异景象的人，会一整天都觉得很快乐。

夏天，在天气最晴好的时候，珀伽索斯常常会飞落在地，收起银白的羽翼。它乐于像风一样在山谷间疾驰，消磨时光。珀润丽泉边是它最常出没的地方。它会在那儿畅饮甘泉，或是在泉水边柔软的草地上打滚。有时，它也会吃几口三叶草（珀伽索斯对食物非常挑剔），但只吃其中最香甜美味的那些花朵。

于是，这一带居民的曾祖父辈经常去珀润丽泉（只要他们尚且年轻，还相信飞马的存在），希望一睹珀伽索斯的风姿。可是近年来，很少有人看见过它。真的，很多乡民的住所离泉水不过半小时的路程，他们却从没见过珀伽索斯，也不相信世上有这种神奇的飞马存在。柏勒洛丰询问的这位老乡，恰好就是这种不愿相信的人。

因此，他才会对柏勒洛丰的问题哑然失笑。

"珀伽索斯，嘻！"他喊道，塌鼻子翘得老高，"还珀伽索斯哩！还飞马哩！哎呀，朋友，你脑子没问题吧？马要翅膀干什么用？难道你觉得，马儿长了翅膀就能把犁拉得更好？当然，要是马儿能飞，是能省点儿打蹄铁的钱。不过，谁愿意看到自己的马从马厩的窗户里飞出去？谁愿意在想骑马去一趟磨坊的时候，马却把他驮到天上飞跑？不不不，我可不相信什么珀伽索斯。世上从来就没有这么个半是马、半是鸟的荒唐东西！"

"我有理由相信，世上真有这种东西。"柏勒洛丰平静地说。

他转向一位头发花白的老人。这位老人正倚着手杖，仔细地听他们讲话。他的头向前伸着，一只手放在耳朵边，因为在过去的二十年间，他的耳朵越来越聋了。

"尊敬的老先生，您怎么说？"他问道，"我想，在您年轻的时候，您一定经常见到那匹飞马吧？！"

"噢，年轻的外乡人，我的记性差得很！"老人答道，"如果我没记错的话，在我还是个小伙子的时候，我曾和所有人一样，相信世上真有这么一匹马。不过现在，我都不知道该想些啥，也根本不去想什么飞马的事情了。即便我看见过飞马，那也是好多年前的事情了。说实话吧，我不确定是否曾见过它。我记得在我很年轻的时候，有一天我在泉水边看到了一些马蹄印。可能是珀伽索斯的蹄印，也可能是其他马儿留下的。"

当柏勒洛丰在和别人交谈的时候，少女一直头顶水罐站在一旁。

"你也从没见过它吗，我美丽的女郎？"柏勒洛丰问她，"如果世上有人能看到珀伽索斯的话，那你一定是，因为你有一双明眸。"

少女脸红了，她微笑着答道："有一次，我想我望见它了。它飞得很高，要么是珀伽索斯，要么是一只很大的白鸟。还有一次，我带着水罐来到泉水边时，听到了马的嘶鸣声。啊，它的嘶鸣声多么清脆悦耳！听到这声音，我的心都喜悦得跳了起来。可是我也吓了一跳，忘记把水罐装满就跑回家了。"

"那真是一件憾事！"柏勒洛丰说。

他转向我在故事开头就提到过的那个孩子。那孩子一直盯着他，就像小孩子总是习惯于盯着陌生人，粉嘟嘟的小嘴巴张得大大的。

"啊，我的小家伙，"柏勒洛丰开玩笑地捋了捋他的一缕发卷，高声说，"我猜你一定经常见到那匹飞马。"

"我见过它，"小男孩欣然答道，"我昨天就见过它，之前还看到过好多次。"

"你真是个很棒的小伙子！"柏勒洛丰一边说，一边把小男孩儿拉到自己身边，"来，给我好好讲讲。"

"哎，"小男孩儿答道，"我经常到泉水这边来，放漂我的小船儿，在水底找漂亮的石头。有时候，我往水里看，会看到那匹飞马的影子，就在天空的倒影里面。我希望它能飞下来，把我驮在背上，让我骑着它，一直骑到月亮上去！可是，如果我为了看它稍微动了一下，它立马就飞得无影无踪了。"

于是，柏勒洛丰相信了小男孩儿，他曾在水中见过珀伽索斯的倒影；他相信了那位少女，她曾听过珀伽索斯悦耳的嘶鸣。他没有选择相信那位粗俗的中年农夫，因为他只知道马是用来拉车的；也没有相信那位老人，因为他已经忘记了自己年轻时那些美好的事物。

因此，此后的很多天里，柏勒洛丰常去珀润丽泉边转悠。他一直守候在那里，不是抬头仰望天空，就是低头俯视泉水，希望能看到飞马的倒影，或是它那不可思议的真身。他手里一直拿着镶满宝石、饰有金口衔的辔头。住在附近的人都是些粗野的乡下人，他们到泉水边饮牛的时候，常常嘲笑可怜的柏勒洛丰，有时还会严厉地责骂他，说像他这样一个身强体壮的年轻人不该终日不务正业、游手好闲，做这种无聊的事情。他们提出，如果他需要的话，可以卖给他一匹马。当柏勒洛丰拒绝后，他们又试图和他讨价还价，去买他手上的辔头。

就连乡下的男孩儿们也觉得他是个大傻瓜，经常嘲弄他。他们粗鲁无礼，即使被柏勒洛丰看到或听到也毫不在乎。比如，有一个小坏蛋会装作珀伽索斯，做出最奇怪的动作，模仿马儿跳跃的样子，就算是在飞了；而他的一个同学会跟在他背后蹦跳奔跑，手里还举着一束芦苇，装作是柏勒洛丰华丽的辔头。可那个曾在水中看见珀伽索斯倒影的温柔小孩儿给了年轻人许多安慰，远远超过那些淘气男孩儿的捉弄。这个可爱的小家伙会在他的游戏时间静静地坐在柏勒洛丰身旁，一句话也不说，只是不时低头看看泉水，抬头看看天空。他心里怀有如此纯真的信念，使得柏勒洛丰也不禁受到了鼓舞。

现在你也许想知道，柏勒洛丰为何一心要抓住这匹飞马。他默默等待珀伽索斯出现的时候，我们正好可以聊聊这桩事情。

假如让我把柏勒洛丰先前所有的历险故事都讲一讲，那可就说来话长了。长话短说吧，在亚细亚的某个国家出现了一头恐怖的怪兽，名叫喀迈拉。它做的坏事数不胜数，从现在起一直讲到日落都讲不完。据我知道的最详细的说法，这个喀迈拉是世上最丑恶、最狠毒的怪兽，它最为怪异、最难以名状，又最难打败、最难从它手中逃脱。它的尾巴像响尾蛇；它的躯干像什么我说不清，也懒得说；它的头有三个，一个是狮子头，一个是山羊头，还有一个是令人恶心的巨蛇的头；而且它的三张嘴里会同时吐出火苗！它是一头在地上跑的怪物，我不知道它是否有翅膀。但是，有也好，没有也好，它跑起来既像山羊，又像狮子，蜿蜒而行的样子又像一条大蛇，所以它的速度有三者加起来那么快。

啊，这头丑陋的怪兽做过的坏事说也说不完！它口吐火焰，能烧掉一座森林或者一片良田，甚至能把一个村子夷为平地，把所有的篱笆和房屋烧得一个不剩。它在整个国家肆意糟蹋，还经常把人和动物生吞下去，然后在它炽热的胃里统统烤熟。老天保佑，孩子们，我希望你们和我这辈子都不会遇见喀迈拉！

正当这可憎的野兽（如果我们能称它为兽类的话）在世界的另一

边为非作歹的时候，柏勒洛丰恰好经过那里，去拜访国王。国王名叫伊俄巴忒斯，他统治的国家叫吕基亚。柏勒洛丰是世上最勇敢的青年之一，他最大的愿望就是成就一番英勇的功业，造福人类，赢得大家的敬慕。在那些年月里，一个年轻人要想出人头地，唯一的方式就是英勇作战，要么是对付他的国家的敌人，要么是和邪恶的巨人或是危险的恶龙较量；当他找不到更凶恶的对手时，就和野兽搏斗。伊俄巴忒斯国王看出这位年轻访客勇气过人，就提出让他去和人人恐惧的喀迈拉搏斗。要是再不赶紧杀死喀迈拉，它就会把整个吕基亚夷为平地，变成一片荒漠。柏勒洛丰没有丝毫犹豫，他向国王承诺，自己若不能杀死可怕的喀迈拉，宁愿死在战斗中也决不偷生。

可是首先，这头怪兽的速度太快了。柏勒洛丰心想，他自己若徒步作战的话，绝没有赢的希望。他能做的最明智的事情，就是找到世上最敏捷的骏马。这世上还有哪匹马有神奇的珀伽索斯一半敏捷呢？它长着双翼，在空中比在陆地上更敏捷灵巧。自然，很多人认为长着翅膀的飞马根本不存在，关于它的故事都是夸张的诗词歌赋和道听途说。可是，尽管飞马听上去令人难以置信，柏勒洛丰却相信珀伽索斯真的存在，希望自己能有幸找到它。一旦跨上飞马的背，他就能在和喀迈拉的搏斗中占据上风了。

这就是他从吕基亚来到希腊，手里还拿着那个缀满宝石的华丽辔头的原因。这个辔头具有法力，只要把金制的口衔套在珀伽索斯嘴上，飞马就能马上变得温驯服从，认柏勒洛丰做主人，任凭他驱遣。

可是，这真是一段无聊难熬的时光。柏勒洛丰等了又等，希望有一天珀伽索斯能到珀润丽泉边饮水。他担心伊俄巴忒斯国王以为他已经逃走了，不敢去和喀迈拉搏斗。这头怪兽现在又做了多少坏事，而他还不能去与它搏斗，只能傻坐着，看着珀润丽泉那清澈的泉水从闪亮的沙子里喷涌而出。想到这些，他觉得十分痛苦。近年来，珀伽索斯已很少到这里来，凡人的一辈子中它可能只飞来这里一次。柏勒洛丰害怕自己还没等到它就已经衰老了，那时他手臂没有了力气，胸中也没有勇气了。啊，当一个勇于冒险的年轻人渴望建功立业、成就自己、赢得盛名的时候，时间的脚步是多么沉重而缓慢啊！等待是多么困难的功课啊！我们的生命如此短促，有多少时光都花在学习等待上了！

值得庆幸的是，这可爱的孩子很喜欢柏勒洛丰，陪在他身边从不觉得厌倦。每一天，柏勒洛丰的希望之花都会枯萎凋零，可是第二天早上，这孩子又会给他带来崭新的一朵。

"亲爱的柏勒洛丰，"孩子会满怀希望地看着他，对他喊道，"我想今天我们就能看到珀伽索斯！"

如果没有这个小男孩儿的坚定信念，柏勒洛丰最终肯定会放弃希望，回到吕基亚，尽力在没有珀伽索斯的情况下去杀死喀迈拉。那样的话，可怜的柏勒洛丰至少会被怪兽吐出的火焰严重烧伤，很可能还被杀死，然后被怪兽吞到肚子里。除非骑在一匹天马背上，否则，没人应该去挑战一只从地里生出的喀迈拉。

一天早上，那孩子语气殷切地对柏勒洛丰说话，比平时更充满了希望。

"最最亲爱的柏勒洛丰，"他大声说，"我也不知道为什么，但我感觉今天我们一定会看到珀伽索斯！"

于是，他整天不离柏勒洛丰半步。他们一起吃了一块干面包，喝了一些泉水。下午时分，他们还坐在那里，柏勒洛丰用手搂着小男孩儿，孩子也把自己的小手放在柏勒洛丰手中。树丛在泉水上投下阴影，树枝上缠绕着葡萄藤，柏勒洛丰呆呆地注视着它们，眼神里很空洞。可是那善良温和的孩子一直盯着水面看，他为柏勒洛丰感到难过，为又一天的希望破灭而悲哀。两三滴泪水从他眼里流下来，流到泉水里，和据说是珀润丽为自己被杀的孩子而流下的许多泪水融在一起。

可是，在他最没料到的时候，柏勒洛丰感到孩子把手按在了自己手上，轻柔地屏息对他耳语。

"快看那里，亲爱的柏勒洛丰！水里有一个影子！"

年轻人低头看着涟漪荡漾的水面，看到了一个像鸟一样的影子，这影子飞得极高，雪白或是银色的翅膀上有阳光在闪烁。

"多美的鸟啊！"他说，"它飞得比云层还要高，可看上去还是这么大！"

"它让我发抖！"孩子轻声说，"我害怕抬头看天空！它很美，可我只敢看它在水里的倒影。亲爱的柏勒洛丰，难道你没看到，它不是一只鸟吗？它是飞马珀伽索斯！"

柏勒洛丰的心开始剧烈跳动起来。他抬头细看，可是看不到那只在飞的动物，不管它是鸟还是马。因为它呀，刚冲进一朵夏天特有的轻软白云里了。不过它马上又出现了，从白云里略微下降了一点儿，尽管离地面还有很远的距离。柏勒洛丰把小孩儿搂在怀里，和他一起后退，躲在泉水边厚厚的灌木丛里。他倒不是怕会受到什么伤害，而是怕万一珀伽索斯看到他们，会立刻飞得远远的，落在某个高不可攀 的山顶上，因为它真的是一匹有翅膀的飞马。他俩可是等了好久，才等到珀伽索斯来珀润丽泉边喝水解渴的啊。

这个天上飞的神奇生物绕着大圈盘旋，越来越近。你可能看到过

鸽子降落时的样子，就和这个差不多。它就这么绕着大圈子慢慢降下来，越靠近地面，圈子越小。离它越近，它看上去就越美丽，银色羽翼扇动的样子愈发神奇。最终，它降落了下来，轻盈得几乎没有碰折泉边的草叶，或在泉边的沙子上留下一个蹄印。它低头饮水，时而发出满足的长叹，时而静静地停下享受，然后再喝上第二口、第三口。天上地下，没有任何地方的水比得上珀伽索丽的泉水，这是珀伽索斯的最爱。它解了渴之后，又咀嚼了几瓣三叶草甜蜜的花朵。它优雅地品尝着，不肯大口享用，因为高耸入云的赫利孔山上的牧草，比这寻常的草叶更合他的胃口。

喝得心满意足，又挑剔地品尝了一点儿食物之后，飞马开始来回蹦跳，就像在跳舞。它这么做纯粹出于无聊，是为了取乐。从来没有哪个动物像珀伽索斯那么爱嬉闹。它就在那里蹦来蹦去，这场景让我想来就觉得快乐。它轻盈地扇动着巨大的翅膀，就像一只小红雀一般。它不时快跑几步，半在地上，半在空中，我不知道该把那叫作飞行还是飞奔。当一个动物有能力飞时，它有时会故意去跑，只是为了好玩；珀伽索斯也是这样，尽管让自己的蹄子贴近地面对它来说有点儿困难。此时，柏勒洛丰握着孩子的手，从灌木丛中向外窥视，心想自己从没见过这么美丽的景象，也没见过哪匹马的眼神像珀伽索斯这么狂野不羁、充满生气。想到自己要给它套上缰绳，骑在它的背上，柏勒洛丰觉得简直是一桩罪过。

有那么一两次，珀伽索斯停下来嗅了嗅空气，竖起耳朵，晃动着脑袋四处张望，似乎在怀疑有什么麻烦。不过，它什么都没看到，什么都没听到，马上又继续玩闹起来，做出种种滑稽的动作。

终于，珀伽索斯合上翅膀，躺在了柔软碧绿的草地上。倒不是因为它累了，它仅仅是无聊，想放纵一下。不过，它习惯在天上飞，精力太充沛了，很难长时间躺着不动。于是又马上把四条修长的腿伸到空中，躺着打起滚来。这景象真美：这个孤单的生命没有同伴，却也不需要同伴，生活了千百年，一直快乐无比。它的举动越像普通的马，看上去就越神奇，越不像凡间的生物。柏勒洛丰和孩子几乎屏住呼吸，半是出于喜悦和敬畏，更多的是因为他们害怕哪怕有一点点动静，都会惊动它，让它像箭一样远走高飞，消失在蔚蓝的天际。

最后，在草地上打够了滚之后，珀伽索斯翻转身子，像任何一匹马一样慵懒地伸出前腿，准备从地上站起来。柏勒洛丰已经猜到它要做什么，立刻从灌木丛后猛冲过去，跨坐到它的背上。

没错，他骑在了那匹飞马的背上！

可是，当珀伽索斯平生第一次感到背上有一个凡人的重量时，它一跃而起。这一跃可真了不得！柏勒洛丰还没来得及吸口气，就发现自己已身在一百多米的高空，而且还在往上冲。珀伽索斯又怕又怒，打起响鼻，颤抖起来。它向上飞呀飞，直到一头撞进云朵，钻进清冷的雾气中。柏勒洛丰前一刻还在凝视着这朵白云，心想那里该是个好地方。而下一刻，珀伽索斯就像闪电般从云中冲下来，仿佛要把自己和骑在身上的那个人一起在岩石上撞个粉碎。然后，它跳来跳去，极其狂野，似乎把鸟和马能做出的姿势都做尽了。

我告诉你们的远没有珀伽索斯所做的一半多。它向前，向两边，又向后掠过；它站直身子，前脚踏在一圈云雾里，后脚踩在虚空中；

BELLEROPHON ON PEGASVS

它向后甩开四蹄，把头埋在两腿之间，双翼朝天。距地面三千多米时，它忽然展开翅膀，翻了个筋斗，于是柏勒洛丰脚朝天头朝地颠倒了过来。珀伽索斯扭过头，盯着柏勒洛丰的脸。它目光灼灼，恶狠狠地去咬柏勒洛丰。它拼命地扇动着羽翼，一根银色羽毛掉了下来，飘到地面上，被那个孩子捡了起来。有生之年他一直保留着那根羽毛，作为对珀伽索斯和柏勒洛丰的纪念。

可是柏勒洛丰（你可以说他是世上最厉害的骑手）一直在等待机会，最后他猛地把魔法辔头上的金口衔套在了飞马的嘴上。珀伽索斯马上变得温驯了，仿佛自己生来就被柏勒洛丰驯养，从他手中取食一般。让我说说自己的真实感受吧。看到这样一只狂野的动物瞬间变得如此驯服，真令人觉得有点伤感。珀伽索斯似乎也这么觉得。它转过头看着柏勒洛丰，那双前一刻还闪烁着灼灼火光的美丽眼睛，现在正饱含着泪水。不过，当柏勒洛丰拍拍它的脑袋，说了几句命令又带着温和抚慰的话之后，珀伽索斯眼里换上了另一种神情。因为在孤独地生活了千百年之后，它终于找到了一位同伴和一位主人，内心深处还是高兴的。

飞马们总是这样，一切狂野孤单的生物都是一样。若你能抓住并驯服它们，你必能赢得它们的爱。

在珀伽索斯用尽全力想把柏勒洛丰从背上甩掉的过程中，它已经飞出了老远。口衔被套到珀伽索斯口中的那一刻，他们看到了一座高山。柏勒洛丰以前见过这座山，知道那就是赫利孔山，山顶上就是飞马的家。珀伽索斯转过头，温柔地看了主人一眼，仿佛是在请求主人允许它起飞。然后它忽然向那边飞起，又降落下来，耐心地等着，直到柏勒洛丰愿意下马。这年轻人于是从马背上跳下来，手中却还紧握着缰绳。可是，当他和珀伽索斯对视时，他被飞马温和的神情深深打动，想到它从前的生活是何等自由快意。如果珀伽索斯真的渴望自由，他怎么忍心让它从此成为自己的囚徒呢？！

于是他顺从了心中这个慷慨的冲动，把魔法辔头从珀伽索斯的头上卸下，又从它嘴里取出了口衔。

"走吧，珀伽索斯！"他说，"要么离开我，要么爱我。"

一瞬间，飞马就几乎冲出了视野，从赫利孔山的山顶直冲上去。现在距离太阳落山已经很久了，山顶上已是黄昏，四野也被苍茫的暮色笼罩着。可是珀伽索斯飞得如此之高，赶上了逝去的白昼，浑身沐浴在高空太阳的光辉中。它飞得越来越高，看上去像一个亮点。终于，柏勒洛丰已不能在荒凉虚空的天空中看到它了。他担心自己再也看不到珀伽索斯了，不禁为自己的愚蠢感到懊悔。不过，正在此时，那个亮点又出现了，而且越来越近，从阳光中降落下来。瞧，珀伽索斯回来了！在这次考验之后，柏勒洛丰再也不担心飞马会逃跑了。它和柏勒洛丰成了朋友，彼此喜爱，互相信任。

当天晚上，他们一起躺下睡着了，柏勒洛丰的手臂一直搂着珀伽索斯的脖子。他这么做并不是为了防止马儿逃跑，而是出于对马儿的友好和爱护。第二天天刚蒙蒙亮，他们就醒来了，用各自的语言互相道了早安。

这样，柏勒洛丰和飞马在一起度过了几天，他们互相熟悉起来，感情也越来越深。他们长时间一起在天上遨游，有时候飞得太高，地球看上去都不比月亮大多少。他们还到了遥远的异国，那里的居民惊奇万分。他们以为这位骑着飞马的俊美青年一定是天神下凡。日行千里对敏捷的珀伽索斯来说易如反掌。柏勒洛丰喜欢这种生活，也希望此后每天都能这般高飞在天，逍遥度日。因为，不管低空中怎样阴雨绵绵，高空中总是阳光普照、温暖宜人。可是，他忘不了对伊俄巴忒斯国王的承诺，他一定要杀死可怕的喀迈拉。最后，他终于熟练掌握了在空中骑马的技艺，学会了怎样毫不费力就能驾驭珀伽索斯，让它听从自己的吩咐。于是，他当即决定开始这段危险的征程。

天亮时分，他一睁开眼睛，就轻轻地捏捏飞马的耳朵把它叫醒。珀伽索斯马上站起身来，向上直冲四百多米，又绕着山顶飞了一大圈，表示它已经十分清醒，做好了去任何地方旅行的准备。在这趟小小的飞行中，它一直嘶叫着，声音高亢清脆，十分悦耳。最后它轻轻地降落在柏勒洛丰的身边，轻柔得就像麻雀在枝头跳跃。

　　"干得好，亲爱的珀伽索斯！干得好，我的天行者！"柏勒洛丰一边温柔地抚摸着马背，一边高喊，"现在，我敏捷而美丽的朋友，我们该吃早餐了。今天我们要和可怕的喀迈拉搏斗。"

　　他们吃过早饭，从一眼名叫希波克林的泉水中喝了几口清水，珀伽索斯立刻主动昂起头，让柏勒洛丰给它套上辔头。然后，它跳跃了半天，表示自己已等不及要出发。它的主人正忙着备战呢，他在腰间佩好剑，又在颈上挂上盾牌。万事俱备，柏勒洛丰这才跨上飞马，直升八千多米（这是他要远行时的习惯），好把他的路线看得更清楚些。然后他驾着飞马转向东方，开始向吕基亚进发。他们在飞行的时候赶超了一只鹰。那只鹰还来不及给他们让路，他们就离得很近了，柏勒洛丰说不定可以很轻松地抓住它的腿。他们就这么匆匆地赶路，当他们到达吕基亚上空，俯瞰它那壮阔的群峦和幽深崎岖的山谷时，仍是上午时分。柏勒洛丰要是知道真相就好了，丑恶的喀迈拉正是在这些阴森可怕的山谷中挑了一个安的家。

　　旅途将尽，飞马和骑手慢慢降了下来。他们利用山顶上的几片浮云隐藏自己，以免被看到。柏勒洛丰骑马盘桓在一片云的上方，他越过云边往下窥视，能清楚地看到吕基亚连绵起伏的山峦，也能看到所有幽深阴暗的峡谷。这个地方初看似乎并无异常，是一座险峻的高山中一片荒野崎岖的部分。这个国家的平原地带散布着被烧毁的房屋，牲口的尸体倒在它们曾经吃草的牧场上，随处可见。

　　"一定是喀迈拉干的。"柏勒洛丰心想，"可是那怪兽会在哪儿呢？"

　　就像我刚才讲到的，一眼望过去，峻峭的高山边、大大小小的谷地里，都没有什么值得注意的地方。什么都没有，只有某个洞穴口冒出的三股螺旋状黑烟。它们缓慢地升腾到空中，还没到达山顶，就互相融为一体。那洞穴几乎就在飞马和骑手的正下方，距离他们约有三百米。缓慢上升的烟柱有一股硫黄的刺鼻味道，令人窒息。珀伽索斯喷着鼻息，柏勒洛丰也忍不住打起了喷嚏。这匹神马习惯了呼吸最纯净清新的空气，这气味使它非常难受。于是它扇着翅膀，一口气飞离毒雾约八百米外。

可是，柏勒洛丰朝后看去，不由得抓住了缰绳，让珀伽索斯转过身来。他做了个指令，珀伽索斯立刻懂得了他的意思，慢慢地向下飞去，直到马蹄离崎岖不平的谷底不到一人高。前方约一掷之远处正是那飘出三股黑烟的洞穴口，猜猜柏勒洛丰在那里看到了什么？

洞穴里似乎蜷曲着一群奇形怪状、丑陋不堪的怪兽。它们的身体挨得很近，柏勒洛丰没法分辨它们。不过，从脑袋来看，第一个是巨大的蛇，第二个是凶猛的狮子，第三个是丑陋的山羊。狮子和山羊睡着了，巨蛇则完全清醒，一直用火红的双眼四下张望。最令人难以置信的是，三股烟柱分别是从三个脑袋的鼻孔中喷出来的！这景象非常诡异，尽管柏勒洛丰一直期待见到它，可是看到之后并没有立刻察觉到，原来这就是可怕的三头怪兽喀迈拉——他已经找到了喀迈拉栖身的洞穴。蛇、狮子和山羊并不是他想象中三只不同的动物，而是三头一身的怪兽！

这凶恶可憎的东西！尽管有三分之二的身体在打盹，它可怕的爪子里却仍抓着一具残骸。那是一只不幸的小绵羊，也有可能（我真不愿这样想）是一个可爱的小男孩儿的遗体。喀迈拉的三张嘴刚才一直在噬咬着尸体，一直咬到其中两张嘴睡着了！但是，说嘴巴睡着了感觉有点奇怪。能不能说，在狮子和山羊睡着之前，喀迈拉的三个脑袋一直在噬咬着那具尸体。

柏勒洛丰如梦初醒，明白原来这就是喀迈拉。珀伽索斯似乎也同时明白了，它发出一声长嘶，仿佛是战斗的号角。听到这个声音，怪兽的三颗头立刻挺直，吐出熊熊烈焰。柏勒洛丰还来不及想该怎么应对，怪兽已经跳出了洞穴，朝他直冲过来。它伸出巨爪，弯曲的蛇尾巴在身后恶狠狠地扭动着。如果不是珀伽索斯像鸟儿那般敏捷的话，柏勒洛丰会连人带马被喀迈拉掀到地上，那样搏斗还没正式开始就结束了。可我们的飞马才不会这样被击中呢。眨眼之间，它就跃到了半空中，喷吐着愤怒的鼻息。它浑身战栗，并非出于恐惧，而是由于对这可怕的三头怪兽无比厌恶。

喀迈拉呢，它的身体高高抬起，全身的重量都支撑在尾巴尖上，长长的爪子在空中挥舞着，三个脑袋一齐向珀伽索斯和它的主人喷出火焰。我的天哪，它咆哮怒吼，嘶嘶作响，真是可怕！柏勒洛丰这时正把盾牌挂到手臂上，抽出了长剑。

"亲爱的珀伽索斯，"他对着飞马的耳朵轻声说，"你一定要帮我杀死这可憎的恶兽，不然你就只能孤身回到你那僻静的山峰，再也见不到你的朋友柏勒洛丰了。要么杀死喀迈拉，要么让它的三张嘴啃掉我的脑袋，这脑袋还曾经枕在你的脖子上入眠呢！"

珀伽索斯长嘶一声，转过头，用鼻子轻柔地蹭着主人的脸。它以这种方式告诉柏勒洛丰，虽然它是一匹身有羽翼的不死飞马，但它宁

愿死去（如果这匹神马有可能死亡的话），也不愿抛下柏勒洛丰。

"谢谢你，珀伽索斯，"柏勒洛丰应道，"现在，让我们向怪兽冲过去吧！"

说完这些话后，他晃了晃缰绳，珀伽索斯斜冲过去，如一支离弦之箭直扑向喀迈拉的三个脑袋。那三个脑袋一直用力向天上伸着。当它距离怪兽只有一臂之遥的时候，柏勒洛丰挥剑向喀迈拉刺去，可他还没来得及看到这一击的效果，就被他的战马带到前方了。珀伽索斯继续奔跑，又马上回转身来，直到与喀迈拉的距离拉近到和刚才差不多。此时柏勒洛丰发现自己已几乎将怪兽的羊头割了下来，那脑袋向下耷拉着。

然而，为了挽回不利的战局，怪兽的蛇头和狮头变得更加凶猛，仿佛羊头的力量都转移到了它们身上。它们喷出火焰，嘶嘶作响，咆哮不已，比之前更为狂暴。

"不用怕，勇敢的珀伽索斯！"柏勒洛丰喊道，"再来一击，我们就能终结它的嘶叫或者咆哮！"

于是，他再次晃动缰绳。飞马像上次那样斜冲着向喀迈拉飞奔，柏勒洛丰则在掠过的一刹那瞄准剩下两个脑袋中的一个砍了下去。可是这一回，他和珀伽索斯都没能像上回那样轻松脱身。喀迈拉用一只爪子狠狠地划伤了年轻人的肩膀，另一只爪子给飞马的左翼造成了轻伤。至于柏勒洛丰，他给怪兽的狮头造成了致命的伤害。狮头现在只能低垂着，火焰也差不多熄灭了，它嘴里喘着气，喷出乌黑的浓烟。不过，怪兽仅剩的蛇头却比之前加倍凶猛和狠毒。它喷出四十多厘米长的火焰，发出巨大的嘶嘶声，这声音尖利刺耳，就连远在约八十千米外的国王伊俄巴忒斯都听到了。他全身颤抖，连同身下的宝座都一起抖动起来。

"哎呀！"可怜的国王心想，"喀迈拉一定会过来把我吞掉！"

此时珀伽索斯在空中再次停留，愤怒地嘶吼起来，清澈晶莹的眼里闪着火光。这火光和喀迈拉嘴里那骇人的火焰如此迥异！天马的斗志被彻底激发了，柏勒洛丰也是。

"你流血了吗，我的天马？"年轻人喊道。比起自己的伤势，他更关心这头神兽所受的痛苦，这马儿本该永远不知道痛苦的滋味。他高喊："可恶的喀迈拉得用它最后一个头，来偿还对你造成的伤害！"

然后他拉动缰绳，高喊着再次发起进攻。这一次他没有像前两次那样从侧面进攻，而是引着珀伽索斯正对着丑陋的怪兽冲去。他们的进攻十分迅猛，电光一闪，他们就冲到了怪兽面前，短兵相接，厮杀起来。

此时丢掉了第二个脑袋的喀迈拉疼痛不已，它恼羞成怒，四处乱跳，一会儿在地上，一会儿在空中，简直没法说清它究竟停在了哪里。它张开令人憎恶的巨大蛇嘴，展翼奔驰的珀伽索斯差点连人带马直冲进它的喉咙里！喀迈拉迎着他们喷出一股强大的灼热气流，把人和马包得密不透风，烧伤了珀伽索斯的翅膀，也烧焦了柏勒洛丰的一整边金色鬈发，让他俩从头到脚都灼热难当。

不过，比起接下来要发生的事情，这可算不了什么。

当天马离地而起，在空中疾驰着把柏勒洛丰带到九十多米开外时，喀迈拉忽然一跃而起；它那巨大、笨拙、恶毒、令人恶心的残躯扑向可怜的珀伽索斯，紧紧地缠绕着它，还把蛇尾打成了结！天马高飞起来，越过山巅，直冲霄汉，越飞越高，高到几乎看不见地面。可是那地面上生长的怪兽却紧抓不放，被这属于光明和天空的生物带着升到了高空。就在这时，柏勒洛丰转过身，发现自己正面对着喀迈拉那丑陋的脸。他只有举起盾牌，才能免遭被烧死或拦腰咬断的厄运。他越过盾牌的上缘，坚定地瞪着怪兽凶残的眼睛。

由于疼痛，喀迈拉已经变得无比疯狂，没法像平时那样保护好自己。或许和喀迈拉搏斗的最好办法就是尽量接近它，因为当它试图把

BELLEROPHON·SLAYS·THE·CHIMÆRA·

可怕的铁爪刺向敌人时，自己的胸口也暴露无遗。柏勒洛丰瞅准了这一点，将长剑深深地插进了喀迈拉的心脏。喀迈拉的蛇尾立马松开了，它放开了珀伽索斯，从高空坠落下来。它胸中的火焰非但没有熄灭，反而烧得更猛烈，很快吞噬了整具尸体。它就这样全身是火，燃烧着从空中掉下。当时已是黄昏，人们还以为它是一颗流星或彗星呢。可是第二天清晨，一些村民出门干活的时候大吃一惊，发现好几亩地上都撒满了黑色的灰烬。在一块田地中间有一堆白骨，堆得比草垛还要高。怪兽喀迈拉就只剩下这些残骸了！

柏勒洛丰得胜之后热泪盈眶，他俯身亲吻了珀伽索斯。

"回去吧，亲爱的骏马！"他说，"让我们回到珀润丽泉！"

珀伽索斯在空中掠过，飞得比以前都要快，很快就来到了泉边。柏勒洛丰看到老人倚着拐杖，中年农夫正在饮牛，妙龄少女则在用水罐取水。

"现在我想起来了，"老人说，"当我还是个年轻小伙的时候，曾见过这匹飞马。不过那时候它比现在俊美十倍。"

"我有一匹拉车的马，抵得上三匹这样的马呢！"农夫说，"如果这匹马归我，我要做的第一件事就是把它的翅膀剪掉！"

但那可怜的少女一言不发，因为她总是在错误的时间莫名地感到害怕。于是她跑开了，水罐掉在地上摔碎了。

"那可爱的孩子在哪儿？"柏勒洛丰问道，"他曾经与我做伴，从未丧失信心，从不厌倦，一直凝视着泉水。"

"我在这儿，亲爱的柏勒洛丰！"孩子轻声回答。

这小男孩儿日复一日在珀润丽泉边等着他的朋友回来。可当他看到柏勒洛丰骑着飞马从云端降落时，却缩回身子躲到灌木丛后了。他是个温和敏感的孩子，不想让老人和中年农夫看到他泪如泉涌。

"你赢得了胜利，"他高兴地跑到柏勒洛丰膝旁，此时柏勒洛丰

◀ 柏勒洛丰一剑刺中喀迈拉的心脏，杀死了这头怪兽

仍骑在珀伽索斯背上，"我知道你会赢的。"

"是的，亲爱的孩子！"柏勒洛丰一边下马，一边答道，"可要不是你的信念激励了我，我绝对等不到珀伽索斯，也绝不可能飞上天空，更不可能战胜可怕的喀迈拉。我亲爱的小朋友，这一切都归功于你。现在，让我们还珀伽索斯自由吧！"

说着，他将魔法辔头从这匹神奇的飞马头上取下。

"你永远自由了，我的珀伽索斯！"他高喊道，声音里不免有一丝伤感，"自由地生活，自由地飞翔吧！"

可是珀伽索斯把头枕在柏勒洛丰肩上，无论如何都不肯飞走。

"好吧，"柏勒洛丰爱抚着天马，"只要你愿意，就一直留在我身边吧。我们马上出发，去告诉伊俄巴忒斯国王，喀迈拉已被斩杀。"

柏勒洛丰拥抱了乖巧的孩子，答应以后还会回来看他，然后就离开了。不过，在以后的岁月里，这孩子时常遨游太空，比天马珀伽索斯飞得更高；他建功立业，比他的朋友——曾斩杀喀迈拉的柏勒洛丰——更为人所称道。因为，温和细腻的他长大后成了一位伟大的诗人！

---

[1]　罗马神话中的月亮女神，对应的是希腊神话中的阿尔忒弥斯，是奥林匹斯山上的十二主神之一，掌管狩猎，照顾妇女分娩，代表女性美及贞洁。

[2]　也译作埃利孔山，是一座希腊山峰，海拔约 1500 米，在古典文学作品中作为缪斯女神经常光临的地方而受到赞颂，东麓被特别辟为圣地，附近有阿加尼佩泉和希波克林泉。

第二章　美杜莎的脑袋

故事相关背景：阿耳戈斯国王阿克里西俄斯请神谕，预言说他将死于
女儿达那厄的儿子之手。阿克里西俄斯因此将女儿锁在一座铜塔里。
主神宙斯化为金雨，令达那厄生下了神的儿子珀尔修斯。阿克里西俄
斯于是把珀尔修斯母子装进木箱扔到了海里。在众神的暗中帮助下，
珀尔修斯活了下来，并长大成人，成就了一番英雄事业。

　　珀尔修斯的母亲达那厄是一个国王的女儿。当珀尔修斯还是个小
娃娃的时候，一些恶毒的坏人把他们母子扔进一个箱子，推到海里让
它漂走。海面上，狂风卷起波浪，推着箱子离开海岸。波涛把箱子推
得上下颠簸，箱子里的达那厄把孩子紧紧地搂在怀里，惊恐万分，生
怕那些巨浪卷起泛着泡沫的浪头，将他们娘儿俩淹没。大箱子就这样
漂啊漂，奇怪的是，它既没有沉没，也没有被颠翻。在夜晚快要来临
的时候，箱子漂到了一座岛屿附近，落在一个渔夫的网里，被拉上了
沙滩。这个小岛叫作塞里福斯岛，由国王波吕得克忒斯统治着，而这

个渔夫恰好是国王的兄弟。

让人高兴的是，渔夫真是位仁慈而正直的好人，他一直善待着达那厄和她的儿子，直到珀尔修斯长大成人。年轻的珀尔修斯英俊强壮，充满活力，还善于使用各种武器。而长久以来，国王波吕得克忒斯也关注着这对随箱子漂泊而来的母子。这个国王就不像他兄弟那样善良友好了，他心地恶毒，决定派珀尔修斯去执行一项危险的任务，从而借机杀害他，然后想法子折磨达那厄。坏心眼的国王想了好久：什么样的危险任务能让年轻人搭上性命呢？最后，一个恶毒的主意浮上心头。他终于想到了一个危险的任务，能置珀尔修斯于死地。于是他召来了年轻人。

年轻人来到皇宫，看到国王高高地坐在宝座上。

"珀尔修斯，"国王波吕得克忒斯笑得很狡猾，"你已经长成了一个多么棒的年轻人啊！你和你的好妈妈一直受到我和我的好兄弟渔夫的照顾，我希望你不介意为我们的善意回报些什么。"

"请说吧，我的陛下，"珀尔修斯答道，"我愿意献出我的生命来报答您。"

"很好。那么，"国王脸上狡黠的笑容并未退去，他继续说，"我想请你去做一次小小的冒险。你是一位勇敢而有魄力的年轻人，无疑会抓住这次难得的机会，来证明自己的出类拔萃。你要知道，我的好珀尔修斯，我想娶美丽的希波达米亚公主为妻。按照惯例，我要送公主一份来自异邦的礼物。我必须承认，去哪里找礼物来取悦这位品位高雅的公主着实让我费了不少脑筋。不过今天早上，我很得意自己想到了一件极妙的礼物。"

"那我能帮陛下去拿到这件礼物吗？"珀尔修斯热切地问道。

"要是你如我所信的那样勇敢的话，你就可以。"国王波吕得克忒斯极其和蔼地说，"我想献给美丽的希波达米亚的礼物，是蛇发女妖戈耳工三姐妹中美杜莎的脑袋。我就全仰仗你帮我带回来了，亲爱的珀尔修斯。由于我急着想迎娶公主，你越早带回来美杜莎的脑袋，我就会越开心。"

"我明早就出发。"珀尔修斯答道。

"拜托了，我勇敢的年轻人。"国王开心地说，"对了，珀尔修斯，你在割下戈美杜莎的脑袋时，一定要给她利落的一剑，不要伤了她的脸庞。你务必完好无损地把它带回来，这样才符合美丽的希波达米亚公主高雅的品位。"

珀尔修斯离开了宫殿，他没有听到波吕得克忒斯在他离去后发出的大笑，阴险的国王得意扬扬地看到年轻人已经落入了他的圈套。珀尔修斯要去取蛇发女妖美杜莎脑袋的消息很快传到了外面，每个人都很开心。因为岛上的大多数居民和国王一样邪恶，他们很想看到达那厄母子遭遇巨大的不幸。这不善的塞里福斯岛上唯一的好人就是渔夫了。每当珀尔修斯走过，这些人就在他背后指指点点说坏话，挤眉弄眼，猖狂地纵声嘲笑。

"嘿嘿！"他们笑道，"美杜莎头上的蛇会把他咬死的！"

现在我们再来看看戈耳工三姐妹。它们是世界上前所未有、未来也不可能再出现的最奇怪、最可怕的怪物，我简直不知道它们属于哪种怪物或者妖精。这三姐妹有那么点儿像女人，实际上却是可怕的恶龙。总之，确实很难想象这三姐妹是什么样的邪恶生物。你相信吗，它们三个头上各长着一百条巨蛇作为头发，盘绕着，扭动着，蜷曲着，吐着芯子，芯子尖上还有叉状的利刺。戈耳工有着可怕的长獠牙，黄铜的爪子，全身披着鳞片，这些鳞片虽然不是铁做的，却坚硬得像铁一样无法穿透。它们还长着翅膀呢，相当漂亮的翅膀，每一根羽毛都

是由闪亮的纯金做的，当戈耳工在阳光下飞行的时候，无疑是非常耀眼的。

不过，当看到它们耀眼地盘旋在空中时，人们都不会停下来注视，而是尽快跑开躲起来。你会想，他们是害怕被戈耳工头上的蛇咬伤呢，还是怕被它们丑陋的獠牙啃下脑袋，或者被它们的铜爪子撕个粉碎？当然喽，可以肯定的是，这都是些危险的事情，但不是最危险的，也不是最难抵挡的。这些丑陋的戈耳工最可怕的地方是，一旦哪个可怜的家伙敢盯着它们的脸看，就会立马从温暖的血肉之躯变成冰冷的石头！

现在你就清楚了，这个邪恶的国王为了陷害我们无辜的年轻人，计划了多么可怕的冒险。当珀尔修斯仔细想了一下这件事情，立刻就发现自己能平安带回蛇发美杜莎脑袋的希望渺茫，而变成石头的可能性却很大。先不说其他困难，仅这一项就足以难倒一个比珀尔修斯更老练的人：他不仅要与金翼、铁鳞、长牙、铜爪、蛇发的怪兽作战，还必须闭着眼睛战斗，连看一眼与他奋战的敌人都不行。否则，当他提起一只胳膊准备去战斗时，他就已经变成了石头。他将这样举着胳膊站上几百年，在风吹日晒中化为碎片。对于一个想要在这明朗美丽的世界里做出很多勇敢的大事业，享受很多幸福的年轻人来说，这是多么令人悲伤的事情啊。

　　珀尔修斯想到这些令人悲伤的事，简直不忍心告诉他妈妈他接下了这个任务。他拿起盾牌，佩上宝剑，从小岛渡海来到大陆，找了个人迹罕至的地方坐下，几乎要落下泪来。

　　当他正伤心的时候，一个声音从身后传来。

　　"珀尔修斯，"声音问道，"你为什么那么伤心呢？"

　　珀尔修斯正抱头伤心呢，他抬起头来，循声看去。他原以为只有自己一个人在这地方，没想到还有一个陌生人在。这是一个活泼聪明、看上去相当伶俐的年轻人，他肩上披着斗篷，头上戴着一顶古怪的帽子，手里拿着一根奇怪的弯手杖，身边还挂着一柄弯曲的短剑。他的身形非常轻巧灵活，看上去常常锻炼身体，能很好地跳跃和奔跑。总之，这个陌生人看上去是那么快活、通达和热心（虽然他无疑还是有些小调皮的），珀尔修斯看着他就能感到快活起来。另外，作为一个如此勇敢的年轻人，珀尔修斯实在不好意思让人发现他像个胆怯的小学生一样噙着泪水，毕竟现在还不至于完全绝望。所以，珀尔修斯擦了擦眼睛，尽可能装出一副勇敢的样子，轻快地回答陌生人。

　　"我并没有很伤心啦，"他说，"只是在考虑一项即将进行的冒险。"

　　"哈！"陌生人答道，"那么，和我说说吧，也许我能帮上你。我帮过很多年轻人完成那些起先看上去很困难的冒险哦。也许你听说过我，我的名字不止一个，但水银[1]这个名字最适合我。告诉我你的麻烦吧，让我们仔细聊聊，看看能做些什么。"

　　陌生人的言行举止着实让珀尔修斯心情为之一振。他决定把所有的困难都告诉水银，因为这样做不可能让他比现在更糟糕了，何况他的新朋友说不定还能给他点儿意见，帮他渡过难关呢。所以，他简要地告诉了陌生人自己目前的情况——国王波吕得克忒斯想要蛇发美杜莎的脑袋，作为新婚礼物送给美丽的希波达米亚公主，以及他答应帮国王去拿到这件礼物，但又害怕会因此变成石头。

"那真是太遗憾了，"水银调皮地笑着说，"你无疑会是一尊非常英俊的大理石像，被风化吹走之前还能挺立好多个世纪呢。当然啦，谁都想做几年活生生的年轻人，而不是做那么多年的石像。"

"哦，那当然！"珀尔修斯叫道，泪水又盈满了他的双眼，"而且，如果心爱的儿子变成了石头，我亲爱的妈妈怎么办啊？！"

"好啦，好啦，让我们祈祷结果不会那么糟糕吧。"水银安慰道，"如果世上有人能帮你的话，那只能是我。尽管现在看上去前途险恶，但我和我妹妹会尽全力帮你安全度过这趟冒险之旅的。"

"你妹妹？"珀尔修斯问。

"是的，我妹妹。"陌生人答道，"我敢保证，她非常聪慧；至于我，也是相当机智。如果你足够胆大心细，听从我们的建议，你就一点儿都不用担心会变成石像。不过首先，你必须擦亮你的盾牌，直到它光亮得像镜子一样能映出你的脸来。"

这样开始一段冒险，对珀尔修斯来说的确很奇怪。他原以为更重要的是让盾牌坚固得能抵挡戈耳工的利爪，而不是把盾牌擦得能照出自己的脸来。不过，他相信水银比自己懂得更多，所以马上就开工了。珀尔修斯勤快而用心地擦拭着盾牌，很快，他的盾就闪亮得像一轮满月了。水银微笑地看着，赞许地点了点头。然后，他解下了自己弯曲的短剑，把它挂在珀尔修斯的身上。

"只有我的剑才能帮助你。"水银说道，"这把剑的刀刃极为锋利，刺穿铜铁像削掉最嫩的枝条一样容易。现在，我们出发吧，下一步就该去找格赖埃三姐妹 [2] 了，她们会告诉我们在哪里能找到仙女们。"

"格赖埃三姐妹？"珀尔修斯叫道，这对他来说是冒险中的又一项新困难，"格赖埃三姐妹是谁呢？我可从来没听说过她们啊。"

"她们是三个非常奇怪的老妇人，"水银笑道，"三个人共用一只眼睛和一颗牙齿，你只能在星光下或暮色中找到她们，因为她们从来不在日月光华下活动。"

"可是，"珀尔修斯问道，"为什么我要浪费时间去寻找这三姐妹呢？我们马上出发去寻找可怕的戈耳工不是更好吗？"

"不，不是的，"他的朋友说道，"在你去找戈耳工之前，有些事情要先做好。我们必须先找到格赖埃三姐妹；当我们遇到她们时，你就知道戈耳工也离得不远了。来吧，让我们动身吧！"

这次，珀尔修斯对他伙伴的远见有了足够的信心，他不再反对，同意马上踏上冒险的征程。于是，他们出发了，步调相当轻快，轻快得让珀尔修斯觉得很难跟上水银敏捷的脚步。说实话，珀尔修斯有个奇怪的想法：水银是不是穿了双带翅膀的鞋子啊，让他一路上健步如飞。当珀尔修斯看向身旁时，眼角的余光瞥见水银脑袋的两侧也长了翅膀。可是等他转过头仔细一看，却看不到什么翅膀，只看到那顶奇怪的帽子。总之，水银手中弯弯的拐杖帮了他很大的忙，让他跑得飞快，就算是珀尔修斯这么敏捷的年轻人，也跟得上气不接下气了。

"接着！"水银总算把手杖丢过去了。这个淘气鬼，他早就知道珀尔修斯要跟上他的脚步有多难。"带上这玩意儿，你比我更需要它。塞里福斯岛上再没有比你脚劲更好的人了吗？"

"要是我有一双带翅膀的鞋子，我也能走得很快的。"珀尔修斯狡黠地瞥了一眼同伴的脚。

"看来我也必须帮你弄一双啦！"水银答道。

不过，魔杖大大帮助了珀尔修斯，他一点儿也不觉得累了。事实上，珀尔修斯手里的魔杖似乎是有生命的，还借了一些力量给他。现在，他和水银一边轻松前行，一边还谈笑风生。水银给珀尔修斯讲了自己此前的许多冒险故事，以及在许多情况下怎么用自己的智慧解决难题。珀尔修斯开始认为他是个非常神奇的人物了。水银显然见多识广，对一个年轻人来说，这样一个通晓世情的朋友无疑是最迷人的。珀尔修斯听得愈发热切，希望在聆听过程中也能增长自己的智慧。

最后，珀尔修斯终于想起来，水银提起过他的妹妹，说她会助两人的冒险一臂之力。

"她在哪儿？"他询问，"我们为什么不马上去见她呢？"

"在适当的时候我们自然会遇到她。"他的同伴说，"不过我这个妹妹，你得知道，和我完全不是一类人。她十分严肃谨慎，很少微笑，从不大笑。除非有特别深刻的东西要说，不然，她绝不多说一个字；除非特别智慧的对话，否则，她都不屑于聆听。"

"天哪！"珀尔修斯叫道，"看来我要连一个字也不敢说了。"

"我向你保证，她是一个非常多才多艺的人，"水银继续说，"精通各类艺术和科学。总之，她是那么聪明，以至于许多人都奉她为智慧的化身。不过，我告诉你实情，在我看来，她实在不够活泼。我想，如果让她来当你的旅伴，你肯定找不到乐趣，哪会像和我在一起这么开心啊。当然，她有她的优点，当你遇到戈耳工时，就会发现她的好处了。"

这个时候，天已经很黑了。他们来到一处异常荒凉的野地，到处是蓬乱的灌木。这个地方是如此寂静，看起来似乎人迹罕至。这一片废弃和荒芜的地方，在昏暗的暮光中一点点模糊起来。珀尔修斯环视四周，不禁有些担心，询问水银是不是还有很长的路要走。

"嘘，嘘！"他的同伴悄声说，"别出声！此时此地我们就要遇到格赖埃三姐妹了。小心别让她们先发现我们，尽管她们只有一只眼睛，但那只眼抵得上寻常的六只眼睛呢。"

"可是，遇到她们的时候，我该做什么呢？"珀尔修斯问。

水银向珀尔修斯解释了格赖埃三姐妹是如何使用她们仅有的那只眼睛的。她们似乎习惯于轮换着使用，就好像那只眼睛是一副眼镜，更准确地说，是一副单片眼镜。其中一位用了一段时间后，就把眼睛从自己眼窝里取出来，递给下一位轮到的姐妹。那位就立马把眼睛装到自己头上，来享受窥视这个世界的时刻。这就很好理解格赖埃三姐妹每一刻都只有一位能看到，其他两位则"眼前"一片黑暗；此外，当眼睛在手手相传时，可怜的老妇人们就什么也看不到了。在我的有生之年，我听到过许多奇怪的事情，也看到过其中的一些。但对我来说，没有什么比这格赖埃三姐妹通过一只眼睛看世界更奇怪的了。

同样地，珀尔修斯听了之后很是震惊，以为他的伙伴在和他开玩笑呢。世上真有这样的老妇人存在吗？

"你很快就会知道我告诉你的是真是假了。"水银说道，"听！轻点儿，嘘，嘘！她们来了！"

透过深深的暮色，珀尔修斯确实看到了，不远处走来的正是格赖埃三姐妹。光线如此昏暗，他没法辨清她们的身形，只看到她们有着长长的白发。等到她们走得近一些了，他看到三姐妹中的两位额头中间只有空空的眼窝。不过，第三个姐妹的额头正中，有一只巨大、明亮、敏锐的眼睛，就像戒指上的巨大钻石在闪烁。而且，这只眼睛看上去那么敏锐，令珀尔修斯忍不住猜想，它一定拥有一种能力，能在最暗的午夜看东西像大白天一样清楚。这唯一的眼睛一定是三个人的眼睛融化后凝成的精华了。

就这样，这三姐妹悠然自得地走来，似乎她们三个都是明眼人一样。正好装着眼睛的那位用手牵着其他两位，一直敏锐地环视着四周。她的眼神如此锐利，珀尔修斯十分担心她能透过厚厚的灌木丛，看到

藏身在后面的水银和自己。天哪！身在这只敏锐的眼睛的视野之内，实在太恐怖了！

可是，还没等她们接近灌木丛，其中一位白发老妇人发话了。

"姐姐，稻草人姐姐！"她叫道，"你已经使用眼睛够久了。现在该轮到我了！"

"让我再多看一会儿吧，噩梦妹妹。"稻草人姐姐回答说，"我似乎瞥到那边厚厚的灌木丛后面有些什么东西。"

"咦，你怎么能这样呢？"噩梦妹妹急躁地反驳说，"你能看穿灌木丛，我难道就不能吗？眼睛是你的，也是我的，我当然知道怎样使用它，说不定比你知道得更清楚呢。我一定要马上看一看！"

现在，轮到名叫摇关节的第三个姐妹发话了。她开始抱怨，说该轮到她用眼睛了，稻草人和噩梦老是想把眼睛据为己有。为了解决纷争，稻草人老奶奶把眼睛从自己头上摘了下来，握在手里。

"你们随便谁，赶紧拿去！"她叫道，"这样吵真是太蠢了。对我来说，我还乐得有一会儿啥都看不见呢。不过，你们赶紧拿去，不然我就把它装回自己头上去！"

噩梦和摇关节都立即伸出手，急切地摸索着，去稻草人手里抢夺眼睛。可是呢，由于她们俩都看不见，很难找到稻草人的手在哪里；而稻草人呢，此刻和噩梦及摇关节一样看不见，也不能立即找到她俩的手，把眼睛给出去。于是呢（聪明的听众们，我知道你们用半只眼也能看出来），这些老妇人陷入了奇怪的混乱之中。尽管稻草人拿出来的这只眼睛闪烁得像一颗明星，可格赖埃三姐妹越急躁，就越拿不到它，结果三个人都陷入了完全的黑暗之中。

水银看到摇关节和噩梦两个人摸索着去拿眼睛，同时又责备对方以及稻草人，都快忍不住笑出声来。

"现在正是你的机会！"他悄声对珀尔修斯说，"快，快！在任何一个能抓到眼睛塞到自己头上之前，冲到她们面前，从稻草人手里把眼睛抢过来。"

正当格赖埃三姐妹相互指责的时候，珀尔修斯一下子从灌木丛后面跳出来，抢到了这个宝贝。这真是只神奇的眼睛啊，珀尔修斯把它捧在手里，看到它发出明亮的光芒，机警地盯着他的脸，好像能看穿他的心思。这眼睛活灵活现，仿佛给它一双眼皮，它就能眨巴起来。格赖埃三姐妹似乎不知道发生了什么，都以为是另外两姐妹中的一个拿走了眼睛，于是又争吵起来。最后，倒是珀尔修斯不想让这些体面的老妇人陷入更大的不便，他觉得该去解释一下是怎么回事了。

"敬爱的夫人们，"他说道，"请不要生彼此的气了。如果有谁做错了什么的话，那个人就是我；因为是我有幸拿到了你们明亮非凡的眼睛。"

"你！是你拿到了我们的眼睛！你是谁？"格赖埃三姐妹一齐尖叫起来，因为她们实在太害怕了，听到了一个陌生的声音，还发现她们的眼睛落到了她们根本猜不到是谁的人手里，"哦，我们该怎么办呢，姐妹们？该怎么办呢？我们都陷入黑暗之中了！把眼睛还给我们！把我们珍贵的、唯一的眼睛还给我们吧！你自己已经有一双眼睛了！把我们的眼睛还回来！"

"告诉她们，"水银悄声对珀尔修斯说，"只要她们能给你指出在哪里能找到仙女们，让你拿到飞行鞋、魔法袋和黑暗之盔，你就会把眼睛还给她们。"

"我亲爱的、善良的、尊敬的夫人们，"珀尔修斯对格赖埃三姐妹说，"你们不用这样惊慌。虽然让你们陷入如此的恐惧之中，但我绝对不是一个坏人。只要你们告诉我，哪里能找到仙女们，就能立刻安全地取回你们的眼睛。它还会和以前一样明亮。"

"仙女们！我的神啊！姐妹们，他指的是什么仙女呢？"稻草人叫道，"人们说，有好多仙女呢。有些在林中狩猎，有些住在树上，还有些喜欢住在泉水里。可我们并不了解她们啊。我们只是三个游

PERSEVS & THE GRAIÆ

荡在暮色之中的可怜老太婆，三个人只有一只眼睛，还被你偷走了。哦，亲爱的陌生人，把眼睛还给我们吧！——不管你是谁，把它还给我们吧！"

与此同时，格赖埃三姐妹也在摸索着伸出手，竭尽全力去抓珀尔修斯。不过珀尔修斯小心地躲过了她们。

"我敬爱的夫人们，"他说（因为他妈妈总是教育他要礼数周全），"我牢牢地抓着你们的眼睛，替你们好好保管着，直到你们愿意告诉我去哪里找这些仙女。我指的是，有魔法袋、飞鞋，还有那个什么隐身头盔的仙女们。"

"可怜可怜我们吧！姐妹们！这个年轻人在说些什么啊？"稻草人、噩梦和摇关节一齐惊恐地叫着，"一双飞鞋，看他说的。如果他傻得把那鞋穿上的话，他的脚跟会飞得比他的头还高。还有隐身头盔！一顶头盔怎么能让他隐身呢，除非头盔大得能把他全罩住。魔法袋！我真怀疑它能用来做什么。不，不，好小伙儿，关于这些神奇的东西，我们一无所知。你自己有一双眼睛，而我们三个人只有一只。比起我们三个瞎眼老婆子，你更容易找到这些神奇的东西呢。"

珀尔修斯听到她们这么说，真的开始认为格赖埃三姐妹对仙女完全不知情了。同时又为自己给她们带来那么多麻烦而难过，所以他准备把眼睛重新给她们装上，再为自己抢夺眼睛的无礼行为向她们道歉。不过，水银抓住了他的手。

"别让她们愚弄了你！"他说，"这世上只有格赖埃三姐妹知道在哪里可以找到那些仙女。而且，你要是得不到这些信息，就永远不可能成功取到蛇发女妖美杜莎的脑袋。紧紧抓牢那只眼睛，一切都会好起来的。"

果然，水银是对的。世上很少有其他东西可以像视力那样得到人们的珍视，何况格赖埃三姐妹要是与常人无异，本该有六只眼睛，现

39

◀ 珀尔修斯抢走了格赖埃三姐妹的眼睛

在她们把那六份珍视之情全都投注到唯一的眼睛里去了。当她们发现没有其他法子可以取回眼睛时,终于告诉了珀尔修斯他想知道的信息。一旦得知了信息,珀尔修斯立即满怀敬意地把眼睛装到了一个妇人的额头上,在感谢了她们的好意之后告别了。没等年轻人走远,三姐妹又开始了新的争吵。原来珀尔修斯碰巧把眼睛安到了稻草人头上,在碰到珀尔修斯这个麻烦之前,正轮到她换下眼睛给其他姐妹。

格赖埃三姐妹总是习惯于这类争吵,来破坏她们之间的和谐,这真是挺可怕的。更何况,失去任意一位姐妹,她们都会非常不便。实际上,她们也注定要相互依存,永不分离。作为一项基本准则,我会建议所有的朋友,不管是兄弟姐妹,还是年长年幼,如果你们恰好共用一只眼睛的话,请一定要培养相互容忍之心,而不是争先恐后地想夺取这只眼睛的使用权。

与此同时呢,水银和珀尔修斯正沿着最快的路径去寻找仙女们。老妇人们给了他们详细的指引,使得他们很快就找到了仙女们。她们显然和噩梦、摇关节和稻草人完全不一样,她们年轻漂亮,每个人都有一双异常明亮的眼眸,十分友善地看着珀尔修斯。她们似乎和水银非常熟悉,当水银告诉她们珀尔修斯所担负的冒险任务时,她们毫不吝啬地把守护着的宝贝送给了他。首先,她们拿出了一个看上去像小钱包一样的东西，由鹿皮制成，绣着奇特的纹饰，这就是魔法袋。仙女们请珀尔修斯一定要把它保管好。接着，仙女们拿出了一双鞋子，或者说是拖鞋、凉鞋一类的，每个鞋跟上都有一对漂亮的小翅膀。

"穿上它们，珀尔修斯，"水银说，"这样在我们接下来的旅程里，你会发现自己的双脚如你所愿，轻盈无比。"

于是珀尔修斯开始穿其中一只鞋，同时把另一只放在身边的地上。没料到，这另一只鞋子展开了它的小翅膀，扑腾着飞离了地面。如果不是水银一个箭步，幸运地将它当空抓住，它可能就飞跑了。

"小心点儿哦，"水银一边把鞋子还给珀尔修斯，一边告诫说，"如果鸟儿们看到有只鞋子和它们一起飞在空中，可是会被吓到的呀。"

当珀尔修斯把这两只神奇的鞋子都穿上时，他已经飘飘然，完全没法在地面上行走了。看啊！刚走上一两步，他就蹦到了空中，比水银和仙女们的头还高，而且想要回到地面还很困难呢。这双长翅膀的鞋子，以及所有类似的高空飞行器[3]，在你适应之前，都是不容易驾驭的。水银打趣着同伴身不由己的动作，告诉他不要那么着急，还得等拿到隐身头盔才能上路呢。

好心肠的仙女们拿出了一个飘扬着黑色羽毛的头盔，准备把它戴到珀尔修斯头上。我要告诉你们，此时发生的事才叫神奇哩！在头盔戴上之前，站在我们面前的珀尔修斯是一个英俊的年轻人，有着金色的鬓发和红润的脸颊，身边挂着弯曲的佩剑，手里拿着擦得锃亮的盾牌——一个似乎是由勇气、活力和光辉造就的人物。当头盔盖上他白皙的额头时，珀尔修斯不见了！那里除了空气，什么都没有！连那顶使他隐形的头盔也消失了！

"你在哪里，珀尔修斯？"水银问道。

"为什么要这样问，当然还在这里！"珀尔修斯平静地回答，尽管他的声音听上去像是从透明的空气中发出来的，"就在我刚刚站着

PERSEVS·ARMED·BY·THE·NYMPHS

的地方啊。难道你看不到我？"

"真的看不到！"他的朋友答道，"你藏在头盔下面了。不过，如果我看不到你，那么戈耳工也看不到你。来，跟着我，我们继续练习如何灵活地使用这双长翅膀的鞋子。"

说这些话的时候，水银帽子上的翅膀也展开来了，他的脑袋似乎将要飞离他的肩膀。事实上，他整个身体都轻飘飘地升到了空中，珀尔修斯跟上了他。等他们升到约两百米高的空中时，我们的年轻人开始感到，能够离开沉闷的地面，像鸟儿一样轻快地飞在空中，是件多么愉快的事情啊。

现在正是深夜。珀尔修斯抬头望去，看到浑圆明亮、银光闪耀的月亮，只觉得没有比飞上月亮，在那里度过余生更让他渴望的了。接着他又低头俯瞰，看到地球上的大海湖泊、银色的河道，以及积雪的山峰和辽阔的田野，还有黑色的树丛和城市里白色的大理石建筑。这沐浴在月光下的美景简直可与星月之辉媲美。他还看到了塞里福斯岛，那是他亲爱的妈妈所在的地方。有时候，他和水银会接近一片云朵，远远看去呢，云朵似乎是由银色的羊毛做成的，可等到他们一头扎进去，却发现置身于湿冷的灰色雾气之中。不过他们飞得那么快，一瞬间，他们又从云朵里冒出来，飞翔在月光下了。还有一次，一只高飞的鹰直冲着隐形的珀尔修斯飞来！最壮丽的景象是流星，它们忽然闪耀着迸射出来，像是在空中点亮了篝火，周围几百千米的月光都显得黯然失色了。

当两人在天上飞着的时候，珀尔修斯似乎听到身边有衣服沙沙作响。尽管他只看得到水银，这响声却并非来自水银，而是来自他的另一边。

"是谁的衣服呢？"珀尔修斯问道，"一直在我身边随风沙沙作响。"

◀仙女给珀尔修斯戴上头盔

"哦，那是我妹妹的！"水银回答道，"我和你提起过，她现在正在和我们一起飞呢。没有她的帮忙，我们啥都做不成。你真不知道她有多智慧。她还有双神奇的眼睛。瞧，尽管你现在隐身着，她却能把你看得清清楚楚。我敢说，她一定会最先发现戈耳工。"

他们在空中快速飞行着。此刻，大海已经出现在他们眼前，而且很快他们就飞到了海面上空。远远的下方，巨浪在海的中央剧烈地翻滚着，时而在长长的沙滩上翻起层层白浪，时而撞上岩壁峭崖，水花飞溅，声如雷鸣。而这下面的一切传到珀尔修斯耳中，已成了温柔的低语，就像婴孩浅眠时的梦呓。这时，一个声音从珀尔修斯身边的空中传来，像是一个悦耳的女声，尽管不能称作甜美，但庄重而温和。

"珀尔修斯，"声音说，"戈耳工就在那里。"

"在哪里呢？"珀尔修斯叫道，"我看不到它们。"

"就在你下方岛屿的海滨。"声音回答，"你扔一个小石头下去，正好能砸到它们。"

"我就说她会第一个发现它们。"水银对珀尔修斯说，"戈耳工就在那儿！"

珀尔修斯看到下面八九百米的地方有一座小岛，海浪打在布满礁石的海岸上，激起层层白沫，只有岛的一侧是白色的沙滩。他往下降了一些，认真地看那一簇或者说一堆明亮的东西，就在陡峭的黑色岩石脚下。看，那正是可怕的戈耳工姐妹！伴着大海的轰鸣，它们躺着睡着了；要把这样凶残的怪物哄入睡，需要的正是震耳欲聋的声响。戈耳工的翅膀懒懒地垂在沙滩上，月光在它们的钢鳞和金翼上闪烁。它们可怕的铜爪紧抓着被海浪冲击成碎片的岩石，戈耳工正梦见把哪个可怜的家伙撕成碎片呢。它们脑袋上的那些毒蛇头发似乎也睡着了，虽然时不时会有一两条开始扭动，抬起头，吐着芯子，发出昏沉沉的嘶嘶声，然后又扎进身边的蛇群姐妹中。

戈耳工姐妹更像是一只可怕的巨型昆虫——硕大的金翼甲虫或是

蜻蜓之类,既丑陋又华美。只是它们比普通的昆虫要大上千百万倍。除了这些,它们也有几分像人的地方。对珀尔修斯来说,它们的睡姿把脸完全遮住了是件幸运的事情,否则,只要他看上一眼,就会立刻变成毫无知觉的石像,从空中重重地摔下来。

"就是现在,"水银在珀尔修斯身边盘旋,悄声说,"现在正是你行动的好时机!要迅速,不然等到其中一只戈耳工醒来就太晚了!"

"我要对付哪一只呢?"珀尔修斯问道,一边把剑拔出来,一边往下降了一点,"它们看上去都差不多,三只都有蛇发。哪一个是美杜莎?"

你要知道,在这三只龙形怪兽里,珀尔修斯能砍下脑袋的也许只有美杜莎。至于其他两只,任凭他铸有最锋利的宝剑,砍上一小时,也伤不了它们一丁点儿。

"要小心,"又是之前那个冷静的声音,"其中一只戈耳工马上要在睡梦中翻身,那个就是美杜莎。不要看它,要不你会变成石头的!你可以从明亮的盾牌上来看它的脸庞和身体。"

现在,珀尔修斯明白为什么当时水银要热切地劝他把盾牌磨亮了。通过盾牌的表面,他能安全地看到戈耳工的脸庞。月光倾泻下来,戈耳工可怕的面容在光亮的盾牌上一览无余。毒蛇们在美杜莎额头上不安地扭动着。而那张脸,是你看到过或者想象中最凶狠可怕的,同时带着一种奇特而又令人生畏的野性之美。美杜莎的眼睛闭着,它还在沉沉昏睡中;但又带着不安和焦躁的神情,似乎这只怪兽正做着噩梦。它咬牙切齿,铜爪深深地嵌入了沙子之中。

而那些蛇似乎也感应到了美杜莎的梦境,愈发不安起来。它们把自己缠成结,剧烈地扭动着,闭着眼睛抬起一百个脑袋嘶嘶作响。

"就是现在!"水银有点不耐烦了,轻声说,"赶紧冲上去!"

"但一定要镇定。"那个庄重悦耳的声音在年轻人身边说,"你在飞下去的时候,要看着你的盾牌,一定要一剑命中。"

珀尔修斯小心翼翼地飞下去，一边从盾牌里盯着美杜莎的脸。他越接近，怪兽恐怖的面容和铜爪铁鳞越显得可怕。最后，在离美杜莎只有一臂之遥时，他举起了宝剑。与此同时，美杜莎头上的每一条蛇都蹿向空中，美杜莎也睁开了眼睛。可惜它醒得太晚了，宝剑是如此锋利，剑光一闪，女妖美杜莎的头就从脖子上滚了下来。

"干得太棒了！"水银叫道，"快，捡起她的脑袋装进你的魔法袋里。"

让珀尔修斯惊讶的是，那个一直挂在他脖子上的绣花小袋子，大不过一个钱包，此时却瞬间变大，已经足够装下美杜莎的脑袋。珀尔修斯立刻把脑袋捡起来扔进神袋，而那些毒蛇还在扭动着。

"你的任务完成了。"那个冷静的声音说道，"现在就起飞，否则其他两只戈耳工会竭尽全力为美杜莎的死报仇的。"

确实，必须得起飞了，因为珀尔修斯并没有做到悄无声息地完成这一切。落剑的声音，毒蛇的嘶嘶声，美杜莎的脑袋滚到沙滩上的钝响，都足够惊醒其他两只怪兽。它们立刻坐了起来，用铜爪揉着惺忪的睡眼，而它们头上的毒蛇都惊恐地高高耸起，喷射着毒液，不知道发生了什么。当这两只戈耳工看到美杜莎带鳞的尸体没有了脑袋，皱缩的金色翅膀半展着倒在沙子上时，它们立即发出了令人恐惧的尖叫声。再看那一百条毒蛇一齐发出一百个重合的嘶嘶声，而魔法袋里美杜莎头上的毒蛇也回应着嘶嘶作响。

戈耳工彻底清醒后，立刻冲向空中，挥舞着它们的铜爪，龇着可怕的獠牙，猛烈地扇动着巨翅，抖落了一地金羽。时至今天，你也许还能在那里看到散落的金羽呢。就像我刚刚说的，戈耳工飞到空中，怒视四方，希望能把谁变成石头。珀尔修斯只要看了它们的脸，或是落入它们的利爪，他可怜的妈妈就再也亲吻不到儿子了。不过珀尔修斯很小心地避开不看它们，又因为他戴着隐身头盔，戈耳工不知

PERSEVS & THE GORGONS

道朝哪个方向去追他。而且，他很好地使用了飞行鞋，向上直飞了一千六百多米。到了那个高度，那些生物可怕的叫声已经远去，他就径直向塞里福斯岛飞去，准备把美杜莎的脑袋带给国王波吕得克忒斯。

我实在没时间细说珀尔修斯在回家路上发生的一些神奇的事情。比如，他遇上一只海怪正要吞吃一个美丽的少女，就杀死了它；他仅仅让一个庞大的巨人看了一下美杜莎的脑袋，就把他变成了一座石山。如果你怀疑这个故事的话，可以找个时间去一趟非洲，看看那座石头山，它还是用那古代巨人的名字命名的呢。

最后，我们勇敢的珀尔修斯到达了那座岛屿，希望能见到他亲爱的妈妈。不过，当他不在岛上的时候，那个歹毒的国王对达那厄非常坏，逼得她只能跑到一座神庙里避难。在那里，有一些好心的老祭司善待她。那些老祭司以及那个好心肠的渔夫（也就是发现达那厄和小珀尔修斯在箱子里漂过来的那个渔夫）估计是岛上仅有的正直的人了。岛上所有其他的人，包括国王波吕得克忒斯本人，行为都相当恶劣，现在他们就要遭到报应了。

珀尔修斯发现他的妈妈不在家里，就直接去了皇宫。他马上被带到了国王面前。波吕得克忒斯看到他，怎么也高兴不起来。坏心肠的国王认定戈耳工会把这可怜的年轻人撕成碎片，整个儿吞下去。谁知道，他居然安全回来了！国王只能带着假笑迎上去，问珀尔修斯是怎么成功做到的。

"你实践你的诺言了吗？"他问道，"帮我带回来蛇发女妖美杜莎的脑袋了吗？如果没有，年轻人，你可要受重罚了。因为我必须拿它作为新婚礼物，送给美丽的希波达米亚公主。没有什么东西比美杜莎的头更能博得她的欢心了。"

"是的，请放心，我的陛下。"珀尔修斯平静地回答，似乎对他这样的年轻人来说，这不是什么大不了的事情，"我已经给您带来了美杜莎的脑袋，包括蛇发和所有东西。"

"真的吗？让我看看。"国王波吕得克忒斯说道，"如果那些旅人说的是真话，这一定是件稀奇的东西。"

"陛下您说得很对。"珀尔修斯答道，"这正是一件会让所有看到它的人都目瞪口呆的东西。如果陛下觉得合适的话，我建议您为此设立一个节日来庆祝它，把您所有的臣下召来，一起目睹这个稀奇玩意儿。我想，他们之中很少有人看过美杜莎的脑袋，以后可能也再没有机会看到了。"

国王很清楚自己的臣民们是一群懒散的家伙，而且像其他懒人一样爱凑热闹，所以，他采纳了年轻人的建议，派出传令官和信使去四面八方，在街角、市场和每个路口吹响号角，通知所有人来到宫殿。果然来了一大帮游手好闲的人，个个幸灾乐祸，希望珀尔修斯遇到戈耳工时会遭遇不幸。如果这岛上还有什么好人的话（我是真心希望能有一些好人，但事实上故事告诉我们，这儿没有好人），他们本该安静地待在家里，做他们自己的事情，管好自己的小孩。然而绝大多数居民一窝蜂地拥向宫殿，推搡着，拥挤着，一个挨一个，争着挤向阳台——在那里站着的正是手拿绣花魔法袋的珀尔修斯。

在一个能清楚地看到阳台的平台上，威严的国王波吕得克忒斯坐在大臣们当中，一群谄媚的侍臣簇拥着他围成一个半圆。国王、大臣、侍臣还有臣民，都眼巴巴地盯着珀尔修斯。

"给我们看看那个脑袋！给我们看看那个脑袋！"人们叫喊着，喊声中充斥着残忍，似乎一旦珀尔修斯拿不出他们想看的东西，就要把他撕成碎片，"快给我们看蛇发女妖美杜莎的脑袋！"

年轻的珀尔修斯感到一阵痛苦，难以言说的遗憾袭上心头。

"啊，波吕得克忒斯国王，"他大声说，"还有你们大家，我真不愿意把美杜莎的脑袋献给你们看！"

"啊，真是个坏蛋、懦夫！"人们比之前叫喊得更加激烈了，"他在耍我们呢！他肯定没有美杜莎的脑袋！如果有，就拿出来给我们看啊！否则，我们就要把你的脑袋当足球踢！"

邪恶的大臣们在国王耳边悄声出着坏主意；侍臣们窃窃私语，说珀尔修斯对他们的国王不敬，尊贵的国王波吕得克忒斯摆了摆手，用坚定、低沉的语调命令珀尔修斯交出脑袋。

"把美杜莎的脑袋拿出来给我看，否则，我就砍下你的脑袋！"

珀尔修斯叹了口气。

"立刻拿出来，"波吕得克忒斯重复道，"否则你就得死！"

"那么，看吧！"珀尔修斯大喊，声音洪亮得如同一声号角。

就在珀尔修斯拿出美杜莎脑袋的一瞬间，国王波吕得克忒斯和他邪恶的大臣们，还有他所有残忍的臣民们，都没来得及眨一下眼睛，就变成了一组君臣群像。他们带着那个时刻的神情永恒地定格了。看到可怕的美杜莎脑袋的那一瞬间，他们就变成了苍白的大理石！而珀尔修斯呢，他收回脑袋放进魔法袋，找到他亲爱的妈妈，告诉她再也不用害怕坏国王波吕得克忒斯了。

[1] Quicksilver，直译为水银，即希腊神话里的赫尔墨斯，罗马神话中又称墨丘利（Mercury），为宙斯之子，是神话中的信使。

[2] 格赖埃三姐妹（Three Gray Women）是海神福尔库斯（Phorcys）和刻托（Ceto）所生的三个女儿。

[3] 原文 high-flying 为双关语，除了"高空飞行器"的字面意思，还表示自命不凡。

珀尔修斯拿出美杜莎脑袋的一瞬间，国王与他的臣民们就变成了雕像 ▶

PERSEVS·SHOWING·THE·GORGON'S·HEAD·

第三章　点金术

故事相关背景：弥达斯是弗里吉亚国王戈耳狄俄斯和女神库柏勒收养的儿子。当他还是个婴儿的时候，蚂蚁向他嘴里运送食物，预示了他将来必然成为巨富。一次，酒神狄俄尼索斯发现他的老师西勒诺斯不见了。原来西勒诺斯醉酒之后到处乱跑，在弗里吉亚的山里被一些农民抓住了。农民们将西勒诺斯带到国王弥达斯那里。弥达斯因为参加过酒神节，立刻认出了西勒诺斯。他赶紧释放了西勒诺斯，并款待了他十天十夜，最后把他交还给狄俄尼索斯。酒神为了报答弥达斯对自己老师的善待，就有了以下的故事。

很久很久以前，有一个非常富有的人，他是个国王，名字叫作弥达斯。弥达斯有个小女儿，除了我，没人听说过她。她的名字呢，我要么从来不知道，要么听过，但完全忘记了。由于我喜欢给小姑娘取奇怪的名字，所以我把她叫作金盏花。

对于国王弥达斯来说，世界上没有任何东西比金子更让他喜欢了。

他十分珍爱自己的王冠，因为这是由贵重的金子做成的。如果说世上还有其他人或物是他喜欢的，哪怕只及得上他对金子一半的喜欢，那一定是他的小女儿了。她总是开开心心地在父亲的脚凳边上玩耍。可是，弥达斯越是喜欢他的女儿，就越是渴望和追求财富。他觉得，一个人能为他珍爱的孩子做的最好的事情，就是留给她一大堆从创世起就开始累积的，金灿灿、亮晶晶的金币。多么愚蠢的人啊！就这样，他把所有心思和精力都放在了这唯一的目标上。如果他恰好瞥见被落日染成金色的云朵，他就希望那是金子做的，能被他抓下来，藏到他的保险箱里去。当小金盏花捧着一束毛茛和蒲公英跑去见他时，他总是不屑地说："孩子，这些看上去亮闪闪的花儿要真是金子做的，才值得采呢！"

然而，在他还没有如此疯狂地追求财富之时，弥达斯国王对赏花还颇为在行呢。他建了一个花园，里面种满了玫瑰花。这些花儿硕大美丽，香气扑鼻，世人从没见过这样的花朵。现在这些玫瑰依然长在花园里，还是那么大朵，可爱芬芳，一如当年。那时弥达斯曾一连几小时地注视着它们，闻着它们的芳香。可如今，如果他还愿意看上花儿们一眼，也只是在计算如果这无数的玫瑰花瓣是金箔做的，那该值多少钱。他还曾酷爱音乐（尽管有个无聊的故事提到他的耳朵长得跟驴耳朵一样），但对可怜的弥达斯来说，现在唯一的音乐就是钱币互相撞击的叮当声了。

随着年岁的增长，人们总是变得越来越愚蠢，除非他们能留心使自己更明智。弥达斯已经变得不可理喻了，他简直不能忍受看到或碰到任何不是金子做的东西。因此，他习惯于每天花大把时间待在一个阴暗沉闷的房间里。那房间建造在宫殿的地下，用来安放他的财宝。每当弥达斯想让自己开心一下的时候，他就来到这个地洞里（它其实比地牢好不了多少）。在这里，他会小心翼翼地锁好门，然后拿出一袋金币、一个脸盆大小的金杯、一根重重的金条，或是八升金沙，把它们从隐秘的角落拿到光亮处，那里恰好有一束狭小的阳光从一扇地牢天窗般的小窗户外射进来。他珍爱那束阳光，不为别的，只因为没有这阳光的帮忙，他的宝贝财富就无法闪闪发亮。然后，他会数袋子里的金币，上下抛着金条玩，让金沙从自己的指间滑落，或是从亮闪闪的金杯边缘看自己滑稽的倒影。他还会自言自语："哦，弥达斯，富有的国王弥达斯，你是个多么幸福的人儿啊！"他的脸庞从锃亮的金杯表面反射出来，咧开嘴对着他笑。这场景真是好笑极了，似乎杯子也知道他愚蠢的行为，正淘气地取笑他呢。

弥达斯把自己叫作幸福的人儿，但他又感到自己还不够幸福。除非全世界都是他的宝库，堆满了属于他的金子，他才能达到幸福的顶点。

现在，聪明的听众们，用不着我提醒，你们也该明白，在弥达斯国王生活的那个古老时代里，发生了许多事情，这些事情若是今时今日发生在我们的国度里，就像是奇迹一般。当然，从另一个角度来说，今天发生的许多事情不仅对我们来说很神奇，连那个古老时代的人见了也要目瞪口呆。总之，我认为相比之下，还是我们的时代更奇怪一些。不过，无论如何，我得继续讲我的故事了。

有一天，正当弥达斯和往常一样在他的宝库里陶醉的时候，他发现金子堆上出现了一个影子。他猛地抬头，发现在明亮、狭窄的光束里，居然站着一个陌生人！这是个脸庞红润、神情快活的年轻人。不知道是因为弥达斯国王在想象中把一切都镀上了金色，还是出于其他原因，他不禁觉得，陌生人的微笑里似乎也带着金色的光芒——尽管陌生人挡住了阳光，但现在一堆堆宝贝上的光芒反而更加明亮。当陌生人微笑的时候，宝库中最远的角落也被火焰般的亮光照得明亮起来了。

弥达斯很清楚，自己已经很小心地上了锁，没有凡人能闯入他的

54

陌生人出现在弥达斯面前 ▶

THE·STRANGER·APPEARING·TO·MIDAS

宝库。所以，他知道，这个来访者肯定不是凡人。告诉你们他到底是谁其实无关紧要。在那个时候，地球还是个新生事物，上面住着不少天赋异禀的神明，他们总是饶有兴致地关注着地球上男女老少的喜怒哀乐，一方面是为了好玩，另一方面也是出自真心。弥达斯在此之前就曾遇到过这样的人物，所以很高兴再次遇到他们。确实，这个陌生人的外表十分友好和善，即使不是前来赐福的，至少也没理由去怀疑他会带来灾祸。他大有可能是来帮弥达斯的。那么，除了让他的财富翻倍，还有其他忙需要帮吗？

陌生人环视房间，他那明亮的微笑照亮了屋里所有的金子，然后他转向了弥达斯。

"你真是个富有的人啊，我的朋友弥达斯！"他说道，"我怀疑地球上是不是还有另外的房间，能像这里一样装那么多金子呢。"

"我确实很富有，很富有。"弥达斯不满意地回答道，"不过，如果你考虑到这是我耗尽毕生之力才获得的，你会觉得这点儿财富根本不值一提。如果一个人能活一千年，他才会有时间变得富有。"

"什么！"陌生人叫道，"这么说，你还不满足？"

弥达斯点点头。

"那请问什么才能让你满足呢？"陌生人问道，"仅仅出于好奇，我也很想知道呢。"

弥达斯停下来沉思了一会儿。他预感到这个带着金色光辉和友善微笑的陌生人愿意且有能力满足他最大的心愿。所以，现在就是幸运时刻；只要他开口，任何他想要的东西，不管是合理的还是不合理的，他都能得到。所以，他想啊想，想啊想，想象着一座金山堆上另一座金山，觉得怎么也不够大。最后，弥达斯国王有了一个聪明的想法，这想法和他挚爱的金子一样闪亮[1]。

他抬起头，看着全身熠熠生辉的陌生人。

"好吧，弥达斯，"来访者说道，"我想你一定是有了叫你满意的念头，告诉我你的愿望吧。"

"就是这个愿望。"弥达斯回答说，"我竭尽全力收集起来的财富也只有这么小小的一堆，我厌倦了这样大费周折，我希望我触碰到的任何东西都会变成金子！"

陌生人的微笑变得更灿烂了，就像闪耀的太阳照亮了落满金秋黄叶的河谷，这微笑让房间里所有的金子都沐浴在光亮之中。

"点金术啊！"他说道，"我的朋友弥达斯，你居然能想出这么聪明的主意，真是值得称赞！不过，你确信这个能满足你吗？"

"怎么会不满足呢？"弥达斯说。

"你永远不会后悔拥有这种能力？"

"还有什么比这个更有吸引力的呢？"弥达斯说，"其他的我都不要，只要拥有这种能力，我就心满意足了。"

"那就如你所愿吧。"陌生人说着，挥手告别，"明天早上，当太阳升起时，你就会发现自己拥有点金之术了。"

然后，陌生人的身影变得异常明亮起来，弥达斯不由自主地闭上了眼睛。等到他再睁开的时候，只看到一束金色的阳光照得他花了一辈子囤积起来的宝贝金子在他周围闪耀。

弥达斯那天晚上是不是和往常一样睡得安稳，故事里没有说。不过，不管是睡着还是醒着，他大概都无比兴奋，就像一个知道第二天早上会有新玩具的小孩儿。无论如何，当弥达斯国王完全醒来的时候，太阳还没爬上山坡呢。他从被窝里伸出胳膊，开始去触碰所有能够碰到的东西，急着想要确认陌生人许诺的点金术是不是已经实现。他把手指放在床边的椅子上，还有各种各样的东西上，不过让他大为沮丧的是，所有东西还是原来的样子。事实上，他非常担心那个光彩照人的陌生人只是自己的美梦，或者那个家伙不过是和他开了场玩笑。如果是那样的话，他点石成金的希望就落了空，只能满足于用平常的办法，一点一点将金子收集起来，没法点石成

金了。那将会多么让人伤心啊！

　　这时，天色刚蒙蒙亮，天边只有一抹鱼肚白。弥达斯并没有注意到，他闷闷不乐地躺着，为希望落空而遗憾，越想越难过。旭日的光芒穿过窗子，照亮了他头上的天花板。弥达斯发现，明亮的金色阳光反射在他白色的床罩上，这一景象有些异常。再凑近一看，他又惊又喜，原来床罩已不再是亚麻编成的，而是由最纯、最亮的金子织就！第一缕阳光真的给他带来了点石成金的能力！

　　弥达斯一跃而起，欣喜若狂地在房间里到处疯跑，看到什么就抓什么。他抓住了一根床柱，它立刻变成了有槽纹的金柱子。为了更清楚地看到他所创造的奇迹，他拉起了窗帘的一边，结果手里的流苏变沉重了，变成了一块金子。他从桌上拿起了一本书，在他刚碰上去的时候，书和我们今天看到的镀着金边的大部头没啥两样，可是等到他开始用手指翻动书页时，看啊，书成了一叠金箔，蕴含智慧的文字都变得难以辨认了。弥达斯急急忙忙地穿上衣服，喜出望外地发现自己穿上了一套纯金的衣服。尽管略感沉重，但仍是那么柔软而富有弹性。他拿出手帕，那是小金盏花帮他缝的。手帕也成了金的，四边是他心爱的孩子干净漂亮的针脚，全成了金线缝的呢！

　　然而，最后这个变化并没有让弥达斯有多高兴。他更希望小女儿的手工还保持原样，就像金盏花爬上他的膝头，把手帕刚递到他手中时的样子。

　　不过他犯不着为这桩小事而烦恼。现在，为了更好地看清四周，弥达斯从口袋里拿出眼镜，架到鼻梁上。在那个时代，普通人使用的眼镜还没有出现呢，不过国王们已经在使用了，否则，弥达斯怎么会有眼镜呢？然而，让他困惑的是，即使这副眼镜那么出众，他却发现自己透过眼镜什么也看不到。事实上，这个再自然不过了——他取下眼镜的时候，发现透明的水晶镜片已经变成金片了。虽然金子很值钱，但作为眼镜来说，就毫无价值了。这对弥达斯来说实在太不方便了：尽管他那么富有，但他再也不能拥有一副能用的眼镜了。

　　"不过，那也没什么大不了的。"弥达斯颇为豁达地自言自语，"我们不能指望世事完美无缺。不管怎么说，如果一个人的视力不是太糟糕的话，还是值得为点金术牺牲一副眼镜的。起码没有牺牲我的眼睛，我的视力还能胜任日常生活，而且我的小金盏花就快长大了，那时她就能读书给我听了。"

　　聪明的国王弥达斯有了这等好运，真是高兴坏了，小小的宫殿似乎已经容不下他了。于是，他跑下楼梯，看到楼梯的栏杆随着手指的触碰变成了闪闪的金栏杆，不禁微笑起来。他拉起门把手（门把手此前只不过是黄铜的，弥达斯的手指松开后，它已经是金的了），跑进花园。在这里，他看到无数美丽的玫瑰花正在盛开，也有些还是花骨朵儿，有些则含苞待放，在晨风中散发着甜美的芬芳。这些娇艳的红晕当属世上最美的风景，它们是那么温和柔美，充满了甜蜜的静谧。

　　不过在弥达斯看来，还有一种办法能让这些玫瑰变得更加珍贵。他强忍着被花刺划伤的疼痛，不辞辛劳地在花丛中来来去去，施展神奇的点金术，直到每一朵花、每一个蓓蕾，甚至一些花心里的虫子都变成了金子。等到这项大工程完成，国王终于打算享用早餐了。早晨的清新空气使他胃口大开，于是他急急忙忙返回了宫殿。

59

在弥达斯那个时代，一个国王的早餐通常会是什么样子呢？我真的不知道，现在也无从考究。我猜，在这个特别的早上，国王的早餐会有热饼、一些美味的鲑鱼、烤土豆、新鲜的煮鸡蛋，还有咖啡，这些都是国王享用的；给他的女儿金盏花的，应该是一大碗面包和牛奶。无论如何，这样的早餐都够得上呈给国王的标准；不管是不是这样，弥达斯的早餐也不会比这个更好了。

小金盏花还没有出现。她的父王派人去叫她，然后自己坐在桌边等女儿过来一起用早餐。替弥达斯说句公道话，他真的很爱自己的女儿，而今天因为好运的降临，使他觉得更爱女儿了。不一会儿，走道那边传来女儿大哭的声音，这实在让他感到奇怪。因为金盏花是你在夏日能看到的最快活的小人儿，一年十二个月里，你几乎看不到她流眼泪。当弥达斯听到她的哭声时，决定给小金盏花一个小小的惊喜，好让她高兴起来。于是，他探过身子，伸手碰了一下女儿的碗（那是个绘满漂亮图案的瓷碗），把它变成了亮闪闪的金碗。

这时，金盏花慢吞吞、闷闷不乐地开门进来，撩起围裙擦着眼泪，还在伤心地哭着。

"怎么啦，我的小姐！"弥达斯说道，"在这明媚的早晨，你这是怎么了？"

金盏花还是没有把围裙从眼睛上拿开，只是伸出手来，拿着一朵刚刚被弥达斯变成金子的玫瑰。

"多漂亮啊！"她的父亲大赞，"这朵美丽的金玫瑰怎么让你不高兴了呢？"

"啊，亲爱的父亲！"小姑娘哽咽着回答，"这一点儿也不漂亮，这是最丑的花了！我一穿好衣服就跑去花园里，想采些花送给您，因为我知道您喜欢它们，尤其是您亲爱的女儿为您采来的。可是，噢，天哪！您知道发生什么了吗？多糟糕啊，所有漂亮的玫瑰全都被毁掉了！它们原本闻上去那么香甜，看上去那么娇艳，现在全成了黄色的，就像您看到的这一枝，一点儿香味都没有了！它们到底怎么了呀？”

　　“哦，我亲爱的孩子，别再为这个而哭泣了！”弥达斯说道，他不好意思承认是自己的行为让女儿如此难过，“坐下来享用你的面包和牛奶吧！你会发现，用一朵金玫瑰换一枝普通的玫瑰，是很划算的事情呢。前者能保存几百年，而后者呢，朝开夕谢，只有一天的生命。”

　　“我一点儿也不喜欢这样的玫瑰！”金盏花说道，不屑一顾地把金玫瑰扔掉了，“它没有香味，硬邦邦的花瓣还刺痛了我的鼻子！”

　　现在，这孩子已经坐在桌边了，但她还在为毁掉的玫瑰而伤心，压根儿没有注意到她的瓷碗有了神奇的变化。也许这样更好，因为金盏花已经习惯了欣赏这些新奇的图案，以及画在碗边上的奇异的树木和房子，现在这些图案已经在金碗上完全消失了。

　　这个时候，弥达斯倒了杯咖啡。当然，不管这咖啡壶在他提起来的时候是什么材质的，等他放下时，已经变成金的了。他暗想，作为一个一贯生活简朴的国王，现在使用全套金制餐具来用早餐，真可谓奢华的享受了。接下来，他又开始为如何安全收藏他的宝贝而担心了。把这些值钱的金碗、金咖啡壶放在碗柜和厨房里已经不再能让人放心了。

　　他一边想着，一边把一勺咖啡送到唇边，轻轻啜吸着。让他惊讶的是，他的嘴唇一碰到液体，它就变成了熔化的金子，下一个瞬间就凝固成块了。

　　“啊！”弥达斯叫道，惊骇极了。

　　“父亲，怎么了？”小金盏花看着他问道，眼中还带着泪水。

"没什么，孩子，没什么！"弥达斯说道，"喝你的牛奶吧，别让它凉了。"

弥达斯从他的盘子里取了条美味的小鲑鱼，尝试着用手指碰了碰鱼的尾巴。让他惊骇的是，这条炸得美味可口的鲑鱼立刻变成了一条金鱼。当然，这可不是人们养在圆玻璃缸里用来装饰客厅的那种金鱼，而是一条真正用金属做成的鱼。它看上去像是由世上最棒的金匠精心制作而成的。它小小的骨头现在成了金丝，鱼鳍和鱼尾上都是薄薄的金片，鱼身上还留着叉子的印痕——这条炸得美味酥脆的小鱼确确实实变成金属鱼了。你可能觉得这是件漂亮的作品，可是对弥达斯国王来说，他多么希望这盘子里的是一条真实的鱼，而不是精致值钱的工艺品啊。

"我真不明白，"他心里想着，"现在我该怎么吃早餐呢？"

他又拿起一块热气腾腾的面饼，还没等把饼掰开，令人痛苦的事情又发生了。刚刚还雪白的面饼，现在成了一张黄澄澄的印度饼。说实在的，如果这真是一块热气腾腾的印度饼的话，弥达斯还会觉得比现在这样强，但饼的硬度和重量让他痛苦地认识到，这是金子。他怀着几近绝望的心情，又去拿了一个煮鸡蛋，鸡蛋依然和鲑鱼、热饼一样变成了金子。这个蛋确实会让人误以为是故事书里那只著名的会下金蛋的母鹅所下的，但现在弥达斯国王就是那只母鹅。

"好吧，这真让我为难！"他想着，靠到椅背上，有点眼红地看着小金盏花，她正津津有味地享用她的面包和牛奶，"我面前放着这么丰盛的早餐，却什么都吃不上！"

于是，为了避免这个麻烦，弥达斯打算在点金术生效前快速行事。接下来，他迅速地拿了块热土豆，试图塞到嘴里赶紧吞下去。然而他的点金术实在太灵了，他发现嘴里塞得满满的不是粉粉的土豆，而是坚硬的金属块。灼热的金块烫痛了他的舌头，他大叫着从桌边跳起来，又惊又痛地在房间里直跳脚。

“父亲，亲爱的父亲！”小金盏花叫道，她是个非常体贴的小姑娘，“您怎么了？烫伤嘴巴了吗？”

“啊，亲爱的孩子，”弥达斯悲伤地呻吟着，“你可怜的父亲真不知道该怎么办了？！”

是的，我亲爱的朋友们，你们可曾听说过这么悲惨的事情？这确实是呈给国王的最奢侈的早餐，然而正是它的奢侈让它一无所用。尽管弥达斯国王精美的早餐价值不菲，和同等重量的金子一样宝贵，但即使是最贫穷的劳工坐在他的硬面包和水面前时，也远远比国王幸福。该怎么办呢？现在还是早餐时间，弥达斯已经非常饥饿了。等到午餐的时候，他可能变得稍微好些吗？他会多么渴望晚餐啊，可是毫无疑问，放在他面前的还会是同样无法消化的食物！你想想，一直面对着这样“丰盛”的食物，他还怎么活下去呢？

这些想法困扰着我们聪明的弥达斯国王，最终他开始怀疑，财富是否是这个世界上唯一值得拥有的东西。他甚至怀疑，财富究竟是否值得拥有。不过这想法只在他脑海中一闪而过。弥达斯太陶醉于金子的光辉，不愿意为了这不值一提的早餐而放弃点金术。想一想，放弃点金术来换回一顿饭，那是多大的代价啊！那么做就相当于为了一点炸鱼、一个鸡蛋、一块土豆、一张热饼和一杯咖啡花费了几百万的钱，还放弃了可能拥有的不可胜数的财富。

“噢，那代价就太高昂了。”弥达斯想着。

但不管怎么样，弥达斯强烈的饥饿感和对处境的困惑让他又开始痛苦地大声呻吟起来。我们可爱的金盏花再也忍不住了。她盯着父亲坐了一会儿，试图用她的小脑瓜弄明白父亲到底怎么了。然后，她怀着难以自制的愁绪和悲伤从椅子上站起来，跑向弥达斯，用手臂温柔地抱住父亲的膝盖。弥达斯弯下腰亲吻着女儿，感到来自小女儿的爱比那些由点金术得到的财富要珍贵千百倍。

"我珍爱的、最珍爱的金盏花！"他说着。

然而，金盏花却没有回答。

啊，他究竟做了什么？那个陌生人给的礼物真是要命！弥达斯的嘴唇碰到金盏花额头的那一瞬，变化发生了。她甜美、红润的脸蛋曾是那样温柔，如今却变成了闪闪的金色，脸颊上还凝着金色的泪珠。她漂亮的棕色鬈发也变成了同样的金色。她柔软的身体在父亲环绕的臂弯里变得僵硬了。啊，可怕的不幸啊！都怪他对财富贪得无厌的追求，害得小金盏花不再是个小人儿，而变成了一座黄金雕塑。

是的，她就站在那儿，脸上还挂着关切、悲伤、遗憾的神情。这真是世人所见过的最美也最悲伤的景象了。金盏花的身形样貌都没有改变，甚至可爱的小酒窝也依然挂在她金铸的脸颊上。然而，金像越是酷似真人，她的父亲越是痛苦——他的女儿只是一座雕像了！从前，每当弥达斯感到特别喜爱女儿的时候，最喜欢说的话就是：她和金子一样宝贵。想不到今天被他不幸言中了。他终于认识到，一颗温暖体贴热爱他的心，远远比从地面堆积到云霄的财富更宝贵啊！可是一切都太晚了！

如果我告诉你们弥达斯如何从原先的心满意足到现在绞着双手苦苦哀叹，那会多么令人悲哀啊。他既不忍心看金盏花，又舍不得把视线从她身上挪开。除非他的双眼紧盯着雕像，否则，他真的无法相信她已经变成了金子。但当弥达斯再偷瞥一眼这珍贵的小雕像，看到她金色的脸颊上挂着金泪珠，带着哀怨和温柔的神情时，他觉得那神情似乎能软化黄金，使她的身体恢复鲜活。然而这是不可能的。因此弥达斯只能绞着双手，宁愿自己是这世上最贫穷的人，如果失去他所有

金盏花被父亲弥达斯的点金术变成了黄金雕塑 ▶

· MIDAS' · DAUGHTER · TURNED · TO · GOLD ·

THE·GOLDEN·TOUCH

的财富能让亲爱的女儿脸色恢复红润的话。

　　正当他沉浸在绝望而混乱的心情中时，忽然看到有个陌生人站在门边。弥达斯低下头，一言不发——他已经认出这正是一天前在他的宝库里遇到的那个人，就是他赋予了自己带来灾难的点金之术。陌生人的脸上依然带着微笑，让整个房间都罩在金色的光辉之中。这笑容照亮了小金盏花的雕像，也照亮了被弥达斯点成金子的其他器物。

　　"好啊，我的朋友弥达斯，"陌生人说道，"你的点金术用得还顺手吧？"

　　弥达斯摇了摇头。

　　"我感到非常悲哀。"他说道。

　　"非常悲哀，真的吗！"陌生人叫起来，"怎么会那样呢？难道我没有如实兑现我的诺言吗？难道你没有得到你想要的一切吗？"

　　"金子不代表一切，"弥达斯回答，"我失去了真心在乎的一切。"

　　"啊！也就是说，从昨天到今天，你有了新发现？"陌生人说道，"那让我们看看，你觉得这两样东西哪个更有价值呢——是点金术，还是一杯清澈的水？"

　　"噢，当然是神圣的水！"弥达斯叫道，"可它再也没法湿润我干渴的喉咙了！"

“那是点金术，”陌生人继续问道，“还是一片面包呢？”

“一片面包。”弥达斯回答，“它抵得上世界上所有的金子！”

“点金术，”陌生人继续发问，“还是一小时前你温暖、柔和、可爱的小金盏花呢？”

“噢，我的孩子，我亲爱的孩子！”弥达斯哭着，痛苦地绞着他的双手，“给我把整个地球变成金块的能力，我也不愿用她的一个小酒窝来交换！”

“你比以前明智了，弥达斯国王！”陌生人看着他，严肃地说，“我想你的心还没有完全从血肉变成金块。如果是那样的话，你将真的无可救药了。不过还好你懂得，每个人身边触手可及的平常事物强过那么多世人所感叹和追逐的财富。现在，告诉我，你真的不再想要点金术了吗？”

“我太讨厌它了！”弥达斯回答。

这时一只苍蝇停在了他的鼻子上，但马上掉到了地上，因为它也变成了金子。弥达斯不禁打了个寒战。

“那去吧，”陌生人说道，“跳进那条流过你花园的河里。在河里舀一罐水，把它洒到任何你想要恢复它们原先模样的东西上。如果你认真诚恳地这么做了，那就可能修复你因为贪婪而犯下的错误。”

弥达斯国王深深地鞠了一躬，等到他再抬起头的时候，这个带着光辉的陌生人已经消失了。

接下来你肯定想得到，弥达斯立刻抓起一个巨大的陶制水壶（可是，唉，等他碰到水壶的时候就不再是陶制的了），急忙冲向河边。他一路奔跑，冲进灌木丛中，他身后的叶子立刻变成金黄色，真是美不胜收，似乎秋天哪儿也没去，单单到了那里。等到了河边，他一头扎了进去，连鞋都没来得及脱。

“噗！噗！噗！”弥达斯国王的头从水里冒了出来，“太好了，这真是让人神清气爽啊！我想应该已经把点金术洗掉了吧。现在就该

· MIDAS · WITH · THE · PITCHER ·

灌满我的水壶了！"

他把水壶浸到水里，看到它又变回了被他碰触之前那个朴素实在的陶壶，心里充满了喜悦。他还感知到自己身上也发生了变化，胸前有一块冷冰冰、硬邦邦、沉甸甸的东西似乎消失了。毫无疑问，他的内心曾渐渐失去人类器官的特质，变成了毫无知觉的金属，不过现在又恢复了柔软，变得有血有肉了。弥达斯看到河岸上长着一朵紫罗兰，就伸手碰了一下。他喜出望外地发现这娇嫩的花朵依然保持着紫色，而没有变成金黄色。点金术的魔咒终于真正从他身上消失了。

弥达斯匆忙赶回宫殿。我猜，仆人们看到他们的国王如此小心翼翼地带回一壶水，一定感到很奇怪，不知道发生了什么。不过对弥达斯来说，那水能够挽回他的蠢行带来的恶果，比纯金熔成的汪洋还要宝贵。不用说，他所做的第一件事情，自然是把水一捧又一捧地洒到小金盏花的金像上。

水一落到她身上，这亲爱的小姑娘的双颊就恢复了玫瑰般的红润，然后她开始打喷嚏，噗噗地吐着水。看到这情景，你一定会笑出来！当她发现自己湿答答的，而她父亲还在继续往她身上浇水时，是多么惊讶啊！

"请不要这样，亲爱的父亲！"她大叫，"你把我的漂亮裙子都弄湿了，我可是今天早上才换上的呀！"

金盏花不知道自己曾变成一座小小的金像，也不记得她伸手去安慰可怜的弥达斯国王之后发生了什么。

她父亲认为没有必要告诉他亲爱的孩子自己之前有多愚蠢，不过他很想展示一下他现在变得有多明智。于是他领着小金盏花来到花园，把水壶里剩下的水都洒到玫瑰花丛上。效果真是不错，五千多枝玫瑰又像以前一样美丽绽放了。不过，只要弥达斯国王活着，就有两件事提醒着他曾经拥有过点金术。一件是，河里的沙子像金子一样闪闪发

◀ 弥达斯把陶罐浸入花园的河中，迫切地想要一切都恢复原状

光；另一件是，小金盏花的头发染上了金色，这是她被父亲的亲吻变成金像之前所没有的。这真是个好变化，让金盏花的头发比她孩童时更加明丽了。

当弥达斯国王已是耄耋老者的时候，常常让金盏花的孩子们在膝上玩耍。他喜欢给孩子们讲这个很神奇的故事，就和我给你们讲的一样。那个时候，他会抚摸着他们的金发告诉他们，这有着金子般色泽的头发遗传自他们的妈妈。

"老实告诉你们，我亲爱的小家伙们，"弥达斯国王总是一边开心地陪伴着孩子们，一边说，"从那天早晨起，除了这个，其他的金子都让我生厌了。"

---

[1] 原文中本句用了两次 bright，既有闪亮的意思，又表示聪明。这里形容的是聪明的想法和闪亮的金子。

·THE·PARADISE·OF·CHILDREN·

第四章　孩童乐园

故事相关背景：潘多拉是希腊神话中火神赫菲斯托斯用黏土做成的第一个人类女子，作为对普罗米修斯盗火的惩罚。众神赠予她各种礼物，使她更具魅力：赫菲斯托斯给她做了华丽的金长袍，爱神阿弗洛狄忒赋予她美丽，神使赫尔墨斯（即前文中的水银）教会了她善于言辞……但众神中，唯独智慧女神雅典娜拒绝给予她智慧，于是就有了以下的故事。

　　很久很久以前，这个古老的世界还处在它的婴儿期，有个名叫厄庇墨透斯的孩子既没有爸爸，也没有妈妈。不过，他并不孤单，因为还有一个和他一样无父无母的孩子和他生活在一起，成了他的好玩伴、好帮手。她来自遥远的国度，名字叫潘多拉。

　　当潘多拉走进厄庇墨透斯住着的小屋时，她看到的第一件东西就是一个大盒子。于是她一跨进门槛就问道：

　　"厄庇墨透斯，你这盒子里是什么啊？"

"我亲爱的小潘多拉，"厄庇墨透斯回答道，"这是个秘密，你最好不要问关于它的任何问题。有人把这盒子留在这儿，让我妥善保管，我自己也不知道里面是什么呢。"

"不过，这是谁给你的呢？"潘多拉继续问，"盒子又是从哪里来的呢？"

"那也是秘密呢。"厄庇墨透斯回答。

"真是讨厌！"潘多拉噘起小嘴叫道，"我真希望这个难看的大盒子离我远一点儿！"

"好啦，别再想着这盒子了。"厄庇墨透斯说，"我们出去找其他小朋友好好玩玩吧。"

厄庇墨透斯和潘多拉生活在千万年前，那个时候的世界和现在的截然不同。那时候每个人都是孩子，不需要爸爸妈妈来照顾，因为那里既没有危险，也没有任何烦恼；没有衣服需要缝补，而且永远有足够的食物可供吃喝。要是一个孩子想吃饭了，他会发现树上的果实就是他的美餐。如果他在早上观察一棵树，就能看到他当天的晚餐正盛开着花朵；而在黄昏时分，他能看到明天的早餐正冒出小小的花骨朵儿呢。那真是非常快活的日子。孩子们不需要劳作，也不需要学习，整日要做的事情就是运动、跳舞。他们用甜美的童声互相交谈，或像鸟儿一样唱着歌，不断传出欢乐的笑声。

最棒的事情就是，那里的孩子们从来不会相互争吵。他们从不哭泣，也从没有哪个孩子会躲到角落去生气。生活在那个时候是多么幸福啊！事实上，叫作"烦恼"的东西，在那个时候并不存在。这些长着翅膀的丑陋小妖精，如今却几乎和蚊子一样多。潘多拉没法探究清楚神秘盒子里的秘密，感到十分恼火，这也许已经算得上那时孩子们经历过的最深的忧愁了。

起先，这烦恼只是一抹淡淡的阴影；可是日复一日，阴影越变越大；没多久，厄庇墨透斯和潘多拉的小屋再也不如其他孩子的那么阳光灿烂了。

"这个盒子是从哪里来的呢？"潘多拉不断地想，也不停地问厄庇墨透斯，"这盒子里面到底有什么呢？"

"盒子、盒子，老是提盒子！"最后，厄庇墨透斯终于忍不住了，他对这个话题实在是烦透了，"亲爱的潘多拉，我真希望你能试着谈谈其他事情。走，我们去采一些熟透的无花果当晚餐，在树下吃就好。我还知道一根葡萄藤，那上面长着的葡萄最为甜美多汁，你肯定从没吃过。"

"你就知道葡萄和无花果！"潘多拉任性地说道。

"好啦，"厄庇墨透斯说，他和那时候的大多数孩子一样脾气温和，"我们还是出去和伙伴们开开心心地玩耍吧。"

"我已经厌倦快乐的日子了，就算以后再没有快乐的日子，我也不在乎！"我们任性的小潘多拉答道，"而且，我并没有真正快乐过。这个难看的大盒子！我脑袋里总是想着它。我还是想请你告诉我里面是什么嘛。"

"我已经说过不下五十次了，我真的不知道！你让我怎么告诉你里面有什么呢？"厄庇墨透斯回答，他也有些恼怒了。

"你可以打开它呀，"潘多拉斜睨着厄庇墨透斯，"那样我们就可以亲眼看看是什么了。"

"潘多拉，你到底在想什么啊？"厄庇墨透斯大声说。

听到潘多拉想要打开盒子查看的想法，厄庇墨透斯惊恐万分。盒子被托付给他的时候，他曾被告知，无论如何都不能打开。潘多拉看

PANDORA·WONDERS·AT·THE·BOX·

到厄庇墨透斯吓成这个样子，觉得最好还是不要再提了。可是，她还是忍不住要惦记和谈论这个盒子。

"那至少，你能告诉我这个盒子是哪里来的吗？"她说。

"就在你来到这里之前，有人把它放在了门口。"厄庇墨透斯答道，"那是一个看上去非常和善、非常聪明的人，他放下这盒子时还忍不住想笑出来呢。他穿着一件奇怪的斗篷，戴着一顶奇怪的帽子。那帽子似乎有一部分是用羽毛做成的，看上去就像长着翅膀。"

"他拿着什么样的手杖呢？"潘多拉继续问。

"噢，那一定是你见过的最奇怪的手杖！"厄庇墨透斯叫道，"就像是两条蛇绕在一根棍子上，那两条蛇雕刻得那么逼真，我一开始还以为它们是活的呢。"

"我知道这个人。"潘多拉若有所思地说道，"没有其他人会有这样的手杖了。他就是水银。我和这个盒子一样，是被他带到这里来的。毫无疑问，这个盒子是专门给我准备的，里面很可能藏着给我穿的漂亮裙子，或是给我们一起玩的玩具，要不就是送给我们俩的好吃的！"

"也许是吧。但是在水银回来让我们这么做之前，我们谁也没有权利掀开这个盒盖。"厄庇墨透斯说着，扭头离开了。

"多傻的家伙啊！"潘多拉看着厄庇墨透斯离开了小屋，嘴里嘟囔着，"我真希望他多一点儿勇气呢！"

这是自潘多拉来到这小屋以来，厄庇墨透斯第一次没有叫上她一起出去玩。他独自去采无花果和葡萄了，或是和其他小伙伴找些乐子玩。潘多拉一直在提盒子的事情，他听得真是厌烦透了。他真心希望水银或者这个叫什么其他名字的信使把盒子留在了其他孩子的门口，这样潘多拉就不会看到它了。她对这个盒子真是太执着了！一直念叨着这个盒子、盒子，除了盒子就没有其他了！这个盒子就像是被施了魔咒，似乎他们的小屋都装不下它，不仅潘多拉总是被它绊倒，连厄庇墨透斯也常被绊倒，他们的小腿被撞得满是乌青。

是啊，我们可怜的厄庇墨透斯的耳朵里从早到晚都充斥着盒子，真是太为难他了。尤其是在那个快活的年代，孩子们可都不太习惯烦恼呢，也不知道有了烦恼后该怎么办。所以，这个小小的烦恼着实让他们心神不宁，就像我们现在会为大得多的麻烦而困扰一样。

厄庇墨透斯离开后，潘多拉还是站在那里盯着盒子。她总是说它难看，都不下一百次了。其实，不管她怎么贬低它，这个盒子本身仍是件非常漂亮的家具。不管放在哪个房间里，它都是件很不错的摆设。盒子是由一种漂亮的木材做成的，表面布满了黑色的纹理，被打磨得十分光亮，小潘多拉甚至能从上面照出自己的脸蛋来。在那个时候，这孩子还没有什么能用来照的镜子呢，单凭这一点，她也该喜欢这宝贝盒子呀。但奇怪的是，她却那么不喜欢它。

盒子的边边角角都是用最顶尖的技艺雕刻的。边缘附近雕刻着姿容俊美的男男女女，还有你所见过的最漂亮的孩子们。他们在繁盛的花丛和绿树之间，或是休息，或是游戏。这些不同的图像个个精美，合在一起又十分和谐。看，那些花，那些绿树，还有人物，像是交织成了一个美丽的花环。可是有那么一两次，潘多拉透过盒子上雕刻的花草树木，似乎看到了一张不那么美丽的脸，或是其他什么令人不快的东西，整个盒子都因此黯然失色。可是当她凑近细看，用手指触摸那张脸出现的地方时，又完全看不到那些丑陋的东西。想必是某张本来漂亮动人的脸，在她偶尔斜眼看的时候变得丑陋了。

最美丽的那副面孔就在盖子中间，使用的是高凸浮雕[1]的工艺。除了盒子本身乌黑光洁的木料和这张戴着花冠的脸庞之外，这盒子就没什么稀奇之处。潘多拉盯着这副面孔看了好多次，想象着那脸上的嘴巴如果愿意，就能和活人的嘴巴一样，或是莞尔微笑，或是不苟

潘多拉想打开这盒子，看看里面到底是什么 ▶

PANDORA·DESIRES·TO·OPEN·THE·BOX

言笑。千真万确，这些人物表情生动，而且相当顽皮，看上去似乎想要从满是雕刻的盖子上冲出来张嘴说话呢。

如果这嘴巴开口的话，它可能会这样说："别害怕，潘多拉！打开一个盒子能有什么危险呢？别去在乎那个可怜又愚蠢的厄庇墨透斯！你可比他聪明多了，也比他勇敢上十倍。打开盒子吧，看看是不是能找到一些顶顶漂亮的玩意儿！"

我差点忘了说，盒子被牢牢拴住了——不是用普通的锁或其他类似的东西，而是用金线打上了非常复杂的结。这个结看上去既没有头，也没有尾。从来没见过哪个绳结打得这么巧妙，也没有哪个绳结的线头来回穿进穿出了那么多次。这个结调皮地抵抗着所有试图解开它的手指，就连最灵巧的手指也不例外。然而，这个结越是复杂难解，潘多拉越是有兴趣解开它，看看它到底是怎么打上的。有那么两三回，她已经趴在了盒子上，用拇指和食指拿起了那个结，但还是下不了决心去解开它。

她自言自语道："我觉得我有点儿知道这个结是怎么打的了。也许我可以解开后再把这个结打上。这样肯定没什么问题，即使厄庇墨透斯也不会因此责怪我的。当然，没有那个傻男孩的同意，即使我把这个结解开了，最好也不要或者说不该打开盒子。"

要是潘多拉有些事情可做，或者有些其他东西能占据她的小脑袋，情况就会好多了，她就不会老是想着盒子这回事儿。可是在"烦恼"来到这个世界之前，孩子们的日子实在太轻松了，他们有大把大把的空闲时间。在那地球母亲的婴儿期，他们总不能永远在花丛中玩躲猫猫，或是用花环蒙上眼睛捉迷藏，或是玩其他任何能想到的游戏吧。当生活的全部内容就是游戏时，辛苦劳作才是真正好玩的事儿。那时候真是无事可做啊。我想，对小潘多拉来说，每天打扫一下小屋子，采一些新鲜的花（到处都是花，真是太多了）插到花瓶里，她一天的任务就完成了。然后，剩下的时间就交给了那个盒子！

不过，对潘多拉来说，惦记着盒子没准儿也是件好事儿。这至少能让她东想西想，而且只要有听众，她就有东西可谈！她心情愉快时，可以欣赏盒子光滑的表面，还有边缘上漂亮的人脸和花花草草。当她心情不佳时，可以推它，用淘气的小脚踹它。这个盒子可挨了她不少踢呢（就像我们看到的那样，这可是个会恶作剧的盒子，就该被踢）。不过话说回来，如果没有这个盒子，我们这位思维活跃的小潘多拉真不知道如何像现在这样打发时间呢。

猜想盒子里到底是什么真是件无休止的工作啊！这里面到底会是什么呢？我的小听众们，想想看，如果你家有这么个大盒子，你的小脑袋会有多忙碌啊。因为你可能会猜想，这里面是不是有些崭新漂亮的圣诞或者新年礼物呢？你觉得你的好奇心会比潘多拉少吗？当你单独和盒子待在一起的时候，会不会很想把盖子打开呢？不过你应该不会这样做的。哦，呸！不，不！如果你觉得里面可能是玩具，要是有机会瞥上一眼，你不太会轻易放弃吧！我不知道潘多拉是不是想要玩具，因为在那个时候，整个世界就是孩子们的大游乐场，也许还没有什么玩具被发明出来吧。不过潘多拉确信盒子里一定有一些漂亮值钱的东西，所以，她很渴望能偷偷看一眼，就像在场的每个小女孩一样。她可能比你们更好奇一些，不过这点我可不确定。

于是那一天到来了，就像我们一直提到的，潘多拉越来越好奇，那天比平时更甚。她终于靠近了盒子，已经下了一大半的决心要去打开它。噢，淘气的潘多拉啊！

一开始，她试图把盒子抬起来。盒子很重，对潘多拉这样一个柔弱的孩子来说，抬起来实在是太困难了。她把盒子的一端抬起了几十厘米，但随着一声巨响，盒子又摔落在地。过了一会儿，她似乎听到盒子里有什么动静。她把耳朵尽可能地贴上去听，里面真的传来某种闷闷的嘟囔声！或许这仅仅是潘多拉耳鸣了？抑或是她自己的心跳声？无论这孩子听没听到声音，她都不会感到满足。不管怎么说，她比之前更加好奇了。

潘多拉缩回了脑袋，目光落在金线打成的结上。

"打这个结的人一定非常心灵手巧。"潘多拉心想，"不过，我觉得自己能够解开这个结。至少我能找到金线的两端。"

于是她伸手拿起了那个金线结，努力查看这个复杂的结到底是怎么缠上的。潘多拉没意识到自己在干什么，很快投入到解开这个结的忙碌工作中。这时，明亮的阳光正从开着的窗户射进来，远处孩子们快乐嬉戏的声音也一并传来，也许这其中就有厄庇墨透斯的声音呢。潘多拉停下来聆听。这是个多么美好的日子啊！她为什么不能更明智点，把这复杂的金结放到一边，也不去想这个盒子，而是跑去和小伙伴们一起快乐地玩耍呢？

可是，潘多拉的手指一直都在不由自主地忙活着解那个金结。她恰好又瞥到魔盒盖子上那张戴着花环的脸，它似乎正朝她狡黠地咧着嘴笑呢。

"这张脸看上去真是淘气！"潘多拉想，"她是不是在笑我做错事了呢？我最好明智地逃到一边去，不管这个盒子！"

巧的是，正好那个时候，她不过是扭了一下金结，神奇的事情就发生了。金线像是有魔法一般自动松开了，现在没有什么锁着盒子了。

"这真是我知道的最奇怪的事情了！"潘多拉叫起来，"厄庇墨透斯会怎么说呢？我哪里有本事把这结重新打上呢？"

她试了一两回，想要重新把结打上，不过很快就发现自己压根儿做不到。由于结是自己突然解开的，所以，她根本不记得金线是怎么缠上去的。当她努力回忆这个结的形状和外观时，发现自己什么都想不起来了。所以，她什么也做不了，只能让盒子保持这个样子，等厄庇墨透斯回来。

潘多拉又想："可是，当他回来发现结被打开了，就会知道我做了什么。怎么才能让他相信我没有看过盒子里的东西呢？"

她淘气的小脑袋瓜里闪过一个念头：既然自己会被怀疑已经看过盒子里的东西，那索性现在就看上一眼吧。哦，潘多拉真是太淘气、太愚蠢了！你应该只想着做正确的事、不做错误的事，而不要去琢磨你的玩伴厄庇墨透斯会怎么想或怎么说。要不是盒盖上那张迷人的脸诱惑着她，要不是她比之前更加清楚地听到了盒子里面的轻声嘟囔，她也许就不会犯傻。她分不清楚这是真的，还是自己的幻想。但她确实听到了一些嘈杂的低语，但也可能在低语的只是她的好奇心。

"放我们出来吧，亲爱的潘多拉，请让我们出来吧！只要让我们出来，我们会是你的好玩伴的！"

"会是什么呢？"潘多拉想，"盒子里有什么活的东西？好啦！我决定看一眼，一眼就好。然后再把盖子合上，像原来一样安全！只看一眼应该不会有什么危害啦！"

现在再让我们看看厄庇墨透斯在干什么吧。

自从他的小玩伴和他住在一起以来，这是厄庇墨透斯第一次在没有潘多拉参加的情况下独自去找乐子。不过一切都不是那么顺利，他也没有往日那么开心。他没有找到甜美的葡萄或是成熟的无花果（如果说厄庇墨透斯有什么缺点的话，那就是他有点儿太偏爱无花果了），要么就是找到了成熟的无花果，但又熟过了头，太甜太腻了。往常和同伴们游戏时，他的快乐总是会化为笑声喷涌而出，让周围的伙伴也更加快活。现在他心里却一点儿也高兴不起来。总之，他非常不安心，感到惴惴不安，其他孩子都不知道厄庇墨透斯出了什么事，其实他自己也搞不太清楚到底为了什么而心神不宁。你们一定还记得我说过，在故事发生的那个时代，快乐是每个人的天性，也是始终如一的习惯。那个世界还没有学会其他东西。那些孩子是最早被派到这美丽的地球上生活的，任何一颗心灵或是一个身体都未曾经历过病痛或苦楚。

最后，当厄庇墨透斯发现自己怎么都不开心时，他决定不再玩了，还是回去找潘多拉吧，她此时的心情可能更容易与自己产生共鸣。于是，为了让她开心些，厄庇墨透斯采了些花编成花环，打算戴在她头上。这些花真是可爱啊，有玫瑰、百合、橙花，还有好多好多，厄庇墨透斯带着它，身后留下一路花香。而且，这个花环的编织技巧可真不错，对一个小男孩儿来说，已经非常棒了。我常常觉得，小姑娘的手指最适合编花环，但那个时候的男孩们也做得到，他们比现在的男孩儿灵巧多了。

　　现在我必须告诉大家，一片巨大的乌云聚集在天上已经有好一会儿了。尽管它还没有把太阳完全遮住，但厄庇墨透斯一到小屋门口，乌云就开始吞噬阳光，天地间忽然阴沉了下来，真是让人悲伤。

　　他轻轻走进屋子，想在潘多拉发现之前偷偷来到她身后，把花环套到她头上。而事实上，他根本没有必要那么轻手轻脚。他大可以重重地踏步，就算他的脚步声像成年人或大象那么重，潘多拉也不会注意到呢，因为她实在是太专注于自己的事情了。厄庇墨透斯走进小屋的时候，这个淘气的姑娘正把手放在盖子上，要打开这个神秘的盒子。厄庇墨透斯看到了这情景。如果他大声叫出来，潘多拉也许会把手缩回来，那么这个神秘盒子里的致命秘密可能就永远不会被发现了。

　　然而，尽管厄庇墨透斯没有说出口，但他的心里也很好奇盒子里到底有什么。他看到潘多拉打算揭开这个秘密，觉得她不该是这屋子里唯一的知情者。如果盒子里真有什么漂亮珍贵的玩意儿，他自己也想分到一半呢。因此，尽管他曾经为了阻止潘多拉的好奇心说了许多冠冕堂皇的话，到头来还是一样犯了傻，和潘多拉一样难辞其咎。所以，当我们责备潘多拉犯了错的时候，也不要忘了对厄庇墨透斯摇摇头。

　　当潘多拉揭开盖子的时候，屋子里突然变得非常黑暗阴沉。那一大片乌云已经横扫了太阳，看上去完全把它遮蔽了。过了一会儿，在一记低沉的闷响之后，天空中迸发出一声响亮的惊雷。可是潘多拉一点儿都没注意到这些，只顾着把盒盖完全打开，然后往里看。似乎有

PANDORA OPENS THE BOX

一大群长着翅膀的生物从盒子里突然冲了出来，从她身边掠过，与此同时，她听到厄庇墨透斯发出一声哀呼，似乎十分痛苦。

"噢，我被蜇到了！"他大叫，"我被蜇到了！淘气的潘多拉！你为什么要打开这个魔盒？"

潘多拉这才放开手中的盖子，开始环顾四周，看看厄庇墨透斯身上到底发生了什么事。雷雨云遮蔽了天日，屋子里十分昏暗，她都看不清楚周围有些什么。不过她听到了恼人的嗡嗡声，似乎有一大群巨型苍蝇或是巨大的蚊子，又或是我们叫作金龟子、锹甲之类的昆虫在屋子里横冲直撞。等到潘多拉的眼睛慢慢适应了昏暗的光线，她看到了一大群丑陋的小东西，它们长着蝙蝠的翅膀，看上去凶神恶煞一般，尾巴上还带着可怕的长刺。就是这种长刺把厄庇墨透斯给刺痛了。不一会儿，潘多拉自己也开始大叫起来，她的痛苦和惊吓一点儿也不比她的玩伴少，闹哄哄的屋子里更加嘈杂了。一只丑陋的小怪物停在了她的前额上，要不是厄庇墨透斯跑过来把它赶跑，还不知道潘多拉会被蜇得多惨呢。

现在，你要是想知道从盒子里逃出来的这些丑陋的家伙是什么，那我就告诉你们，它们就是人世间的全部"烦恼"。那里面有邪恶的激情，有各类忧虑，有超过一百五十种伤心事，有为数众多的疾病——它们悲惨凄苦，形态各异——还有更多不值一提的恶作剧。简言之，这个神秘的盒子里关着折磨人类身心的各种坏东西，厄庇墨透斯和潘多拉本该好好守护它，让世上快乐的孩子免受其扰。如果他们信守承诺，一切都会好好的。从那时到现在，就不会有成人忧伤，也不会有孩子落泪。

话说回来，你们看到了吧，一个人的错误行为会如何给整个世界带来灾难。因为潘多拉打开了那个灾难性的盒子，厄庇墨透斯又没有及时加以阻止，这些"烦恼"从此缠上了人类，短时间里似乎也不容易被赶跑。你们应该能想到，这两个孩子没法做到把这一大群丑陋的东西关在他们自己的小屋里。事实正好相反，他们的第一反应是打开门窗，希望把它们赶跑。于是，这些带着翅膀的"烦恼"飞到屋外，困扰着各地的孩子们，害得他们从此以后再也不能像原来那样快乐微笑了。更奇怪的是，原来地球上那些带着露水的花是永不凋谢的，而打那以后，它们盛开一两天就会枯萎凋零。而孩子们原本都是永葆青春的孩童，从那以后开始一天天长大，还没等他们意识到，就很快变成了少男少女，再变成男人女人，最后变成了垂垂老者。

　　与此同时，淘气的潘多拉和同样顽皮的厄庇墨透斯还待在他们的小屋子里。两个人都被蜇得痛苦至极，对他们来说，这是创世以来第一次感受到疼痛，所以尤其难忍。他们当然不习惯这种痛苦，也根本不知道这意味着什么。除此之外，他们还十分生气，埋怨着自己和对方。他们完全沉浸在自己的痛苦之中，厄庇墨透斯阴沉着脸坐在房间的角落里，背对着潘多拉；而潘多拉则扑倒在地上，把头靠在那个致命又可憎的盒子上放声痛哭，难过得心都要碎了。

　　忽然，盒盖里传来一声轻柔的叩击声。

　　"那会是什么？"潘多拉哭着，抬起头来。

　　可是厄庇墨透斯并没有听到这声音，或是实在没有心情去注意。总之，他并不作声。

　　“你太狠心了，”潘多拉又哭了起来，“都不和我说话！”

　　又是一声叩击声！听上去像是有个小精灵用小小的指节在盒子里调皮地轻轻敲着。

　　“你是谁？”潘多拉天生的好奇心又冒了出来，“你是谁呢，躲在这个邪恶的盒子里？”

　　里面传来一个纤细甜美的声音：“只要打开盒盖，你就会看到我啦。”

　　“不，绝不！”潘多拉说着，又哭泣起来，“我已经受够打开这盒盖的惩罚了！你就待在盒子里吧，淘气的东西，你就该待在那里！你丑陋的兄弟姐妹们已经飞得到处都是了。你别想让我把你放出来，我不会再犯傻了！”

　　她说着朝厄庇墨透斯看了看，也许是希望他能赞许自己的明智。可这个阴沉着脸的男孩儿只是小声说，她是很聪明，就是这聪明劲儿来得晚了点。

　　“哎，”这个甜美的小声音又说话了，“你最好还是让我出来吧。我可不像那些用尾巴蜇人的讨厌家伙。他们不是我的兄弟姐妹，你只要看我一眼就会知道。来吧，来吧，漂亮的潘多拉！我确信你会让我出来的！”

确实，这语调中带着某种令人愉快的魔力，让人无法拒绝它的任何请求。听了盒子中飘出的这个声音，潘多拉的心情不知不觉中轻松了很多。厄庇墨透斯虽然还坐在墙角，但也半转过身来，心情看上去比原来好多了。

　　"亲爱的厄庇墨透斯，"潘多拉说，"你听到这个小声音了吗？"

　　"是的，我当然听到了，"他回答道，不过兴致还是不高，"那是什么呢？"

　　"我是不是该把盒盖打开呢？"潘多拉问他。

　　"随你吧，"厄庇墨透斯说，"反正你已经闯了这么多祸了，再多一些也无所谓。你已经放出来那么大一群'烦恼'，再多一个也没什么区别。"

　　"你就不能说得温和些吗？！"潘多拉边擦着眼泪边轻声说道。

　　"哈哈，淘气的男孩儿！"盒子里的小声音调皮地笑着说，"他心里知道自己也想看看我呢。来吧，我亲爱的潘多拉，打开盖子。我急着想来安慰你呢。只要给我一些新鲜空气，你马上就会发现事情不像你想象中那么可怕！"

　　"厄庇墨透斯，"潘多拉大声说，"不管怎么样，我都决定把盒子打开！"

　　"那个盖子看上去很重呢，"厄庇墨透斯边说边跑了过来，"我来帮你！"

　　于是，两个孩子齐心协力再次把盒子打开了。飞出来的是一个温暖亲切、满脸笑容的小家伙，她在房间里盘旋着，所到之处都留下一片光亮。你有没有试过用一小块镜子反射阳光，让它跳入黑暗的角落呢？瞧，这个长着翅膀的陌生小仙女就是这样在这个沉郁的房间里飞来飞去的。她飞到厄庇墨透斯那里，用手指轻轻碰了碰刚刚被"烦恼"蜇肿的地方，红肿马上就消失了。然后她又亲吻了潘多拉的额头，她的伤口也痊愈了。

·THE·PARADISE·OF·CHILDREN·

　　做完这些好事之后，这个愉快的陌生人在孩子们头上欢快地扑扇着翅膀，温柔地看着他们。孩子们都开始觉得打开盒子并没有那么糟糕了，因为不打开的话，他们这位快乐的小客人就得和那些长着尾刺的淘气小恶魔们一样成为囚徒了。

　　"美丽的精灵，请告诉我们，你是谁啊？"潘多拉问道。

　　"我叫'希望'！"这个浑身闪耀着阳光的小东西回答道，"我活泼亲切，令人愉快，所以也被放到了盒子里，好弥补那一群丑陋的'烦恼'带给人类的罪孽。它们注定是要被放出来的。别害怕！不管它们如何作恶，我们都能应对。"

　　"你翅膀的颜色就像彩虹，真是太漂亮了！"潘多拉赞叹道。

　　"对啊，它们就像彩虹。"希望回答，"因为啊，尽管快乐是我的天性，但我也是由泪水和微笑共同组成的呢。"

　　"那你会永远和我们待在一起吗？"厄庇墨透斯问道。

　　"只要你们需要我，我就会和你们在一起。"希望带着令人愉快的笑容回答，"在你们有生之年，我都会陪伴左右，保证永不抛弃你们。也许在有些年月、有些季节，你们会时不时地觉得我彻底消失了。但一次次，在你最意想不到的时候，你会看到我的翅膀在你屋里的天花板上闪闪发光。是的，我亲爱的孩子们，我确信，你们终将会得到一些非常美好的东西！"

"哦，告诉我们，请告诉我们那是什么吧！"他们一齐叫了起来。

"先不要问我。"希望回答，把手指放在她蔷薇色的嘴唇上，"但即使在你们的有生之年都没有得到，也不要绝望。请相信我的承诺，因为这是千真万确的。"

"我们相信你！"厄庇墨透斯和潘多拉异口同声地说道。

他们确实相信这一点。不仅仅是他们，所有世人都相信"希望"。实话告诉你，我真的很高兴我们愚蠢的潘多拉偷看了盒子里的东西（当然，对她来说这真是非同寻常的淘气之举）。毫无疑问，那些"烦恼"时至今日还在世界各地到处乱飞，它们非但没有减少，反而增加了许多。毋庸置疑，它们都是非常丑陋的小恶魔，带着剧毒的尾刺。我已经经历了一部分"烦恼"，而且随着年岁增长，我肯定还会遇到更多。不过我们还有那个可爱明亮的小家伙"希望"啊！要是世上没有她，我们该如何是好啊？是"希望"赋予了世界灵魂，是"希望"让世界永葆青春。"希望"告诉我们，即使是世间最幸福、最明亮的时刻，也只是将来无尽极乐的一抹剪影！

---

[1]　一种浮雕形式，雕刻的图像凸于表面，而且其凸出的高度大于整个浮雕深度的一半。

第五章　三个金苹果

故事相关背景：赫拉克勒斯（也译作赫丘力、海格力斯）被要求为他最主要的敌人、占了本该属于他的王位的欧律斯透斯完成十二个艰巨的任务，或称十二伟绩。除此之外，他还解救了被缚的普罗米修斯，隐藏身份参加了伊阿宋的英雄冒险队，并协助他取得了金羊毛。他死后灵魂升入天界，众神在商议之后认同了他的伟业，他被招为神，升上了奥林匹斯山。赫拉克勒斯不仅力大无比，而且有勇有谋，乐于助人，富有正义感，是希腊神话中最伟大的英雄之一。对赫拉克勒斯的崇拜在古罗马也十分盛行，罗马帝国皇帝中比如康茂德和马克西米安常常以其自居。

赫斯珀里得斯是希腊神话中看守极西方金苹果圣园的仙女，由三姐妹组成。赫斯珀里得斯在希腊文中的意思则是"日落处的仙女"，传说中普遍称她们是泰坦巨神阿特拉斯的女儿。天后赫拉将一棵金苹果树种在了赫斯珀里得斯姐妹的果园里，并委托她们照料这棵金苹果树，因为这棵神树是大地之母盖亚送给赫拉和宙斯的结婚礼物。赫拉克勒斯的十二项任务中，有一项就是摘取赫斯珀里得斯果园里的金苹果。

阿特拉斯是希腊神话里的擎天神，是泰坦巨神的一族，因反抗宙斯失败，被罚在世界最西处用头和手顶住天。北非阿特拉斯山脉正是以他来命名。欧洲人多以他的画像装饰地图封里，由此称地图集为"阿特拉"（Atlas）。

你是否听说过在赫斯珀里得斯花园里生长的金苹果？啊，假如今天的果园里还能找到一两个的话，它们会是多么昂贵！我想，如今在这广阔的世界上，没有一棵树上嫁接有这种神奇的果子，就连一颗种子也没有。

很久很久以前，赫斯珀里得斯花园还没有长满杂草。但即便是在那么远得几乎被人遗忘的年月里，很多人也心存疑虑，怀疑世上是否真有这样的果树，枝头竟能结出纯金的苹果。所有人都听说过，但是没人记得自己见过。尽管如此，孩子们还是常常聆听金苹果的故事。他们一边听，一边惊讶地张大了嘴巴，决心等自己长大了，就去寻找它们。充满冒险精神的年轻人要是想比自己的同伴们完成更勇敢的功业，也会开始寻找这种珍贵的果子。他们中的许多人一去不返，没有一个人带着金苹果归来。据说金苹果树下有一条恶龙看守，它长着一百个脑袋，每时每刻都有五十个头站岗放哨，另外五十个头在休息睡觉。难怪他们发现没法拿到金苹果！

在我看来，犯不着为了一个纯金的苹果冒这么大的险。假如那些苹果味道甘美醇厚、鲜爽多汁，则是另一回事了。哪怕树下有这么一条百头恶龙，冒险尽力摘下一个还是有些道理的。

不过，正如我已经告诉你的，年轻人厌倦了安逸的生活，想去赫斯珀里得斯花园里寻找金苹果也是常有的事。有一次，一位英雄就这么去探险了，尽管他自出生以来就很少有安逸闲暇的时光。在我讲的故事中，他手持一根巨大的木棒，肩背弓箭，在美丽的意大利四处漫游。他身上裹着一张狮子皮，那是世人见过的最大、最凶猛的狮子，由他亲手杀死。尽管总的来说他仁慈慷慨、性情高尚，但还是有一颗狮子般勇猛的心。一路上，他不断向别人询问这条路对不对，能不能走到那个著名的花园。可是，乡民们对这个问题都一无所知。要不是看到这个外乡人带着那么大的一根木棒，很多人可能会一听到他的提问就嘲笑起他来。

于是他不断赶路，仍然一路问着同样的问题。最后，他来到一条河的岸边，看到一群美丽的少女正坐着编织花环。

"美丽的少女们，能否告诉我，这条路是否通往赫斯珀里得斯花园？"外乡人问道。

少女们正玩得起劲，忙着把花朵编成花环，互相戴到头上。她们的手指似乎有魔力，指间的花朵明艳芬芳，似乎比长在枝头、还未被攀折时还要新鲜润泽。不过，听到外乡人的提问，她们把手上的花都丢在草地上，吃惊地瞪着他。

"赫斯珀里得斯花园！"一位少女惊叫道，"我们还以为，凡人们经历了那么多失败后，都厌倦了，再也没人愿意去寻找它了。请问这位勇敢的旅人，你去那里是为了找寻何物？"

"有一位国王是我的表兄，"他答道，"他命令我给他带回三个金苹果。"

"大部分寻找金苹果的年轻人要么是为了自己，"另一位少女说，"要么是为了把它们献给心爱的女郎。难道说你如此爱这位国王吗？"

"可能不是吧，"外乡人叹了口气，"他一直对我严厉残忍，可我命中注定要服从他的命令。"

"那你可知道，"第一个说话的少女说，"有一条百首恶龙看守着那棵金苹果树？"

"我非常清楚，"外乡人平静地答道，"可是，自打在摇篮里起，

HERCVLES & THE NYMPHS

我就以对付蟒蛇和恶龙为己任，甚至把这当作娱乐来打发时间。"

少女们看看他手上那硕大的木棒，再看看他身上披的毛茸茸的狮子皮，又看看他强健的身姿。她们交头接耳，认为这年轻人胆识过人，想必能成就不凡的功业。但那树下可是有那百首恶龙！一个凡人纵使有一百条命，又怎能逃过这样一头猛兽的尖牙利爪？少女们心地善良，不忍心看到这样一位勇敢英俊的旅人去冒这么大的险，让自己葬身于恶龙那一百张贪婪凶恶的嘴中。

"回去吧，"所有的少女都喊道，"回到你自己家中吧！你的母亲看到你平安归来，会流下快乐的泪水。就算你赢得了伟大的胜利，她也无非如此，还能如何呢？别管那金苹果了！别管你那狠毒的表兄、冷酷的君王！我们真的不愿那恶龙把你吃掉！"

外乡人听到这些劝告，觉得有些不耐烦了。他漫不经心地举起硕大的木棒，落在身边一块半掩在土中的岩石上。被他这么不经意地击打了一下，大石瞬间粉身碎骨。巨人才能完成的事情，这位年轻人毫不费力地做到了，就如同那些少女用花朵轻抚姐妹的脸颊一般轻松。

"难道你们不相信，"他笑呵呵地看着那些少女，"这样的一击能把那一百个脑袋中的一个打得稀烂？"

然后，他坐在草地上，给她们讲述自己的生平，从他出生时被放在一个勇士的铜盾上讲起。他躺在上面时，两条巨蛇游过来，张开血盆大口，想吞掉他饱餐一顿。那时他还是几个月大的婴儿，可他却用两只小手各抓住一条凶猛的巨蛇，把它们扼死了。当他还是个小伙子的时候，就杀死了一头大狮子，个头几乎和他后来击败并剥下皮当披肩的那头不相上下。他做的下一件事是和一只叫海苗[1]的丑陋怪兽搏斗。这只怪兽足足有九个脑袋，每个都长着极其锋利的牙齿。

"可是赫斯珀里得斯的恶龙，"一位少女说，"你可知道有一百个脑袋呢！"

"尽管如此，"外乡人答道，"比起海苗，我宁愿和两头这样的恶龙搏斗。因为每当我割下海苗的一颗脑袋，就原地新长出两颗。还有一颗脑袋怎么都杀不死，砍下之后还一直穷凶极恶地咬我。所以我只能把它埋在石头下。毫无疑问，它至今还活着，可是海苗的躯干和其他八个头再也不能作恶了。"

少女们觉得他的故事会讲好一会儿，早就准备了一些面包和葡萄，好让外乡人在讲的过程中吃一点儿来提神。她们很愉快地招待他吃这简单的小点心，还时不时有人会把一颗甜甜的葡萄塞到自己红润粉嫩的唇间，怕外乡人不好意思一个人享用。

他继续讲下去，讲述自己怎样追赶一只敏捷的雄鹿，一直追了整整一年，没有停下来喘一口气。他终于抓住了鹿角，把它活捉了回来。他还曾经和一群怪人作战，他们一半是人，一半是马。他出于责任心把他们全都处死了，免得这群丑陋的生物继续存在于世上。除了这些，他还提到自己清扫过一个马厩，并对此颇为自豪。

"你就管这个叫作传奇的伟业？"一位少女含笑问道，"这里任何一个傻瓜都能做到！"

"倘若只是普通的马厩，"外乡人答道，"我提都不会提。清扫这个马厩的任务十分艰巨，要不是我灵光一现，想到挖一条渠道将河水引进马厩，我就得花一辈子来打扫了。这下好说了，一下子就冲洗干净了！"

看到那些美丽的听众急切的神情，他接下去给她们讲了自己如何射杀恶鸟、生擒野牛又放了它以及驯服野马的故事。他还讲了自己怎样征服了亚马孙人那尚武好斗的女王希波吕忒。他还提到他缴获了希波吕忒的魔法腰带，将它献给了他国王表兄的女儿。

"那可是爱与美之神维纳斯的腰带，"最美丽的少女问道，"能使女子秀丽无双？"

"不是的，"外乡人说，"它原本是战神马尔斯的剑带，只能让佩戴者英勇无畏。"

"一个旧剑带而已！"那女郎摇着头喊道，"送给我我也不稀罕！"

"你说得对。"外乡人说。

他继续讲述着他那精彩的故事。他告诉少女们，他经历的最奇怪的历险是与六腿巨人革律翁打斗。就像你想的那样，这是一个怪异可怖的家伙。任何人看到他在沙地或雪地里留下的足迹，都会以为是三位好友结伴同行。远远地听到他的脚步声时，人们都会理所当然地认为有几个人一起走过来。可实际上，那只是怪人革律翁用他的六条腿在行走！

六条腿，还有一个庞大的躯干！他看上去一定是个奇异的怪物。还有，我的天哪，他该多费鞋啊！

外乡人讲完了他的种种历险。他环顾四周，看着少女们聚精会神聆听的面孔。

"或许你们以前听说过我，"他谦逊地说，"我的名字是赫拉克勒斯！"

"我们已经猜到了，"少女们回答，"因为你的英勇功业尽人皆知。我们再也不觉得你去寻找赫斯珀里得斯的金苹果有什么不妥了。来吧，姐妹们，让我们给这位英雄戴上花冠！"

然后，她们纷纷把美丽的花环戴到赫拉克勒斯气宇不凡的头上和强壮有力的肩膀上，赫拉克勒斯身上的狮子皮几乎全被玫瑰花盖满了。她们拿起他硕大的木棒，在上面缠满了最明艳、柔软、芳香的花朵，这根橡木做成的木棒上连一指宽的原木色都看不到了，看上去就像一个巨大的花束。最后，她们手牵着手，围着他跳起舞来，唱着优美如诗的词句。她们唱的小曲渐渐变成了一首颂歌，赞颂杰出的英雄赫拉克勒斯。

赫拉克勒斯十分快乐。能让这些年轻美丽的姑娘知道自己不畏艰险完成了壮举，世间的任何英雄都会高兴不已，赫拉克勒斯也是如此。但是，他并不满足。他不认为自己已经取得的成就值得这样的赞誉，世上还有很多艰难的历险等着他去经历。

"亲爱的少女们，"当少女们唱歌跳舞累了，停下来喘气的时候，他说，"既然你们已经知晓了我的名字，难道你们不能告诉我，怎样才能到达赫斯珀里得斯花园吗？"

"啊！你这么快就要走吗？"她们喊道，"你已经创造了众多奇迹，尝尽了生活的艰辛，就不能在这宁静的河岸安心歇息一会儿吗？"

赫拉克勒斯摇了摇头。

"我必须马上出发。"他说。

"那就尽我们所能给你指路吧。"少女们回答道，"你得去海边，找到那老者，逼着他告诉你在哪里可以找到金苹果。"

"老者！"赫拉克勒斯重复着少女的话，为这个奇怪的名字发笑，"请问，那老者是谁？"

"当然是海中老人！"一位少女答道，"他有五十个女儿，有人说她们美丽无比；不过我们觉得不该和她们往来，因为她们长着海绿色的头发，下半身像鱼一样尖细。你一定得和这个海中老人聊聊。他在海中四处游走，对赫斯珀里得斯花园了若指掌，因为那花园就在他经常去的岛屿上。"

于是，赫拉克勒斯问，在哪里最有可能遇到这位老者。少女们告诉了他，赫拉克勒斯便立刻踏上了征程。在出发前，他感谢了她们的帮助，感谢她们款待他的面包和葡萄、给他戴的可爱花环，感谢她们载歌载舞地赞美他。最让他感谢不已的是，她们告诉了他正确的道路。

TANGLEWOOD
FIRESIDE
AFTER · THE · STORY

但他还没走多远，一位少女就在后面叫住了他。

"当你抓住那位老者的时候，一定不能放手！"她微笑着大声说道，为了让赫拉克勒斯印象更深，她还举起手来，"不管发生什么事情都不要惊奇，只要紧紧地抓住他，他就会告诉你你想知道的事情。"

赫拉克勒斯再次谢过她，继续前行。少女们则坐下来继续愉快地编织花环，那位少年英雄走了很久以后，她们还在继续谈论他。

"当他斩杀了百首恶龙，带着三个金苹果胜利归来的时候，我们要把最美丽的花环戴在他头上。"

此时，赫拉克勒斯继续坚定地前行，跨过山峰和谷底，穿过人迹罕至的树林。偶尔，他举起大棒向下一击，就劈碎了一株高大的橡树。他满脑子都是巨人和怪兽，以打倒这些家伙为己任，也许错把大树当作了其中的一个。他急于完成他的任务，都有点后悔花了太多时间和少女们在一起，讲述自己的历险故事。不过，对于生来就要完成大事的人来说都是这样，过去的伟业在他们看来无足轻重，手头要完成的任务才值得他们不畏艰险，甚至付出生命。

假如碰巧有人路过，看到他用巨大的木棒把大树打个粉碎，肯定会吓得不轻。他只轻轻一击，树干就像被闪电劈开一样，粗壮的树枝哗啦啦地作响，整棵树就那么倒在了地上。

他匆匆赶路，决不停顿或是回头。渐渐地，他听到了远处大海呼啸的声音。于是他加快了脚步，很快到达了一片海滩。巨大的海浪此起彼伏，在沙滩上翻腾，溅起雪白的泡沫。海滩的一隅景色宜人，绿色的灌木攀爬到悬崖上，把坚硬的石块勾勒得柔和美丽；青翠的草地上混杂着芬芳的三叶草，像一条绿毯，覆盖着悬崖和海水之间的狭窄地带。赫拉克勒斯在那边看到的，不是那熟睡的海中老人又能是谁？

可那真的是一位老人吗？一眼看去，确实很像个老人；可是细看起来，倒像是某种海怪。他的手臂和腿上覆盖着鳞片，就像鱼身上的一样；他脚上有蹼，手指间也有蹼，犹如一只鸭子；他长长的胡子是绿色的，更像一堆海草。你可曾见过一根一直在海浪里颠簸的木棍，上面长满了藤壶[2]，它最终漂到了岸上，就像是从海洋最深处抛出来的？嗯，那位老人给人的印象就是这么一根在海中漂荡过的木棍！可是，赫拉克勒斯第一次看到这个奇怪的身影时，就立刻认定他正是海中老人，能指引他到达目的地。

没错，这正是热情好客的少女们跟他提到的海中老人。赫拉克勒斯感谢了上天，正遇到他在睡觉。他踮着脚悄悄地向他走去，抓住了他的胳膊和腿部。

"告诉我，"老人还未完全清醒，他就大喊，"哪一条是通往赫斯珀里得斯花园的路？"

你可以猜到，海中老人被吓醒了，大吃一惊。可是下一刻，赫拉克勒斯比他更惊讶。因为那老人忽然间就在他的手中消失了，他发现自己正抓住的是一只公鹿的前腿和后腿！可他还是紧紧地抓着不放。公鹿消失了，变成了一只海鸟，扑闪着翅膀，尖声叫着，而赫拉克勒斯抓住的是它的一只翅膀和爪子。可是它没法飞走。紧接着，它又变成了一只丑陋的三头狗，咆哮着，狂吠着，狠狠地撕咬赫拉克勒斯的手！可是赫拉克勒斯不肯松开。下一分钟，它不再是三头狗，而变成了六条腿的怪人革律翁，用他没被抓住的五条腿狠踢赫拉克勒斯，想挣脱开被抓住的那条！但赫拉克勒斯坚持抓住它不肯松手。不一会儿，革律翁不见了，取而代之的是一条巨蛇，就像他小时候扼死的那条，但是比那条大一百倍！它紧紧缠在英雄的脖颈和身子上，高高地竖起尾巴，张开血盆大口，就像立马要把他吞下去，真真是可怕至极！可是赫拉克勒斯毫不畏惧，紧紧地掐住这条巨蛇，它马上就痛得"嘶嘶"地叫起来。

你们要知道，海中老人尽管平日里其貌不扬，长相酷似船头常年被海浪拍打侵蚀的艏像 [3]，但他拥有法力，能随心所欲地变化形状。当他发现自己被赫拉克勒斯紧紧抓住的时候，他寄希望于自己施展法力变形后，能让他惊吓得放手。假如赫拉克勒斯松开手，老人一定会跳到海底深处，在那里躲起来不敢上岸，免得回答他那些无礼的问题。我猜，一百个人中有九十九个都会被他丑陋的相貌吓坏，撒腿就跑。因为世上最难的事情之一，便是分辨真正的危险和想象的危险。

可是，赫拉克勒斯如此坚定，每次海中老人变换形象时他反而抓得更紧，真是让老人受了不小的折磨。老人无计可施，只好变回了自己最初的模样。看啊，这么一个身似鱼形、长满鳞片、指间有蹼的怪人，下巴上的胡子还长得跟一丛海草一样。

"请问，你究竟想把我怎么样？"变来变去也真够累人的，老人才喘过气来，就迫不及待地大喊，"你干吗把我捏得那么紧？快点放开我，不然我就会觉得你这人可真是不讲理！"

"我的名字是赫拉克勒斯！"强壮的外乡人高喊，"除非你告诉我去往赫斯珀里得斯花园最近的路，否则，我绝不会松开手放你走！"

当老人得知他的身份时，知道自己别无他法，只能把他想知道的一切都告诉他。你们一定还记得，海中老人是海中的居民，就像其他以海为生的人一样，总是四处游荡。自然，他时常听到赫拉克勒斯的大名，知道他在世界各地不断建立的奇功伟业，了解他不达目的誓不

无论海中老人怎么变化形状，赫拉克勒斯都紧紧地抓住了他 ▶

HERCVLES & THE OLD MAN OF THE SEA

罢休的坚毅性格。于是他不再设法逃走，而是告诉他怎样才能找到赫斯珀里得斯花园，也警告了他到达目的地前，一路上必须克服的种种艰难险阻。

"你必须向前走，这样走，再这样走，"海中老人拿着指南针指指点点，"直到你看到一位非常高大、扛着天空的巨人。如果那位巨人恰巧心情好，他会告诉你赫斯珀里得斯花园的位置。"

"如果那巨人恰巧心情不好呢，"赫拉克勒斯一边说道，一边用小指尖托着他的木棒，"也许我会想办法说服他！"

赫拉克勒斯谢过了海中老人，又为自己刚才抓住他的无礼行为道了歉，继续向目的地走去。一路上他有许多奇遇，如果我有时间将它们一一详细描述的话，是很值得一听的。

如果我没弄错的话，就是在这段路上，赫拉克勒斯遇到了一位块头庞大的巨人。大自然造就了这位巨人奇异的能力，每次他碰到土地，就会比原来强大十倍。他的名字是安泰。你们知道，与这样一个家伙打斗是很难的，因为每次他被打倒在地，再次站起来的时候就会比之前更强壮、更凶猛、更武艺非凡，比打斗之前还要难对付。因此，赫拉克勒斯越用力地拿大棒击打他，离胜利就越远。我以前和这类人争吵过，可从未与他们动过手。赫拉克勒斯唯一的取胜之道，就是把他举在半空，用力地掐他掐他再掐他，直到把他巨大身躯里的最后一丝力气都挤出去。

完成这件事之后，赫拉克勒斯继续踏上了旅途。他去了埃及，在那里他成了战俘，差点被处死。要不是他杀死了那里的国王，顺利逃走的话，就无法生还了。他穿过非洲的沙漠，用最快的速度赶路，最终到达了大洋的岸边。在这里，除非他能在浪尖上行走，这趟旅程似乎就无法继续了。

他的眼前只有一望无际的大海，泛着白沫，波涛汹涌。他向海平线看去，前一刻那里什么都没有，突然间，他看见远远的有什么东西在漂。它光彩夺目，像一个绚丽的金色圆盘，犹如你们在日出日落时看到的天际的太阳。这个神奇的器物显然正在漂过来，因为它越来越大，越来越明亮。终于，它漂得很近了，赫拉克勒斯发现它是一个硕大的杯子或者碗，不是用黄金就是用锃亮的黄铜做成的。它为何漂在海上，我就无从得知了。它就在那儿，随着激烈的海浪起伏漂荡。海浪那白色的浪尖冲击着它的四周，却没有浪花溅到杯子里头。

"我这辈子见过许多巨人，"赫拉克勒斯心想，"可是从没有哪个巨人需要这么大的杯子来喝酒！"

是啊，多怪的杯子啊！它很大，大得就像……不过，总而言之，我不好说它究竟有多大。往小里说吧，它有磨坊里的十个水车轮那么大。尽管是由纯金属制成的，它却能轻飘飘地浮在海面上，比浮在小溪上的橡果壳儿还要轻盈。它被波浪推着向前，最终被冲到岸上，离赫拉克勒斯站的地方不远。

杯子一上岸，他立刻就知道该怎么办了。他经历了如此多的历险，可不是没有收获的。遇到不同寻常的事情时，他十分了解该怎么做。很明显，这个神奇的杯子是由某种神秘力量放到海上，被它指引着漂到这里的，为的是帮自己渡过大海。于是，他一刻也不耽搁，立马翻过杯子的边缘，滑到里面去了。他把狮子皮铺在杯底，小憩了一会儿。自从他向河岸的少女们道别之后，几乎一直不眠不休。波浪击打着空杯子周围，发出嘹亮悦耳的声音。杯子轻轻摇晃着，如此令人安心、让人镇定，赫拉克勒斯很快入睡了。

赫拉克勒斯大概睡了很久，后来杯子忽然擦到一块石头上，立刻在金属杯身上产生了回响，声音比你们听过的教堂钟声要响上一百倍。这响声吵醒了他，他立刻惊坐起来，四下张望，想弄清楚自己身在何方。他很快发现，巨杯已在海上漂了很远，来到一座小岛附近，正在漂向岸边。你们猜，他在那个岛上看到了什么？

不，你绝对想不到，哪怕猜五万次也猜不中！我看，饶是赫拉克勒斯历尽艰险、见多识广，也没见过这样神奇的景象。那只有着九个脑袋的海苗，头被砍下后长出的速度是以前的两倍，但跟他一比，也不算什么。他要比九头恶鸟更神奇，比六足怪人更庞大，比安泰更魁梧，比赫拉克勒斯生前或身后人类所见的任何东西都要巨大，比未来任何旅人能看到的东西都要雄伟。这是一位巨人！

可这巨人怎能生得如此高大！他高得像座山，身躯庞大，周身云雾缭绕，以云做腰带，以云为须髯，浮云遮住了他的眼睛，既看不见赫拉克勒斯，也看不见他所乘坐的金杯。最神奇的是，巨人举起硕大的双手，似乎在支撑着天空。赫拉克勒斯隔着云朵看过来，天空正靠在他头上歇息！真是令人难以置信。

闪亮的金杯继续向前漂浮，最终漂上了岸。此时，一阵清风正好吹走了巨人眼前的云朵，赫拉克勒斯看清了巨人的脸庞和粗犷的五官。他的每只眼睛像我们远处的那面湖一样大，鼻子有一千多米长，嘴巴也有一千多米宽。如此硕大，令人心惊胆寒。可是那面容表情哀伤而疲惫，就像你们如今看到的很多人那样，被生活的重担压得不堪重负。对巨人来说，天空就像不堪重负的凡人身上的俗世重担。当人们试图承担超出他能力的重担时，他们难免遭遇不幸，正如这位可怜的巨人所遭受的厄运一般。

这可怜的家伙啊！显而易见，他已在此站了多时。他的脚边发育过一座古老的森林，而后又已腐朽；橡果在他的脚趾间生根发芽，都已经长成了七八百年的大树。

巨人用他硕大的眼睛从高处俯视着，发现了赫拉克勒斯。他雷鸣般地吼着，惊走了面前的点点白云。

"在我脚下的那个家伙，你是谁？你坐着那小杯子从哪里过来？"

"我是赫拉克勒斯！"英雄高声回应，声如洪钟，几乎与巨人的声音一般响亮，"我在找赫斯珀里得斯花园！"

赫拉克勒斯乘坐金杯漂到了岸边，见到了顶着天空的巨人阿特拉斯 ▶

HERCVLES·AND·ATLAS

"嗬，嗬，嗬！"巨人朗声笑道，"你这趟冒险真是明智，真的！"

"为什么不呢？"赫拉克勒斯喊道，巨人如此嘲笑他，他有些生气了，"你以为我会害怕那百首恶龙吗？"

他们两人正在交谈，几片乌云突然聚集在巨人的腰间，霎时，暴雨大作，电闪雷鸣。一片喧扰声中，赫拉克勒斯一个字都听不清。他只能隐约看见巨人那壮硕的腿矗立在暴风雨中，偶尔还可以看到巨人的全身在一阵浓雾中时隐时现。大部分时间他似乎在讲话，可他浑厚、深沉、粗哑的声音与雷电噼啪脆响的回音交织着，在山间回响。傻傻的巨人就这么不合时宜地说着话，都被雷声掩盖住了，白费了许多口舌。

风暴来得快去得也快，天空恢复了明净。疲惫的巨人顶着天空，怡人的阳光照耀在他巨大的身躯上，映衬着他背后阴沉的雷雨云。他的头在云层之上，远离暴雨，一根头发丝都没被雨滴打湿！

当巨人看到赫拉克勒斯还站在海边时，又对他大喊起来："我是阿特拉斯，世上最强大的巨人！我把天空顶在头上！"

"嗯，看到了。"赫拉克勒斯答道，"不过，你能告诉我到赫斯珀里得斯花园该怎么走吗？"

"你去那儿想干吗？"巨人问。

"我想要三个金苹果，"赫拉克勒斯喊道，"来献给我的表兄。他是一位国王。"

"别人不行，"巨人说，"只有我才能到赫斯珀里得斯花园里摘下金苹果。如果不是担着扛天空的小差事，我走几步就能跨过海，去帮你摘下来。"

"你真是太好了，"赫拉克勒斯答道，"难道你不能把天空在山顶上搁一会儿吗？"

"这些山都不够高，"阿特拉斯摇摇头，"如果你站在最近的那座山的顶峰上，你的头可能就和我差不多高了。你看上去似乎有点力气，要不你帮我顶顶我肩上的担子，我替你跑一趟，如何？"

你们一定还记得，赫拉克勒斯是一个孔武有力的人。尽管顶着天空需要相当大的肌肉力量，但如果有哪个凡人能担起这个重任，那一定是赫拉克勒斯了。不过，这个任务看上去太过艰巨，赫拉克勒斯人生中头一回感到迟疑了。

"天空很重吗？"他问道。

"嗯，最初也不是特别重，"巨人耸耸肩答道，"不过背了一千年后，就很有点沉了！"

"那你要花上多久才能把金苹果带回来呢？"英雄问道。

"啊，要不了多久，"巨人喊道，"我一步能跨五千米或七千五百米，你肩膀还没觉得疼，我就已经从花园回来了。"

"那好吧，"赫拉克勒斯答道，"我这就登上你身后的那座山，替你把担子背着。"

真相是，赫拉克勒斯的心地很善良，觉得自己该给巨人帮个忙，好让他有机会自在地转悠一会儿。另外他还觉得，如果他能对众人夸口，说自己曾顶过天空，岂不是更显荣耀？跟顶天比起来，斩杀百首恶龙终不过是寻常的功绩。于是，他不再言语，默默地从阿特拉斯肩上接过了重担，顶在自己肩上。

当赫拉克勒斯成功地担起天空后，巨人做的第一件事就是舒展身躯。你可以想象那是怎样壮观的场景。接着，他慢慢地从茂密的森林中抽出双脚。然后，他忽然开始蹦啊，跳啊，手舞足蹈起来，为重获

自由感到无比欢欣。他一跃冲天，不知道有多高；又猛地落下，震得大地颤抖。然后他大笑起来——嚯！嚯！嚯！震耳欲聋的笑声像雷声一样在山间回荡，仿佛远远近近有很多兄弟和他一起欢庆。等稍稍平静下来，他跨进了大海里。第一步就走了约十六千米，海水没过了他的半截小腿。第二步他又跨越了约十六千米，水刚淹没他的膝盖。第三步又是一个十六千米，水几乎到了他的腰间。这就是大海最深的地方了。

赫拉克勒斯默默地看着巨人继续往前走，那场面着实令人难以置信。这巨大的身躯已经远在约五十千米外，半截身子被海洋淹没，可是上半身仍然高大无比，带着迷蒙的雾气，就像远方靛青色的高山一样。最后，那伟岸的身躯完全淡出了视线。这时，赫拉克勒斯忽然担心起来，万一阿特拉斯淹死在海里，或是被看守花园的百首恶龙咬死，自己该怎么办呢？如果真的发生了那样的不幸，他该如何卸下天空这个重担呢？他的头和肩膀已经开始隐隐作痛了。

"我真同情那可怜的巨人。"他心想，"我背了十分钟，就这样疲惫；他背了一千年，该有多累啊！"

噢，我可爱的小家伙们，你们哪里知道，我们头顶上那蔚蓝的天空看上去如此柔软、缥缈，其实是多么沉重的负担！那里还有咆哮的风儿，阴冷潮湿的云朵，还有那炽热的太阳，挨个儿让赫拉克勒斯难受！他开始害怕：巨人会不会一去不返呢？他忧伤地凝视着下面的世界，心想在山脚下做个牧羊人是多么快意自在，强过站在这高高的山巅，竭尽全力顶着苍穹！你们知道，赫拉克勒斯身负重担，心里自然也深知责任重大。如果他不是站得笔直，稳稳地顶住天空，太阳可能会被放歪！或者，夜幕降临后，许多星星会从它们的位置上脱离，像火焰雨一样浇到人们的头上！要是由于他没能保持平衡，让天空裂开一个大缝隙，英雄本人会多么惭愧！

我不知道多久之后，赫拉克勒斯终于看到了阿特拉斯那庞大的身躯，他的喜悦之情简直难以言喻。巨人的身影像一片云，出现在海的那一边。他渐渐走近了。赫拉克勒斯可以看到巨人举起的手上有三个光芒四射的金苹果，每个都大如南瓜，悬在同一根枝头。

当巨人走得足够近了，赫拉克勒斯喊道："很高兴再见到你，看样子你摘到金苹果了？"

"当然，当然。"阿特拉斯答道，"真是挺好看的苹果。我摘的是树上最好的苹果，我保证。啊！赫斯珀里得斯花园真是个漂亮的地方。那百首恶龙也是人间奇观！总而言之，你要是自己去摘果子就更好了。"

"没关系，"赫拉克勒斯说，"你好好地溜达了一番，还帮我完成了差事，跟我亲自去一样好。我由衷地感谢你的帮助。现在，我还有很长的路要赶，急着回去，我的国王表兄急着要金苹果，你能再把天空从我的肩上接过去吗？"

"咦，说到这个嘛，"巨人一边不紧不慢地说着，一边把苹果抛到空中，有三十多千米高，然后把它们接住，"我的好朋友，我觉得你有点儿不明事理。我去把金苹果呈给你的国王表兄，岂不是比你自己跑一趟快多了？陛下既然急着拿到它们，我答应你，我一定会尽量跨大步子走过去。还有，我现在暂时还不想再顶着天空呢！"

听到巨人的话，赫拉克勒斯不耐烦了，耸了耸肩。现在是黄昏时分，你们也许会看到有两三颗星星掉落下来。所有人都惊恐地抬头看，以为整个天空马上也会掉下来。

"啊，你这可不行！"巨人阿特拉斯大笑一声，喊道，"过去五百年里我顶着天空的时候，都没掉下这么多星星！等你站的时间和我一样长，你就会学着忍耐了！"

"什么！"赫拉克勒斯愤怒地叫起来，"你是想让我一直顶下去吗？"

"这个问题嘛，以后再说。"巨人说，"无论如何，你不应该抱怨。想想你还要顶个几百年，或者一千年呢！我顶着天的时间还要长得多，背痛也得忍着。嗯，这样吧，如果我一千年后心情好的话，咱们再换过来也有可能。你显然是一个很强壮的人，还有比这更好的机会来证明你的力量吗？我向你保证，后世一定会传颂你的事迹！"

"哼，小事一桩！"赫拉克勒斯大喊，又动了动肩膀，"你就把天空在头上顶一会儿，行不？我想把狮子皮当垫子，好承受重量。这狮子皮穿在身上硌得慌，难受得很。我还要站在这里顶很多年，怕会造成不必要的不便。"

"这倒是很公道，我同意！"巨人说。其实他对赫拉克勒斯并无恶意，只是出于自私才那样做。他说："那我就顶五分钟。记住，就五分钟！我可不想在下一个千年过着跟前一千年同样的日子。'变化乃生活之调味剂。'我说。"

啊，这个想要无赖又实在笨头笨脑的巨人啊！他扔下金苹果，从赫拉克勒斯的头和肩上接过了天空，放回到它本来该在的地方——自己身上。于是，赫拉克勒斯捡起三个大如南瓜的金苹果，头也不回地往回家的路上赶，毫不理会背后阿特拉斯那一声声雷鸣般命令他回去的呼喊。巨人的脚边渐渐又长起来一片森林，林间可见六七百年的橡树在他硕大的趾间慢慢变老。

直到今天，巨人还一直在那里站着。无论如何，那里耸立着一座像他一样高的山，就叫阿特拉斯山。每当那里雷声轰鸣，回荡在山峦之间的时候，我们可以想见，那正是巨人阿特拉斯的呼喊，他在一声声呼叫赫拉克勒斯回来！

---

[1]　Hydra，也译作许德拉，是希腊神话中的九头蛇，身躯硕大无比，性情十分凶残，生有九个脑袋，其中的八个可以杀死，而第九个头，即中间直立的一个却是杀不死的。

[2]　附着在礁石或船体上的一簇簇灰白色、有石灰质外壳的小型甲壳动物。

[3]　艏像（figurehead）也称船首像，是人们固定在船首的图腾和神祇雕像，一般为木雕。古代的航海家们认为，艏像可以保佑船只和航海人的安全，威吓海洋中的魔鬼妖怪或敌人，为自己带来好运。

THE·MIRACVLOVS PITCHER

第六章　神奇的罐子

故事相关背景：神罐的故事最早见于罗马诗人奥维德讲述希腊罗马神
话的名作《变形记》，此前希腊作家遗留下来的作品中并无此故事。
霍桑将其重述，保留了其中浓厚的劝善意味，但并无说教感，富有人
情味，亲切动人。与本故事类似的主题在古代神话传说中十分普遍，
读者可比照《圣经》中《旧约·创世记》里亚伯拉罕、撒拉和罗得接
待天使的故事来阅读。

　　很久很久以前的一个傍晚，老菲勒蒙和他的老伴包客斯坐在小
屋门口，享受着平静而美丽的黄昏时光。他们已经吃过简单的晚餐，
正准备消磨睡前一两小时的静谧时光。他们谈论着自家的菜园、奶
牛和蜜蜂，以及沿着小屋墙壁攀缘的葡萄藤，藤上的葡萄已经开始
变成紫色。可是，孩子们粗野的叫喊声和尖锐的犬吠声从附近村子
传来，而且声音越来越大。到最后，包客斯和菲勒蒙都没法听到对
方说的话了。

"啊，老婆，"菲勒蒙大声说，"怕是哪个可怜的旅人想在我们邻居那儿借宿，可他们不但不给客人提供食宿，还放狗咬他呢！他们一贯如此！"

"哎呀！"包客斯答道，"真希望我们的邻居们能对其他人更仁慈善良一些。想想他们教孩子的方式，真是可怕！孩子们朝外乡人扔石头，他们还会赞许地拍拍他们的头！"

"那些孩子以后准没啥好下场。"菲勒蒙摇了摇他满是白发的脑袋，"说实话，老婆，要是他们不肯洗心革面，好好注意自己的言行，哪天村子里所有人都遭遇到什么可怕的事情，我一点儿都不会觉得奇怪。不过，对我们俩来说，只要老天给了我们一块面包，我们就要随时准备施舍一半给任何穷困潦倒、无家可归的陌生人，不管他是谁，只要他需要。"

"说得对，老头子！"包客斯说，"我们一定会的！"

你要知道，这是一对贫穷的老人，为了生计不得不每日辛勤劳作。老菲勒蒙在他的菜园里努力耕种，包客斯则一天到晚忙着纺纱，或是用自家奶牛产的奶做一点黄油和奶酪，要么就是在小屋旁做些杂事。他们的食物几乎只有面包、牛奶和蔬菜，偶尔能从蜂巢里弄一点蜂蜜，或是来一串墙边成熟了的葡萄。可他们是世界上最善良的两个老人：

不管什么时候，他们宁愿乐呵呵地省掉晚饭，也不愿拒绝给在门前歇脚的劳累旅人一片黑面包、一杯新鲜牛奶和一勺蜂蜜。他们仿佛觉得，这样的客人有一种神圣感[1]，所以他们应该对客人比对自己更好、更慷慨。

他们的小屋坐落在一片高地上，离最近的村子有一段不远的距离。村子坐落在一个约有八百米宽的空旷山谷里。世界刚刚形成的时候，这片山谷可能是湖床。那时，鱼儿在湖水深处游来游去，水草沿着湖边生长，宽广平静的湖面如同镜子，倒映着树木和小山。

可是后来湖水渐渐退去，人们开垦出这片土地，在上面修建房屋，现在这里已经成了一块沃土。河谷变干，只剩下一条小溪在村子里蜿蜒淌过，给居民们提供水源。除此之外，远古的湖泊没留下任何痕迹。山谷成为干燥的土地已经很久了。橡树拔地而起，长得高大茁壮，接着衰老死亡，又被后代所替代，新长的橡树就像从前的一样高大。再也没有比这儿更美丽、更富饶的山谷了。四周这丰饶的景象本该让村民们温和仁慈，对他们的同胞行善，来表达对老天的感恩之情。

不过很遗憾，这座美丽村落里居住的人们，并不配住在这片被上天如此眷顾的土地上。他们十分自私冷血，对穷苦人毫不怜悯，对流浪者毫不同情。如果有人告诉他们，人人都对他人有一份互爱的责任，否则无以回报上天对人类的爱和关怀，他们只会嗤之以鼻。

我接下来讲的事情你会觉得难以置信。这些坏人把孩子们教育成和他们一样的坏蛋。当他们看到小男孩和小女孩们追逐着某个可怜的陌生人，在他身后叫骂、拿石头砸他的时候，他们会拍手叫好，鼓励孩子们继续作恶。他们还豢养硕大、凶恶的狗，每当有旅人出现在村里的街道上，这群讨厌的狗就会跑过去大声吠叫，龇牙咧嘴。有时它们还会咬住旅人的腿，或者撕咬他的衣服。如果旅人来到村

里的时候已是衣衫褴褛，那么还没等到他来得及逃走，就已经变得惨不忍睹了。你可以想见，这对可怜的行路人来说是多么可怕的事情，尤其是那些老弱病残。这些旅人宁愿远远地绕开村子（如果他们了解这些坏人、孩子和恶狗一贯的恶行的话），也不愿意再次经过这里。

更糟糕的是，当有富人乘着马车或骑着帅气的骏马路过，身边还有身着华丽号衣的仆人随行服侍的时候，没有谁比这里的村民更恭敬谄媚的了。他们会摘下帽子，无比谦卑地鞠躬。如果孩子们不礼貌，肯定会挨耳光。至于那些恶狗，如果胆敢对富人吼叫，主人会立马用木棒打它，然后把它绑起来不让吃晚饭。这些本来也无可厚非，只是它说明，村民们只在乎陌生人口袋里的钱财，而对人的灵魂毫不关心。人的灵魂，不管是栖息于乞丐还是君王身上，本该是平等的。

所以，现在你可以理解，当老菲勒蒙听到街道那头传来孩子们的叫喊声和狗吠声时，为什么会说出如此悲哀消极的话了。吵闹声很杂乱，持续了好一会儿，似乎穿过了整个山谷才传来。

"我从没听到过狗叫得这样凶！"这位善良的老人说。

"我也没听到过孩子们这样粗野无礼！"他那善良的老妻回应道。

PHILEMON & BAVCIS

他们就这么坐着，看着对方无奈地摇了摇头。吵闹声越来越近，直到他们看到两个旅人从山坡脚下走来。两人身后紧跟的那群恶狗正在龇牙咆哮。再往后，有一群小孩追赶着，一边尖叫，一边使劲朝他们扔石块。有那么一两回，较年轻的旅人（他身量颀长，灵活敏捷）转过头，用他的手杖驱赶恶狗。而他较为年长、身材高大的同伴一直静静地向前走着，似乎不屑于理会这群凶狠的恶狗，以及举止如恶狗一般的劣童们。

两个人都衣着简陋，看样子似乎没钱支付一晚上的住宿费用。恐怕这才是村民们允许自己的孩子和狗对他们如此无礼的原因。

"来，老婆，"菲勒蒙对包客斯说，"让我们去迎接这两个可怜人。不用说，他们的心情一定糟透了，只怕都没力气爬山了。"

"你去迎接他们，"包客斯答道，"我先去屋里忙活，看能不能给他们弄一顿晚饭。只消一盆面包和牛奶就能让他们心情好起来。"

于是，她赶紧回到屋里。菲勒蒙则径直走到两个陌生人面前伸出双手。他的神情如此友善慷慨，其实无须言语就能让客人们感受到他的热情。不过，他还是大声招呼，语气十分亲切热情：

"欢迎你们，外乡人！欢迎你们！"

"谢谢！"年轻人答道，语调仍旧轻快活泼，尽管他已经疲惫不堪，又刚被村民们骚扰过。他说："你热情地欢迎我们，这和我们刚才在村子里受到的待遇完全不一样。请问，你为何要和这群恶人比邻而居呢？"

"啊！"菲勒蒙带着平静和善的微笑说道，"老天把我安置在这儿，我想他的目的之一，就是让我弥补邻居们对你们的无礼吧。"

"说得好，老爷子！"年轻人笑着说道，"说实话，我和我的同伴还真需要你说的这种弥补。那些孩子——那群小浑蛋们！他们朝我们扔了好多泥球，把我们身上弄得脏透了。有一条恶狗把我原本就很

THE·STRANGERS·IN·THE·VILLAGE

破旧的斗篷给撕烂了。不过，我也没吃亏，用手杖朝它的鼻口猛抽了一顿。我想，即使相距这么远，你都能听到它的哀嚎吧。"

菲勒蒙看到客人兴致很高，也觉得很欣慰。的确，看那客人的神情，你根本不会觉得他因一整天的旅行而感到疲惫，也不曾因刚才受到的粗暴对待而感到沮丧。他打扮得有点怪，头上戴的好像是顶帽子，帽檐盖住了双耳。尽管这是个夏天的傍晚，他却紧裹着斗篷，也许是因为里面的衣服已经破烂了。菲勒蒙还发现，他穿的鞋子有些怪异。可是，由于天色越来越暗，老菲勒蒙的眼神也不是很好，他说不清到底是哪里奇怪。不过有一件事显然很奇怪：这位旅人如此轻灵敏捷，他的双脚仿佛会自己从地上浮起来，或者说他得花力气才能让它们踩在地上。

"我年轻的时候腿脚也很轻便，"菲勒蒙对旅人说，"不过每到傍晚的时候，我都会感觉脚步越来越沉。"

"没有什么比一根好手杖更能帮人走路了。"旅人答道，"你瞧，我正好就有一根极好的手杖。"

说实话，这根手杖真是菲勒蒙见过的最奇怪的东西。它是由橄榄木做成的，顶端似乎有一对小小的翅膀。手杖上雕刻着两条互相缠绕的蛇，雕刻的技巧十分精湛，菲勒蒙差点儿以为它们是活的。你知道，他有些老眼昏花了，以为自己看到了两条真正的蛇在扭动盘绕着。

"真是稀奇的玩意儿！"他说，"一根带翅膀的手杖！给小男孩儿当马骑真是再好不过了！"

这时，菲勒蒙和他的两位客人已经走到了小屋门口。

"朋友们，"老人说，"在这条长椅上坐下歇会儿吧。我的好老婆包客斯已经在给你们准备晚饭了。我们是穷人，不过只要我们橱柜里有的，你们就可以随便吃，不用客气。"

年轻的客人在长椅上随意一躺，松手让手杖落在地上。手杖落下的地方发生了很神奇的事情，尽管只是件小事——那手杖似乎自己从

◀ 陌生人在村子里受到了孩子和恶狗的敌视

地上站了起来，然后展开翅膀，蹦跳着飞起来，斜靠在小屋的外墙上。它在那儿静静地立着，只有那两条蛇还在继续扭动。不过，要我说呀，准是老菲勒蒙老眼昏花，又看错了。他还没来得及问任何问题，年长的客人忽然开口说话了，把他的注意力从神奇的手杖上吸引了过去。

"很久以前，那边村子所在的地方不是有一面湖吗？"客人问道，声音十分低沉浑厚。

"我记事的时候就没有了，朋友。"菲勒蒙答道，"如你们所见，我也是个老头了。我记忆中，那里一直是田野和草地，就像现在一样。还有古老的大树，潺潺流过山谷的小溪。不管是我父亲，还是我父亲的父亲，据我所知都没有看到过其他景象。毫无疑问，当老菲勒蒙死去，被人遗忘之后，那里还会是现在这个样子！"

"那可说不准。"陌生人说道，他深沉的声音带有几分严厉。他摇摇头，浓密的深色鬈发也跟着一起摆动起来："既然那边村子里的人已经忘记了人性中的友爱和同情，还不如让那湖水再次漫过他们栖身的土地！"

他的神情如此严肃，菲勒蒙简直觉得有点儿害怕。当他皱眉的时候，暮色似乎突然变得更暗；当他摇头的时候，空中滚过一阵雷声，菲勒蒙更害怕了。不过，陌生人的面色马上就变得温和起来，老人也就把刚才的恐惧抛在脑后了。然而，他还是忍不住觉得，这位年长的旅人绝不是一般人，即便他现在衣着寒酸，徒步跋涉。菲勒蒙倒没有猜想他是乔装打扮的王侯之类的人物，而是觉得他应该是某位超凡的智者——身着破衣烂衫行走于世，对财富和所有俗物不屑一顾，四处云游只求增长智慧。这个猜想变得更有依据了，因为当菲勒蒙抬起眼睛才看了一眼，就似乎在陌生人脸上看到了极为复杂的思想，那是自己一辈子都琢磨不透的。

当包客斯在准备晚餐的时候，两个旅人开始和菲勒蒙愉快地闲聊起来。年轻的那个的确爱说话，经常进出精妙诙谐的隽语，把老人逗得哈哈大笑，直呼他是个罕见的快活逗趣的家伙。

"请问，年轻的朋友，"当他们越来越熟悉时，菲勒蒙问道，"我该怎么称呼你呢？"

"哦，你看得出来，我很伶俐。"年轻的旅人答道，"所以，就叫我水银吧，这个名字还挺适合我的。"

"水银？水银？"菲勒蒙重复着，看着旅人的脸，想知道他是否在跟自己开玩笑，"真是个奇怪的名字！还有你坐在那边的同伴呢？他的名字是不是也这么怪？"

"他的名字嘛，你得让雷声告诉你！"水银神秘兮兮地回答，"其他声音都不够响亮！"

如果不是自己恰好盯着他，在他脸上看到了满满的和善和慈爱的话，这句话不管是认真说的还是玩笑话，本来都会让菲勒蒙对年长的陌生人无比敬畏。不过，毫无疑问，曾潦倒地在一个小屋门边坐过的所有客人中，他是最了不起的人物。当陌生人说话的时候，是那么庄严诚恳，菲勒蒙不可抗拒地想把心里话全告诉他。当人们遇到任何一位这样的智者，一位能理解他们所有的善与恶，又不会有丝毫鄙视的智者时，都会有这种感觉。可是，菲勒蒙这样一位淳朴善良的老人实在没有太多秘密可讲。但他也絮絮叨叨地谈了很多，提到了他过去的日子。他一辈子离家最远也不过三十千米，他和妻子包客斯从年轻时就开始住在这间小屋里，靠自己的诚实劳作糊口，一直很清贫，却也很满足。他谈到包客斯做的奶油和奶酪多么美味，自己在园中种的蔬菜又是多么鲜嫩。他还说到他们两人是如此相爱，都希望死亡也不要把他们分开。他祈求两人能同时死去，永不分离。

陌生人听他讲话的时候，脸上露出一丝微笑，笑容既威严又可亲。

"你是个善良的老人家。"他对菲勒蒙说，"你还有一个相濡以沫的好老伴。你们的愿望理应实现。"

听到这句话，菲勒蒙仿佛看到西方的晚霞中闪出一道光，瞬间照亮了天际。

这时包客斯已经做好了晚饭。她走到门前，为只能招待客人们一顿简陋的便饭而致歉。

"我们要是早知道你们来，"她说，"我的好老伴和我就宁愿啥也不吃，也要给你们准备一顿好点儿的晚饭。不过我把今天的大部分牛奶都拿来做了奶酪，最后的一条面包也吃了一半。唉！我一向安于贫穷，只有当可怜的行路人敲我们家门的时候才感到贫穷的悲凉。"

"这已经很好了，我的好太太，请不要感到困扰。"年长的客人和蔼地说，"对客人诚恳热情的欢迎能创造奇迹，把最粗糙的酒食变成佳肴和琼浆。"

"你们理应受到欢迎。"包客斯大声说，"你们还能吃到我们碰巧剩下的一点蜂蜜和一串紫色的葡萄。"

"啊，包客斯大娘，这可是一场盛宴！"水银大笑着感叹道，"这可真是货真价实的一场盛宴！你将看到我毫不客气、放开肚皮大吃一顿！我从没觉得像今天这么饿！"

"我的老天！"包客斯小声对她丈夫说，"如果这个年轻人的胃口那么好的话，我怕我准备的饭菜还不够他吃个半饱！"

他们都走进了小屋。

现在，我的听众们，让我来告诉你们一件让你们目瞪口呆的事情吧。这真是整个故事中最怪的事情。你们还记得吧，刚才水银的手杖能自己靠着小屋的外墙站立。瞧，当他的主人走进门，把这神奇的手杖留在门外时，它居然张开小小的翅膀，蹦蹦跳跳地上了台阶！"嗒嗒嗒"，它不停地在厨房的地面上踩着步点，最后毕恭毕敬地侍立在水银的椅子旁边。不过，老菲勒蒙和他的妻子忙于招呼客人，根本没注意到那手杖做了什么。

正如包客斯所说，用来招呼两个饥饿的旅人的只有分量很少的一顿晚饭。桌子中间是剩下的黑面包，一边是一块奶酪，另一边是一碟

THE·STRANGERS·ENTERTAINED·

蜂蜜。桌上还有很多葡萄，够两个客人每人吃一大串。桌子一角放着一个不大的陶罐，几乎盛满了牛奶。当包客斯给两个碗盛满牛奶，把它们摆在客人面前时，陶罐底部就只剩下一点儿牛奶了。唉！一个热情好客的人因为贫困不能如愿慷慨待客，是多么可悲的一件事啊！可怜的包客斯一直在想，如果能给眼前饥饿的客人们提供一顿更丰盛的晚餐，她情愿接下来饿上整整一周！

眼前的这顿晚餐分量这样少，她多希望客人们的胃口没这么大啊。唉，他们刚坐下，就把面前的一碗牛奶一口气喝得干干净净。

"再来点儿牛奶吧，好包客斯大娘，如果您愿意的话。"水银说，"今天热得很，我渴得不行了。"

"啊，我亲爱的客人们，"包客斯大娘很尴尬地说，"说来惭愧，我真的很抱歉！可是，说实话，罐子里面都没什么牛奶了。老头子！老头子！我们要是没吃晚饭该多好啊！"

"哎，我觉得嘛，"水银起身把罐子拿起来，大声说道，"事情没您说的那么糟。奶罐里明明还有很多牛奶嘛。"

他一边说，一边倒牛奶。令包客斯大为惊讶的是，他不仅盛满了自己的碗，还给旅伴的碗里也倒满了牛奶。这位好大娘不敢相信自己的眼睛。她明明记得刚才几乎把所有牛奶都倒出来了，她把奶罐放回桌上的时候还往里面瞧了瞧，罐子都快见底了。

"不过我老了，"包客斯暗自思忖，"总是忘事儿，我想我一定弄错了。不管怎么说，罐子刚刚倒出两大碗牛奶，现在一定是空的了。"

水银一口气喝完了第二碗，说道："这牛奶真是好极了！请原谅，亲爱的太太，我非得向您再要一点儿不可。"

包客斯刚才看得明明白白，水银把罐子倒了个底儿朝天，把最后一滴牛奶都倒进了碗里，自然不可能再剩下什么了。尽管包客斯知道罐里再也倒不出一滴牛奶，可是为了让水银相信这一点，她还是举起了罐子，做出往他碗里倒牛奶的姿势。谁知道，牛奶像瀑布一样冒着泡泡流向碗里，马上就把碗装满了，还溢出来流到了桌上！你可以想象，她有多么惊奇！

水银手杖上两条缠绕的蛇伸出头来，开始舔食溢出的牛奶。可是不管是包客斯，还是菲勒蒙，都没注意到这个场面。

再说，那牛奶闻起来多么香醇啊！似乎菲勒蒙唯一的那头奶牛，当天一定是在世上最鲜美的青草地上吃草！亲爱的听众们，我只希望你们每个人都能在晚餐时间来上一碗这么香甜的牛奶！

"请给我来一片你们的黑面包吧，包客斯大娘。"水银说，"另外再来一点儿蜂蜜！"

于是，包客斯给他切了一片面包。那面包在她和丈夫两人吃晚餐的时候就已太干太硬，不好吃了，可现在却又松又软，就像刚从烤炉里拿出来，才放过几小时一样。她捡起桌上掉下的一粒面包屑尝了尝，觉得比以前吃过的面包都要好吃，简直不相信这是她自己亲手揉面烤制的。可是，如果这面包不是她自己做的那条，又能是哪条呢？

哎，那蜂蜜啊，真是无法言喻！它看上去多么诱人，闻起来多么香甜！它的颜色是最纯净透明的金色，气味浓郁得如同汇聚了一千朵花的芳香。这些花朵不是在尘世的花园中长大的，要找到它们，蜜蜂得飞到高高的云端之上才行。奇怪的是，飞到了充满如此芬芳和不朽花朵的天国花园后，它们居然还愿意回到菲勒蒙花园里的巢穴。从没有人见过、闻过、品尝过这样的蜂蜜，它的芳香在厨房里萦绕，置身其中让人觉得无比愉快。只要你闭上眼睛，就会马上忘记这里低矮的天花板和熏黑的墙壁，你会以为自己是在一座凉亭里，亭边爬满了仙境中才有的忍冬花。

包客斯大娘向来淳朴，可她也不禁觉得，刚才的事情有些不同寻常。于是，她递给客人面包和蜂蜜，并在他们每人的盘子里放了一串葡萄后，在菲勒蒙身边坐下，轻声告诉他刚才遇到的怪事。

"你可曾听过这种事吗？"她问道。

125

"没有，我从没听说过。"菲勒蒙笑着答道，"亲爱的老婆，我觉得你刚才一定是在做梦吧。如果是我倒牛奶，我马上就明白是怎么回事了。罐子里的牛奶正好比你想象的多一点儿——就这样而已。"

"啊，老头子，"包客斯说，"随你怎么说吧，但这些人绝对不寻常。"

"好啦，好啦，"菲勒蒙还是笑着说，"也许他们的确不寻常。他们看起来显然见过世面。我很高兴他们晚饭吃得挺惬意。"

现在两个客人都拿起了盘子里的一串葡萄。包客斯为了看得更清楚，揉了揉眼睛。她觉得葡萄串似乎变得更丰满了，每一颗葡萄看上去都鲜艳欲滴、甘美多汁。她觉得这完全是个奇迹——他们小屋外墙上攀爬的那株老葡萄藤那样矮小枯瘦，居然能结出这样的果实来。

"这葡萄真不错！"水银一边说，一边吞下一颗又一颗葡萄，而葡萄串上的果实却不见少，"请问，亲爱的主人，您是在哪里摘的葡萄？"

"从我们自家的葡萄藤上。"菲勒蒙回答，"你可以看到它的一根枝条围绕在窗户上，就在那儿。但我和我老婆从没觉得这葡萄很好。"

"我从没吃过更好的葡萄。"客人说道，"如果您愿意的话，再给我来一碗鲜美的牛奶吧，那我就会吃得比一个王子还要好了。"

这一回，老菲勒蒙亲自拿起罐子服侍客人。因为他很好奇，想知道包客斯刚才小声告诉他的奇迹是不是真的。他知道自己的老妻不可能说谎，而且她认为对的东西很少有错，可这件事真是太古怪了，他想自己弄清楚。于是，在拿起罐子的时候，他偷偷往里面看了一眼，很满意里面一滴牛奶也没有。可是，他忽然看到了一股白泉从罐底喷涌而出，瞬间就填满了一罐，牛奶还泛着乳白的泡沫，气味香甜。幸运的是，惊诧莫名的菲勒蒙没有失手把这神奇的罐子摔到地上去。

"你们究竟是谁，创造奇迹的外乡人！"他不禁喊道，比他的妻子还要惊奇。

"是你的客人，亲爱的菲勒蒙，也是你的朋友。"年长的旅人答道，他的声音温和而深沉，既柔和又让人感到敬畏，"也请给我倒一碗这样的牛奶。愿你们的奶罐永不枯竭，为了疲惫困窘的旅人，更为了善良的包客斯和菲勒蒙！"

吃过晚饭后，旅人们请求主人引他们去歇息。老人们很想跟他们多谈一会儿，跟他们讲讲，看到简陋清寒的晚餐竟然变得这样丰盛，感觉多么神奇而惊喜。可是年长的旅人让他们如此敬畏，他们都不敢问他问题。于是菲勒蒙把水银拉到一边，询问他世上怎么会有这等事情，一个旧陶罐里居然能涌出源源不竭的牛奶。水银指了指他的手杖。

"这就是整件事的奇妙之处了。"水银说，"如果你能弄懂并告诉我的话，我得谢谢你。我真搞不懂我的手杖是怎么回事。它老是搞这种小把戏，有时候给我弄来一顿晚餐，又常常把这顿晚餐偷走。假如我相信怪力乱神的话，我会说，这根棍子被施了魔法！"

水银没再继续说下去，只是很狡黠地盯着他们的脸，菲勒蒙和包客斯觉得他是在取笑他们。水银从房间里走出去的时候，有魔力的手杖蹦蹦跳跳地跟在后面。当只剩下他们俩的时候，这对善良的老夫妇忍不住又谈了一会儿晚上发生的事情，然后在地上躺下，很快进入了梦乡。他们把自己的卧房让给了客人们，因为没有多余的床，他们只能躺在木板上。我真希望木板就像他们的心肠一样柔软。

老人和他的妻子很早就起床了。日出的时候，旅人们也起来了，准备离开。菲勒蒙热情地请求他们再待一会儿，好让包客斯能给奶牛挤奶，在火炉上烤一块蛋糕，或许还能给他们找出几个新鲜鸡蛋来做早餐。客人们却觉得，最好在烈日当空前赶完大部分的路，所以坚持马上就出发。不过他们请菲勒蒙和包客斯跟他们一起走一段，给他们指指路。

于是，他们四人从小屋里走出来，谈笑风生，就像老朋友一般。这对老夫妇不由得和年长的旅人变得更亲密了，这种感觉很奇妙：他们善良淳朴的精神和旅人的和善融合在一起，就像两滴水溶入了无边无际的大海。至于水银，他还是那样开朗和敏锐，似乎能在两个老人自己意识到之前，先发现他们最微妙的思绪。他们有时候真希望水银不是这么聪明灵敏，也希望他能把他的手杖扔掉。手杖上的两条蛇一直在盘旋扭动着，看上去神神秘秘，怪吓人的。可是，水银总是那么和和气气的，他们希望能永远把他留在他们的小屋里，从早到晚和他待在一起，就算他带着手杖和蛇，以及其他各种古怪玩意儿都没关系。

"啊！哎呀！"当他们走了一小段路之后，菲勒蒙忽然感叹了一声，"要是我们的邻居们懂得对陌生人热情相助是多么幸福的一件事就好了，他们就会把所有的狗拴好，绝不允许他们的孩子再向陌生人扔一块石头！"

"他们那样行事真是罪过。可耻！真可耻！"善良的包客斯气愤地说道，"我今天就要过去告诉他们，他们是怎样的一群坏蛋！"

"只怕，"水银狡黠地微笑着说，"你会发现他们一个都不在家。"

这时，年长的旅人脸上流露出一种庄重而严厉的神情，令人敬畏，却又宁静安详。看到他的脸色，不管是菲勒蒙，还是包客斯，都不敢说一个字。他们尊敬地望向他的脸，仿佛是在仰视着苍天。

"如果人们不能对最卑微的陌生人亲如兄弟，"年长的旅人说道，声音如管风琴般深沉，"他们就不配活在世上，因为世界本是为了人类的兄弟情谊而创造的！"

"顺便问一下，我亲爱的老伙计，"水银说道，眼里闪烁着恶作剧般的喜悦，"你们谈到的那座村子在哪儿呢？在我们的哪一边？依我看，我在附近可找不到它。"

菲勒蒙和他的妻子转头向山谷看去。就在昨天傍晚，他们还能在这里看到草地、房屋、花园、树丛以及宽阔的林荫大道，孩子们在此间嬉戏，人们或工作或游玩，一派兴隆繁荣的景象。可是现在，这里连村子的影子都看不见了！就连村子所在的肥沃谷地也消失了。眼前的景象让他们惊诧极了。在那谷地曾经所处的地方，他们看到的是广阔的蓝色湖面，湖水将整个山谷灌满，四周的群山倒映在湖水的怀中，那样安详宁静，仿佛自创世以来一直如此。这一刻，湖面风平浪静，没有一丝波纹。忽然，一丝微风吹起，湖水开始舞动闪烁，在晨曦中闪闪发光，然后呢喃着冲向岸边。

这面湖看上去那样熟悉，这对老夫妇觉得非常迷惑，好像他们只曾在梦中见过湖水下有一座村庄。可是他们马上就记起了消失的房屋、村民们的脸孔和脾性，这一切太过清晰，绝非梦中所见。昨天村子还在这里，现在就消失得无影无踪了！

"唉！"这两位好心的老人喊道，"我们可怜的邻居们怎么了？"

"他们再也做不了男人和女人了。"年长的旅人说道，声音洪亮而深沉，远处似乎响起了一阵雷声，与他的话语遥相呼应，"他们的生命既无用又丑陋，因为他们不肯关爱同胞、行善积德，从而使凡人艰辛的命运得以变得温柔甜美；他们胸中没有保留昔日更美好的生活的印象，所以，远古的湖水又重新漫开，倒映着天空！"

"至于这些愚蠢的人，"水银带着调皮的微笑说道，"他们都变成了鱼儿。其实他们不需要改变很多，因为他们早就是一群身披鱼鳞、铁石心肠的浑蛋[2]，是世界上最冷血的生物。所以，好包客斯大娘，等什么时候您或您的丈夫想吃一盘烤鳟鱼，他只需要投下一根钓线，从湖里拉出几个你们的老邻居就万事大吉了！"

THE·HILL·SIDE AFTER·THE·STORY

"都变成鱼了。"包客斯不禁打了个寒战，"我绝对不会，无论如何都不会，把它们放在烤架上！"

"不，"菲勒蒙边做鬼脸边加了一句，"我们绝不会喜欢它们的味道！"

"至于你，善良的菲勒蒙，"年长的旅人接着说，"还有你，仁慈的包客斯——你们如此贫寒，却在招待无家可归的旅人时倾尽所有。你们诚挚的热情使牛奶变成了取之不尽的琼浆玉液，使黑面包和蜂蜜变成了仙馔佳肴。天神们在你们的桌边尽情享用，就像在奥林匹斯山的盛宴上享受美食一样。你们做得很好，我亲爱的老朋友们。因此，你们有什么心愿就尽管提出来吧，一定会得到满足的。"

菲勒蒙和包客斯互相看着对方，然后——我不知道是谁开的口，不过这句话说出了两人共同的心愿。

"让我们生时永远相依，死时同一刻离去！因为我们一直如此相爱！"

"如你们所愿！"陌生人庄严而和蔼地说道，"现在，看看你们的屋子！"

他们照办了。当他们看到一座白色大理石砌成的高大楼宇敞着大门，屹立在之前简陋的小屋所在的地方时，他们是多么惊奇啊！

"这就是你们的家。"陌生人慈爱地笑着,对他们说,"在你们的宫殿里尽情款待客人吧,就像昨晚在那间茅舍里热情地款待我们一样。"

老人们双膝跪地感谢他。可是,看啊!他和水银都不见了。

于是菲勒蒙和包客斯住在了大理石宫殿里,以帮助过路人为乐。我得说说,那奶罐保持了它的神力,当你希望它灌满的时候,它永远都不会空。每当一位诚实快乐、无忧无虑的客人喝罐中牛奶的时候,他总会觉得,这是他喝过最香甜、最解乏的饮料。不过,如果是一个粗鲁乖戾的家伙去喝,他的面容一定会变得狰狞扭曲,高喊"这明明是一罐已经发酸的牛奶"!

就这样,这对老夫妇在他们的宫殿里住了很久很久,一直到老得不能再老了。一个夏天的早晨,菲勒蒙和包客斯没有像往常一样,脸上洋溢着热情的微笑,请投宿的客人们吃早餐。客人们到处寻找他们,把宽敞的宫殿翻了个底儿朝天,可是没什么用。迷惑了好一阵之后,他们发现,大门口挺立着两棵大树,可没人记得前一天那里有两棵树。它们就在那里站着,深深地扎根在土壤中,巨大的树荫遮蔽了宫殿的整个正面。一棵是橡树,另一棵是菩提。它们的枝条紧紧缠绕相拥,真是奇特而美丽的景象,每一棵树仿佛是长在对方的怀抱里。

客人们不禁惊叹,这两棵乔木如此高大庄严,本该需要至少一百年才能长成,怎么能在一夜之间拔地而起呢?此时,一阵微风吹过,相互缠绕的树枝摇动起来。空中传来了一片沙沙声,深沉辽阔,好像是这两棵神奇的树在说话。

"我是老菲勒蒙!"橡树轻声说。

"我是老包客斯!"菩提树柔声应道。

微风渐大,两棵树同时呼喊道:"菲勒蒙!包客斯!包客斯!菲勒蒙!"仿佛它们本是一体,心心相印。显而易见,善良的老夫妇变成树后,又重新焕发了青春,生机勃勃。它们准备平静幸福地共度一百年，菲勒蒙是橡树，包客斯是菩提。啊！瞧它们多么友善地投下一片绿荫！每当一个行路人在树荫下停留的时候，他听到头顶上树叶摩挲的飒飒响声如此令人愉悦，会心想，这声音听起来多像是在说：

"欢迎你，欢迎你，亲爱的旅人，欢迎你！"

某个心地善良的人了解老包客斯和菲勒蒙的心意，围着两棵树建了环形的长椅。以后很长时间，疲惫的人、饥饿的人和口渴的人都会到那里歇息，从那神奇的罐子里尽情地饮用牛奶。

我希望，那只罐子现在就在咱们这儿！

[1] 古希腊人十分重视"宾主之谊"，主人须对外乡人或朋友殷勤款待，提供食宿和保护；客人也应该尊敬主人。古希腊人认为不善待旅人可能会触怒天神，还认为天神可能会乔装成外乡人的模样来到人间游历。

[2] 原文为 a scaly set of rascals，scaly 既指"覆盖着鳞片（scale）的"，又有"低劣的、卑鄙的"之意，一语双关。

第七章　弥诺陶洛斯

故事相关背景：克里特国王弥诺斯和兄弟争夺王位的时候，请求海神波塞冬赐给他一头雪白的公牛，以证明自己获得王位是神明的旨意，并保证将来会献祭这头公牛给波塞冬以示敬意。可是弥诺斯最终食言，献祭了另外一头牛，激怒了波塞冬。波塞冬一怒之下，施法让弥诺斯的妻子变成母牛，和公牛生下了残暴的牛头怪弥诺陶洛斯。弥诺斯为了关住公牛，让代达罗斯建造了一座巨大的迷宫。公牛被杀后，代达罗斯父子被关在了迷宫里，只好用羽毛做成翅膀从克里特岛逃走。

　　很久很久以前，在古城特罗曾里有一座高山，山脚下住着一个叫忒修斯的小男孩儿。他的外祖父庇透斯国王是个很有智慧的人，也是这个城邦的统治者。忒修斯在皇宫里长大，天生就是一个聪明的男孩儿。在老国王的谆谆教导下，他受益良多。他的母亲名叫埃特拉。至于他的父亲，忒修斯从来没有见过。但是，自从他记事起，埃特拉就经常带着小忒修斯到一片森林里。森林里有一块深深陷到泥土里的大石头，石头上长着青苔，埃特拉经常坐在这块大石头上，和忒修斯谈论他的父亲。她告诉忒修斯，他的父亲叫作埃勾斯，是一位伟大的国王，统治着阿提卡，住在世界上最有名的城市之一——雅典。忒修斯非常喜欢听埃勾斯国王的故事，经常问他的好母亲埃特拉，为什么父亲不来特罗曾和他们一起住。

"啊，我亲爱的儿子，"埃特拉叹了口气，回答说，"身为一位国王，他要照顾自己的子民。对他来说，受他统治的男男女女就是他的子女，所以他没有办法像其他父亲一样，抽空来疼爱自己的儿子。你的父亲永远不能为了看望他的小儿子而离开他的国家。"

"好吧。但是，亲爱的母亲，"小忒修斯问，"为什么我不能去有名的雅典城，告诉埃勾斯国王我就是他儿子呢？"

"总会有这样一天的，"埃特拉说，"耐心点儿，到时候就知道了。你现在还没有长大，还不够强壮，没法出发去雅典。"

忒修斯继续问道："那我要多久才能变得足够强壮呢？"

"你现在还不过是个小男孩儿。"他的母亲答道，"你试试看能不能搬起我们坐着的这块大石头？"

小家伙对自己的力量非常自信，于是抓着大石头上凹凸不平的地方，费力地又拖又拉，累得上气不接下气，大石头却纹丝不动，跟长在地里似的。要想把它从地里搬起来，需要一个非常强壮的人使出全部力气才行。难怪他怎么也搬不动。

他的母亲站在一旁，看着儿子积极努力却收效甚微，嘴角上和眼神中流露出一种悲伤的笑容。她发现忒修斯那么迫不及待地要去闯荡世界，不禁深感悲伤。

"你明白了吗，我亲爱的忒修斯？"她说，"你必须比现在更强壮，我才能放心地让你去雅典，告诉埃勾斯国王你是他的儿子。一旦你能搬起这块大石头，并让我看看下面藏着什么，我保证允许你出发。"

在这之后，忒修斯经常问他母亲，他是不是已经能去雅典了。他

小忒修斯又拖又拉地想搬动大石头 ▲

的母亲仍然指着那块大石头告诉他，要想强壮到搬动这块石头，还要好几年呢。然后这个脸色红润、满头鬈发的男孩儿会一次次地拖呀拽呀，想搬动那块巨石。虽然他还是个孩子，却努力想做到连一个巨人都要用上两只大手才能完成的事情。与此同时，大石头似乎一点一点地朝地里陷得更深了，长在上面的青苔越来越厚，到最后看起来像一张绿色的软垫，上面只剩几小块地方还能看到里面的岩石。每当秋天来临，低垂的树木凋零，大石头上落满了枯叶。石头的底部长出了灌木和野花，有的还爬上了石头表面。不管怎么看，这块大石头就像地里其他东西一样，牢牢地扎根在了泥土里。

这件事虽然看起来很难，不过忒修斯如今正渐渐长成一个健壮的小伙子。他觉得自己离战胜这块笨重的大石头的日子不远了。

"母亲，我确信大石头已经松动了！"忒修斯在某一次尝试后喊道，"它周围的泥土肯定有点儿裂开了！"

136　　母亲很快回答他："不，不，孩子！你不可能搬得动它，你还是这么小的一个孩子啊！"

忒修斯觉得，有朵花的茎叶因为石头的移动被拔出了一点儿，他把这块地方指给埃特拉看，但她还是不肯相信。不过，埃特拉叹了口气，看起来很是忧愁。她肯定意识到，儿子已经不是个小孩子了，不久之后自己就不得不送他去面对世上的种种艰难险阻。

过了不到一年，母子俩又坐在那块长满青苔的大石头上。埃特拉再一次给忒修斯讲起了他父亲的故事，讲他会多么高兴地欢迎忒修斯来到他宏伟的宫殿，讲他会把忒修斯介绍给他的臣民，宣布他是自己王位的继承人。忒修斯的眼睛里充满热切，眼神熠熠发光，他几乎要坐不住了，激动得没法继续听他母亲说话。

"亲爱的母亲，"他大声说，"我从来没觉得自己像现在这样强壮！我不再是个孩子了，也不单单是个少年！我觉得自己是一个男子汉！现在是时候认真地试一试搬动这块大石头了！"

“啊，我最亲爱的忒修斯，”他的母亲答道，“还没！还没到时候！”

“不，母亲，”他下定决心，“是时候了。”

于是，忒修斯专注地弯下腰，用男子汉一般的力气和决心，竭尽全力要完成任务。他把所有的勇气都投入到这一举中，使劲搬动这块不肯挪窝的大石头，就好像它是个活生生的敌人一样。他又推又抬，决心不成功便成仁，干脆让这块大石头成为他的墓碑！埃特拉站在一旁注视着他，双手紧握，内心充满了身为母亲的骄傲和悲伤。大石头动了！没错，它被慢慢地从覆盖着它的青苔和泥土中抬了起来，周围的灌木和花朵也随之被连根拔起，翻了个底儿朝天。忒修斯成功了！

他停下来喘了口气，高兴地看着母亲——她正含着眼泪朝他微笑。

“是的，忒修斯，”她说，“是时候了，你不可以再待在我身边了！去看看埃勾斯国王，也就是你的父王，给你在石头底下留了什么吧。他曾经用有力的双臂举起石头，把东西放在你刚刚移开石头的地方。”

忒修斯低头查看，发现那块大石头原来压在了另一块石板上面。石板中间有个洞，看起来有点儿像一个简陋的箱子，上面那块石头相当于箱子盖。洞里有一把带着金柄的剑和一双鞋。

“剑是你父亲的，”埃特拉说，“鞋也是你父亲的。在他去雅典赴任当国王之前，吩咐我好好抚养你，直到你能搬起这块沉重的大石头，证明自己是个男子汉。现在你完成了任务，可以穿上你父亲的鞋，追随他的脚步，佩上他的宝剑，像他年轻时一样与巨人和龙搏斗了！”

忒修斯闻言喊道：“我这就出发去雅典！”

但是，母亲说服他再待上一两天，好为他准备一些旅行的必需品。他的外祖父、睿智的庇透斯国王听说忒修斯要前往父亲的皇宫觐见，诚恳地建议他乘船走水路，因为这样他就能在离雅典约 25 千米的地方登岸，既不会劳累，也不会遇到危险。

"陆路非常难走，"德高望重的老国王说，"有大批强盗和怪兽出没。忒修斯还只是个年轻人，我不放心他独自走那么危险的陆路。不，不行，让他走水路吧！"

可是，忒修斯一听说有强盗和怪兽，便竖起了耳朵，更加想要走能碰见强盗和怪兽的陆路了。所以，第三天，他满怀敬意地向外祖父道别，感谢了他的好意，然后又深情地拥抱了母亲，出发上路了。母亲晶莹的泪水落满了她的脸颊，实不相瞒，他自己也流泪了呢。但是他任由眼泪被风干，继续坚定地向前走。他手里握着宝剑的金柄，脚上穿着父亲的鞋，像个男子汉一样大步前进。

我没办法停下来给你细说忒修斯去雅典一路上的种种险象，只能说他铲除了那一地区的强盗，之前庇透斯国王还为此事忧心忡忡呢。这些坏人中有一个叫作普罗克拉斯塔斯，的确是个可怕的家伙，他用卑鄙的手段戏弄不幸落到他手里的可怜旅行者。在他的大山洞里有一张床，他假装非常好客，邀请客人躺下，但是，如果他们的身高不及床的长度，这个恶棍就用尽全力把他们拉长；如果他们长得太高，他就砍掉他们的脑袋或双脚。然后他会把自己的所作所为当成一个逗人的笑话，大笑不已。因此，不管一个人有多累，也绝不想躺在普罗克拉斯塔斯的床上。还有一个强盗叫作辛尼斯，也是一个十足的大浑球。他热衷于把受害者从一个很高的悬崖上扔到海里。为了让他罪有应得，忒修斯把他从同一个地方扔了下去。如果你肯相信我的话，大海可不愿意对这样一个坏人敞开胸怀，免得弄脏了自己；而大地既然摆脱过他一次，当然也不同意再让他回来。于是，辛尼斯被迫悬浮在悬崖和海水之间的半空中，他那受到恶报的身躯也只好由半空中的空气来负担。

做完这些叫人难忘的事迹之后，忒修斯听说有一头体型巨大的母猪发了疯，让附近所有的农民闻风丧胆。这一路上只要有造福民众的机会，忒修斯总是乐意伸出援手。于是，他杀死了这个巨大的怪物，把它的肉送给穷人做成熏肉。那头大母猪之前在林子里、田地里横冲直撞，可怕极了，但是等到被切成肉块、在每家每户的餐桌上慢慢熏制的时候，就讨人喜欢多了。

就这样，在到达旅途终点之前，忒修斯已经用他父亲的金柄剑做出了许多英勇的事迹，成为了那时人们交口称赞的"当今最勇敢的年轻人之一"。人还没到，名声就已经传到了雅典。进城的时候，他听到居民在街头巷尾闲谈，说赫拉克勒斯十分勇敢，伊阿宋、卡斯托耳和帕洛克斯亦是如此，但是那位忒修斯、他们自己国王的儿子，会成为这些少年英豪之中最伟大的一个。听到这些话，忒修斯走得更加昂首阔步。他满心以为，有了这样的声名为自己鸣锣开路，就仿佛在对埃勾斯国王喊着："瞧，这就是你的儿子！"那么，父亲肯定会在宫殿里为他设下盛大的欢迎宴会。

忒修斯是个天真的年轻人，一点儿也没有想到，在他父亲统治的雅典，有更大的危险在等着他，比他一路上遇到的都要可怕。事实就是如此。你必须理解，忒修斯的父亲虽然年纪不是很大，但是为治理国家费尽心力，因此显得比实际年龄要衰老得多。他的侄子们没指望他能活很久，纷纷打算把国家大权攥到手里。但是他们得知忒修斯已经来到了雅典，并且听说他是个非常英勇的年轻人，于是明白忒修斯绝对不会把本该由自己继承的王位拱手让人。因此，埃勾斯国王这些坏心肠的侄子，也就是忒修斯的堂兄弟们，立刻变成了他的敌人。还有一个更加危险的敌人呢，她叫美狄亚，是一个邪恶的女巫。美狄亚现在是埃勾斯国王的妻子，她憎恨埃特拉，根本不想让王位落到埃特拉儿子的手里，而想让自己的儿子墨多斯来继承王位。

不巧的是，忒修斯刚到皇宫门口，就碰上了国王的侄子们，立刻被认了出来。他们心怀阴谋诡计，假装对忒修斯极尽殷勤，并表示非常高兴能认识他。他们建议忒修斯装作不认识国王，看看埃勾斯能否从这个年轻人身上发现和自己或者埃特拉相像的特征，然后认出他是自己的儿子。忒修斯同意了，以为他的父亲心中怀着对他的爱，一眼就会认出他来。可是，当忒修斯在门口等候的时候，侄子们就跑去告诉埃勾斯国王说，有一个年轻人来到雅典，据他们所知，这个年轻人要来置国王于死地并篡夺王位。

他们又补充了一句："他现在正在外面等着陛下您接见呢！"

老国王听到这些，叫道："啊！那么，他的确是个恶毒的年轻人！请问，你们认为我该怎么处置他？"

邪恶的美狄亚插话进来，回答国王的问题。我已经告诉过你，她是个有名的女巫。有传闻说她常常在一口大锅里熬煮老人，借口能让他们返老还童。但是我猜埃勾斯国王不喜欢用这种让人不舒服的方式变年轻，或者他甘愿变老，所以不肯被扔进大锅里煮。要不是还有更重要的事情要说，我会很乐意给你讲讲美狄亚的火焰战车——它由四条飞龙[1]驾着，女巫美狄亚经常驾着它在云中兜风。实际上，当年美狄亚就是乘着这辆战车来到雅典的，自打那时起，她除了惹是生非便没干过什么好事。关于这些奇闻逸事我们就先讲到这儿，我们只要知道美狄亚除了会做其他上千种坏事，还知道怎么制作毒药。不管是谁，只要嘴唇碰到她做的毒药，就会当即毙命。

于是，当国王问怎么处置忒修斯的时候，这个坏女人说出了她早就想好的一番话。

"请把他交给我吧，陛下。"她说，"您只需要准许这个坏心肠的年轻人来到您面前，客客气气地对待他，并且邀请他喝上一杯葡萄酒。陛下非常清楚，我有时会炼制一些效力很强的药物来打发无聊的时间，这个小药瓶里就有一点儿。至于它是由什么做的，则是我的秘密。只要在酒杯里滴上一滴，然后让那个年轻人尝上一口，我敢保证他一路上打的那些坏主意立马就会化为乌有。"

美狄亚说着便笑了起来。她虽然面带微笑，心里却打定主意要让忒修斯的父亲眼睁睁地看着可怜无辜的儿子在自己面前被毒死。而埃勾斯国王像其他大多数国王一样，认为对涉嫌谋害他的人来说，再严厉的惩罚都不为过。因此，他毫不反对美狄亚的诡计，而且毒酒一准备好，他就下令让那个年轻人来到他面前。酒杯放在宝座旁的桌子上，一只苍蝇想从酒杯边上喝一点儿酒，立刻跌进酒杯里死了。看到这一幕，美狄亚环顾周围的侄子们，又笑了起来。

忒修斯被带进宫殿的时候，眼里似乎只剩下长着白胡子的老国王。老国王坐在华丽的宝座上，头上戴着耀眼的王冠，手里拿着权杖。他的神态威严庄重，可是年龄和病痛沉重地压在他身上，仿佛每一岁都是一个铅块，每一种疾病都是一块沉重的石头，全部捆在一起，压在他疲惫的肩膀上。忒修斯悲喜交加，眼里噙满了泪水——看到亲爱的父亲这么虚弱，让他万分伤心；而一想到能用自己年轻的力量支持父亲，用自己充满爱意的青春活力振奋父亲，他又是多么喜悦。当一个儿子用温暖的心爱着父亲时，老人家就会重新焕发青春，这比在美狄亚的魔法锅里煮更管用。忒修斯就打算这样做。他等不及看埃勾斯国王能不能认出他来，就迫不及待地要投入父亲的怀抱。

忒修斯向宝座走去，跨上台阶的时候，他想说出心里一直在想的话。可是，万般柔情从他心中涌出，充斥在喉咙里，让他哽咽得说不出话来。因此，除了把洋溢着爱意的心脏放到国王手里，可怜的忒修斯都不知道该做些什么，又该说些什么。狡猾的美狄亚注意到了这个年轻人心中在想些什么（一提起她的所作所为我就心惊胆战），她使出最阴险的招数，想利用忒修斯激动得难以表达的爱来毁灭他。

美狄亚低声对国王耳语："陛下，您看出他的慌乱了吗？他明白自己有罪，所以又是发抖，又是说不出话来。这卑鄙的人活得太久了！快点儿！把酒给他！"

这个陌生的年轻人一步步走近宝座时，埃勾斯国王一直凝神盯着他看。国王隐约觉得，自己以前似乎见过这个年轻人。老国王说不上为什么，也许是因为他光洁的额头，也许是他好看的嘴形，又或许是他美丽温柔的眼睛。仿佛在这个年轻人还是个婴儿的时候，自己曾经把他抱在膝盖上玩耍，然后看着他长成一个健壮的男人，而自己却变老了。但是美狄亚猜到国王感觉到了什么，无法容忍国王沉浸在这些自然流露的感情中，哪怕这些感情来自他的心底，清楚地告诉他，这是他亲爱的儿子、埃特拉的儿子，远道而来和他相认。女巫美狄亚再一次对国王耳语，用巫术迫使他认为自己看到的都是假象。

因此，埃勾斯下定决心，让忒修斯喝光毒酒。

"年轻人，"他说，"欢迎你！能招待你这样一个英勇的青年，我感到非常自豪。请喝下这杯中的酒。你看，杯子里盛满了美酒，我只把它赐给配得上它的人！没有人比你更配得上畅饮这杯美酒了！"

埃勾斯国王一边说着，一边从桌上拿起金杯，要把它递给忒修斯。但是，或许是因为他体弱多病，或许是因为他觉得不管这个年轻人多邪恶，夺走他的生命也是一件令人难过的事，当然，或许还因为他的心比头脑更清醒，一想到自己要做什么，内心就颤抖不已——出于以上原因，国王的手抖得非常厉害，许多酒洒了出来。国王的一个侄子为了坚定他的决心，也害怕浪费掉珍贵的毒药，悄悄对他说：

"陛下，您怀疑这个陌生人没有罪吗？那就是他要用来杀害您的剑。多么锋利，多么闪亮，多么可怕啊！快点儿！让他尝尝毒酒，不然他现在就会杀害您！"

听到这些话，埃勾斯驱散了心中所有的疑虑和感情，只觉得把这个年轻人置于死地是多么符合正义。他笔直地坐在宝座上，用手稳稳地递出酒杯，皱着眉头严肃地看着忒修斯。他毕竟精神高尚，即使是谋杀一个奸诈的敌人时，脸上也没法装出虚伪的笑容。

他用宣判将罪犯砍头时一贯的严厉口吻说道："喝吧！你配得上

从我这儿得到这样的酒！"

忒修斯伸出手来接过酒杯。但是，在他碰到酒杯之前，埃勾斯国王再一次颤抖了。他的目光落在年轻人腰间挂着的金柄剑上，然后撤回了酒杯。

国王叫道："那把剑你是怎么得到的？"

"它是我父亲的剑，"忒修斯用颤抖的声音回答道，"我穿的是我父亲的鞋。我亲爱的母亲名叫埃特拉，我还是个小孩儿的时候，她给我讲了父亲的故事。但是，我在一个月前才够力气移开大石头，从底下拿出宝剑和鞋，然后来雅典找我的父亲。"

埃勾斯国王叫道："我的儿子！我的儿子！"他扔掉致命的毒酒，从宝座上蹒跚地走下来拥抱忒修斯，"没错，你长着跟埃特拉一样的眼睛。这就是我的儿子。"

我已经忘了国王的侄子们后来怎么样了。但是恶毒的美狄亚看到事情发生了变化，便迅速走出大殿，回到自己的房间，立即施起法术来。不一会儿，她听见房间的窗外传来蛇发出的嘶嘶巨响。看呀！那就是她的火焰战车，还有四条长着翅膀的巨蛇，它们在空中扭动、缠绕，尾巴甩得比宫殿还要高，准备好了开始一场空中旅行。美狄亚带上自己的儿子，偷出了御宝[2]、国王最好的袍子和其他所有她能找到的值钱东西，立即爬上战车，挥动鞭子抽打那些蛇，升到了雅典城上空。

国王听见了毒蛇发出的嘶嘶声，匆忙赶到了窗边，冲那个可恶的女巫怒吼，让她永远别回来了。雅典城的所有市民也都跑到室外观看这壮观的场面，眼看就能摆脱她了，人们发出快乐的叫喊声。美狄亚快要被气炸了，发出了比毒蛇恶毒上十倍的嘶嘶声，真是让人厌恶。她从战车的火焰里凶恶地向外瞪着眼，在人群上方抖动双手，好像在往人群里撒播上百万个诅咒。然而，她这样做的时候，不小心撒出了大概五百颗最上乘的钻石，一千颗上等珍珠，两千颗绿宝石、红宝石、蓝宝石、蛋白石和黄宝石，这些都是她从国王的保险箱里偷出来的。

所有的宝石都落了下来，好像一阵绚烂夺目的冰雹，砸在大人和孩子们头上。民众们立刻捡起宝石送回宫殿，埃勾斯国王却告诉他们可以拿走所有宝石，来分享自己找到儿子和摆脱恶毒的美狄亚的欢乐。只要他有，他们拿走两倍的宝石都可以。的确，如果你看到火焰战车往天上飞去时美狄亚最后的表情有多可恨，就不会奇怪为什么国王和人民都把她的离开当作是莫大的解脱了。

现在忒修斯王子深受父王的喜爱。老国王乐此不疲地让他坐在自己的宝座上（宝座非常宽，坐两个人绰绰有余），听他讲他亲爱的母亲，讲他的童年，还有他是如何孩子气地多次尝试搬起那块沉重的石头的。然而，忒修斯是个勇敢又活跃的年轻人，不愿意把所有时间都花在讲述已经发生过的事情上。他的抱负是做出更多的英雄事迹，最好够得上写进散文和诗歌里被传颂。他刚到雅典不久，就捉住一头发疯的公牛，把它拴了起来。这次他在雅典公众面前的首次亮相，让埃勾斯国王和他的臣民惊奇不已、钦佩有加。但很快，他接手了一件事，让他之前所有的冒险相形之下都如同儿戏。事件的起因是这样的：

一天早上，忒修斯王子醒来的时候，感觉自己做了一个悲伤的梦。他睁开了眼睛，可梦里的情景还在他脑中浮现。空气中似乎充满了忧郁的悲叹声，如果他仔细聆听，还能听见啜泣声和呻吟声，还有痛苦的尖叫声，和深沉、轻柔的叹息混合在一起。声音从皇宫中、街道上、庙宇里，从城市的每一个角落传来。所有这些悲伤的声音从数千个心中发出，会合成一声痛苦的巨响，把忒修斯从睡梦中惊醒。他尽快穿上衣服（也没忘记穿上凉鞋，带上金柄剑），飞奔去找国王，询问这一切是怎么回事。

"哎呀！我的儿子，"埃勾斯国王长长地叹了口气说，"现在正发生着一件不幸的事！今天是每年中最悲伤的一天，因为每年的这一天，我们都要抽签决定雅典城里哪些少年少女要被可怕的弥诺陶洛斯吞掉！"

◀ 美狄亚骑上蛇，升到了城市的上空

忒修斯王子叫道："弥诺陶洛斯！"像很多勇敢的年轻王子一样，他用手握住剑柄说："那是什么样的怪物？如果有人肯奋不顾身的话，有没有可能把它杀掉呢？"

德高望重的埃勾斯国王摇了摇头。他解释了整件事情的来龙去脉，试图说服忒修斯，根本就没有希望杀掉弥诺陶洛斯。原来，弥诺陶洛斯是克里特岛上一个可怕的怪物，它长得一半像人、一半像牛，总的来说是个非常丑陋的怪物，光是想一想就让人感到厌恶。如果它非要存在于世上的话，也应该是在某座荒岛上或是幽暗的山洞里，在那儿它讨厌的样子就不会折磨人们了。然而，统治克里特岛的弥诺斯国王花了一大笔钱，为弥诺陶洛斯建造了住处，还尽心尽力地伺候它。他做这一切完全出于邪恶的想法。几年前，雅典城和克里特岛之间发生了一场战争，雅典人战败了，不得不求和。可是，除非他们肯每年进贡七名少年、七名少女给残忍的弥诺斯国王养的怪物吃掉，否则就休想获得和平。三年来，雅典人一直承受着这难以忍受的痛苦。现在满城的啜泣、呻吟和尖叫声都是由人们的悲痛产生的，因为抽签决定谁是那十四个牺牲者的日子又到了。父母害怕自己的儿女被抽到，少年少女则担心自己注定要赴死，去填饱那贪婪、可憎的半人半兽怪物的肚皮。

然而忒修斯听完整个故事，便挺直了身子，看起来比以前任何时候都要高大。他的脸上满是愤恨、勇敢、温柔和同情的神情。

他说："告诉雅典的人民，今年不用抽出七个少年，只要六个就行，我自愿当第七个。就让弥诺陶洛斯来吃我吧，如果它想试试看的话！"

"噢，我亲爱的儿子，"埃勾斯国王叫道，"为什么你要让自己面对这样可怕的命运啊？你是一位王子，有权利让自己享有普通民众所没有的特权。"

忒修斯回答说："正因为我是一位王子，是您的儿子，是您国家的合法继承人，我自愿承担起您臣民的苦难。至于您，我的父亲，您是这些人民的国王，代表上天负担起人民的幸福，您有责任要牺牲您最心爱的儿子，而不是让可怜的百姓子女受到伤害。"

国王老泪纵横，恳求忒修斯不要让自己孤苦伶仃地度过晚年，更何况他才刚刚体会到拥有一个善良英勇的儿子是多么幸福。忒修斯觉得自己有理，不肯放弃这个决定。但他向父亲保证，自己不打算像一头温驯的羊一样，毫不反抗地被吃掉；而且，如果弥诺陶洛斯真的能吃掉他，这一餐也不会轻松。最终，埃勾斯国王没有办法，只好同意让他去。于是，一艘挂着黑帆的船只准备完毕，忒修斯和其他六个少年，还有七个温柔美丽的少女来到港口登船。一大群悲伤的人陪着他们来到海岸边，可怜的老国王也在其中。他倚在儿子肩上，看起来心中好像承受着整个雅典的悲痛。

忒修斯王子就要上船的时候，他的父亲恳请他听一听自己最后的嘱咐。

"我最爱的儿子啊，"他抓着忒修斯的手说，"你看这艘船的风帆都是黑色的，它们也的确应该是这个颜色，因为这是一次悲伤和绝望的旅程。我疾病缠身，不知道能不能活到这艘船返航的那一天。但是只要我还活着，我每天都会爬上那边的悬崖，守望海上有没有船只归来。亲爱的忒修斯，如果你运气好，能从弥诺陶洛斯的口中逃出来，就扯下这些阴沉的颜色，换上其他和阳光一样明亮的风帆。我和所有人民远远地在海平面上看见这些亮色的风帆，就会知道你胜利归来了，我们会用雅典城从未有过的欢呼声来欢迎你。"

忒修斯保证会照做，然后登上了船。水手扬起了黑色的风帆，人们在这忧伤场面上的叹息似乎也化为一阵虚弱无力的海风，把船缓缓地吹离了海岸。不过，不一会儿，等他们完全出海之后，海面上起了一阵有力的西北风，吹得船欢快地在白色的浪花上前进，好像他们要去完成一件最快乐的差事。虽然这是一件相当悲伤的事，但我非常怀疑，没有了大人的管束，十四个聚在一起的年轻人是否真的会在整个旅程中一直闷闷不乐。我猜这些即将性命不保的年轻人肯定会在起伏的甲板上跳上几支舞，会心地大笑几次，还有类似的不合时宜的嬉闹。只有当他们看见克里特岛高高的青色山峰出现在遥远的云层里时，才会再次严肃起来。

忒修斯站在水手中间，急切地朝岛上远眺，虽然它看起来和山峰间隐现的云雾一样缥缈。有一两次，他觉得自己看到了远处有一个明亮的物体隔着海浪闪着耀眼的光芒。

他问船长："你看到那道闪光了吗？"

船长回答："王子，我没有看到。但是我之前看到过，我猜应该是塔洛斯发出的。"

就在那时，风变强了，船长忙着调整风帆，没有时间继续回答问题。但是随着船离克里特岛越来越近，忒修斯惊讶地看见一个巨大的人影，看起来在从容不迫地沿着小岛的海岸踱步。他从一个悬崖走到另一个悬崖，从一个岬角走到另一个岬角。海浪在他脚下的海岸上翻卷轰鸣，飞起的浪花溅到了他的脚上。更惊人的是，每当阳光照在那巨大的身影上，便闪闪发光，巨大的脸庞也有一种金属般的光泽，透过空气投射出一道道光芒。此外，他衣服的褶皱没有随风飘动，而是沉重地垂在四肢上，仿佛衣服是用某种金属织成的。

船离岛越近，忒修斯越好奇这个庞大的巨人是谁，是不是真的有生命。虽然他走路和行动栩栩如生，但是步态却有些呆滞，再加上黄铜色的皮肤，让年轻的王子怀疑他不是真的巨人，只是一架做工绝妙的机器。他肩上扛着一根铜棒，让他看起来更加恐怖。

看到船长现在有空回答他了，忒修斯问道："这是什么怪物呀？"

船长说："这是铜人塔洛斯。"

忒修斯追问道："那他到底是个活的巨人，还是一尊铜像呢？"

船长回答："老实说，那也是一直以来让我费解的问题。有人说塔洛斯是技艺最精湛的金属工匠伏尔甘[3]为弥诺斯国王打造出来的，但是谁又见过哪一尊黄铜雕像像这个巨人一样，懂得每天绕岛巡逻三次，盘问每一艘接近岛屿的船只呢？可是话又说回来，除非铜筋铁骨，又有哪个生物能像塔洛斯一样，在二十四小时里一刻不停地走上将近三千公里，从不坐下来休息也不觉得累呢？他是一个谜，你怎么看都可以。"

船继续向前航行，忒修斯现在能听到巨人铿锵有力的脚步声。他重重地踩在饱经海浪冲蚀的岩石上，有一些石头承受不住他的重量，开裂破碎，掉进了泡沫翻滚的海浪里。等到他们接近港口时，巨人跨立其上，两只脚分别稳稳地踩在一个岬角上，高高地举起铜棒——棒子的顶端高得消失在云端。他的站姿非常可怕，金属皮肤在阳光下闪烁。大家都觉得下一刻他就会挥下铜棒，砰的一声把船打成上千块碎片，根本不在乎会杀死多少无辜的人。因为你要知道，这世上很少有仁慈的巨人，就像你不能指望黄铜机械会有慈悲心一样。但就在忒修斯和同伴们以为巨人的铜棒马上要打下来的时候，他那黄铜色的嘴巴开口说话了。

"陌生人，你们从哪里来？"

洪亮的声音停止后，还能听见回声，就像教堂的钟声那样余音绕梁。

船长喊道："从雅典来！"

黄铜巨人用雷鸣般的声音问："为何事而来？"

不久之前，雅典还在和克里特岛交战，因此，巨人威胁性地把铜棒甩得更高，仿佛要以雷霆之势将船击成两半。

船长回答说："我们带来了七个少年和七个少女，送给弥诺陶洛斯吃掉！"

黄铜巨人喊道："过去吧！"

那几个字响彻整个天空，巨人的胸腔里也发出了隆隆作响的回声。船在岬角之间的港口里平稳前进，而巨人继续巡逻去了。不一会儿，这位不可思议的哨兵就走远了。他远远地在阳光里闪烁，继续大步绕着克里特岛前进，好像这是他永不停歇的任务。

忒修斯一行刚驶进港口，弥诺斯国王的卫兵就来到海边，带走了十四个少年少女。这些全副武装的卫兵簇拥着忒修斯和他的同伴们前往宫殿，来到国王面前。弥诺斯是一位残酷无情的国王。如果说守卫克里特岛的巨人是铜做的，那么这位克里特岛的统治者的铁石心肠简直比铜还要硬，可以称得上是铁人。他紧蹙着眉头打量这些雅典来的可怜牺牲品。换成其他人，看到他们清新可人的柔美模样和天真无邪的表情，都会觉得如坐针毡，非要放他们如夏日微风般自由离开，让他们每个人都开心才好。然而这个十恶不赦的弥诺斯只想检查他们长得够不够丰满，好喂饱弥诺陶洛斯。对我来说，我希望他自己才是被吃掉的那个，就连那只怪兽都会觉得他难以下咽。

弥诺斯国王把这些吓得面色苍白的少年和不断啜泣的少女一个个叫到王座前，用权杖在他们每个人的肋骨上戳了戳（试试他们有没有膘肉），然后冲卫兵点点头，示意把他们带下去。但轮到忒修斯的时候，他看得格外仔细，因为忒修斯的表情平静又勇敢。

他用冷酷的声音问："年轻人，你就要被可怕的弥诺陶洛斯吃掉了，难道不觉得害怕吗？"

忒修斯回答："为了正义献出生命，我很乐意，也没什么顾虑。但您呢，弥诺斯国王，您年复一年做出这样的坏事，把无辜的少年少女喂给一头怪兽，您自己不觉得害怕吗？狠毒的国王，您闭上眼睛扪心自问的时候，难道不会颤抖吗？您在那儿，坐在金色的宝座里，穿着华贵的长袍，但我当着您的面告诉您，弥诺斯国王，您本人比弥诺陶洛斯还要丑陋！"

"啊哈！你这么看我吗？"弥诺斯国王叫道，冷酷地笑着，"明天早餐时分，你就有机会判断到底谁是更可怕的怪物了，是弥诺陶洛斯，还是国王我！卫兵，把他们带走，让这个口无遮拦的小子成为弥诺陶洛斯的第一道菜！"

之前我没来得及告诉你，在国王的宝座旁边站着他的女儿阿里阿德涅——一位善良美丽的少女。她看着这些即将赴死的可怜囚徒，心情和那个铁石心肠的弥诺斯国王截然不同。一想到要白白毁掉多少人的幸福，她就不禁流泪。他们正值青春年华，却要被一个怪兽吃掉，而对这个怪兽来说，他们中最胖的或许还抵不上一头肥牛或一只胖猪。她看到勇敢坚定的忒修斯王子如此平静地面对这么可怕的处境，同情之心更是大增百倍。卫兵要把他们带走时，她扑到国王的脚边，恳求他放走所有囚徒，尤其是这个年轻人。

"安静，蠢丫头！"弥诺斯国王回答，"这事与你何干？这关乎国家政策，你见识浅薄，根本无法理解。去浇浇花吧，别再想这些雅典来的懦夫了，弥诺陶洛斯肯定会把他们当早餐吃掉，就像我晚饭肯定会吃一只山鹑一样。"

说这话的时候，弥诺斯国王看起来狠劲十足。如果没有弥诺陶洛斯替他省去麻烦，他本人就能把忒修斯和其他人吃掉。他不许任何人再为他们说情，让卫兵把这些囚徒带走，关进了地牢里。狱卒建议他们尽快睡个觉，因为弥诺陶洛斯习惯一早就要用餐。七个少女和六个少年很快就哭着睡着了，但忒修斯和他们不一样。他意识到自己比同伴们更聪明、更勇敢、更强壮，所以，有责任保护他们的生命，即使在绝境里，也必须考虑是否有办法营救他们。于是他让自己保持清醒，在关押他们的昏暗地牢里来回踱步。

就在午夜之前，门悄悄地打开了，温柔的阿里阿德涅手里举着一支火把，出现在他面前。

她低声问："忒修斯王子，你醒着吗？"

"没错。"忒修斯答道，"既然活不了多久，我不想把最后的时光浪费在睡觉上。"

阿里阿德涅说："那么放轻脚步，跟我来吧。"

忒修斯不知道监狱看守和卫兵都去哪儿了，不管怎样，阿里阿德涅打开了所有的门，把他从黑暗的牢房里带到了宜人的月光下。

"忒修斯，"少女说道，"你现在可以登上船，返回雅典。"

忒修斯回答说："不，除非先杀死弥诺陶洛斯，救出我可怜的同伴，并让雅典从此摆脱这种残忍的进贡，否则，我决不离开克里特岛。"

"我就知道你会这样决定。"阿里阿德涅说，"那么，跟我来吧，勇敢的忒修斯。这是卫兵从你那儿夺走的剑，你会用到它的。老天保佑你能好好地利用它吧。"

然后她牵着忒修斯的手，把他引到了一片昏暗的小树林里。茂密的树叶挡住了皎洁的月光，他们经过的小路上没什么光亮。在黑暗中走了很久之后，他们来到了一堵高高的大理石墙前面。墙上杂乱无章地爬满了青翠的藤蔓植物，墙壁高耸，看起来既没有门也没有窗户，显得巨大而神秘。在忒修斯看来，既没法从上面爬过去，也没有通道可以穿过去。不过，阿里阿德涅伸出一根娇嫩的手指按住一块大理石，虽然那块石头看起来和墙壁的其他部分一样坚固，却在她的推动下凹了进去，墙上随即露出一个入口，刚好能让两个人进去。他们蹑手蹑脚地走进去，大理石墙又自己合上，恢复了原状。

阿里阿德涅说："我们现在就在代达罗斯所建的那座著名的迷宫里。迷宫建成之后，他就为自己做了一副翅膀，像鸟儿一样飞走了。那位代达罗斯是个巧匠，这座迷宫是他所有精巧设计里最让人叹为观止的。假如我们往里面走上几步，就可能一辈子都徘徊在这里，再也找不到出口了。弥诺陶洛斯就在这座迷宫的中央，忒修斯，你必须去那儿找它。"

"我怎样才能找到它呢？"忒修斯问，"如果迷宫像你说的那么让人晕头转向的话？"

就在他说话的时候，他们听见了一声粗野的咆哮声，令人心生不快。那声音听起来像是一头公牛的怒吼，但是里面又隐约夹杂着人类的话音，忒修斯甚至觉得能听到含糊的句子。发出叫声的怪物好像正在艰难地用它嘶哑的嗓音说话。然而，声音是从很远的地方传来的，他没法分辨出它到底更像牛的叫声还是人的嘶吼声。

　　阿里阿德涅小声地说："那就是弥诺陶洛斯的叫声。"她用一只手紧紧抓着忒修斯的手，另一只手按在自己的胸口上，两只手都颤抖不已。"你必须跟着那声音穿过曲折的迷宫，最后就能找到它。等一下！拿着这根丝线的一端，我会拿着另一端，如果你最后取得胜利，这根线会带你回到这个地方。再见，勇敢的忒修斯。"

　　于是忒修斯左手接过丝线，右手拿着已从剑鞘里拔出来的金柄剑，勇敢地走进了神秘莫测的迷宫。我没法告诉你这座迷宫是怎么建造起来的，但是它建造得十分精巧，前无古人后无来者。比它更错综复杂的东西，就只有设计者代达罗斯的大脑，以及每个凡人的内心了——因为人心要比克里特迷宫神秘上十倍。忒修斯迈了不到五步，就看不到阿里阿德涅了，再走上五步，他就开始晕头转向了。但他继续前进，钻过一扇扇低矮的拱门，登上一段段台阶，穿过一条条弯弯曲曲的走廊，合上一扇门，眼前又出现另一扇门，最后他觉得墙壁在带着他不停地旋转。弥诺陶洛斯的叫声一会儿近，一会儿远，一直在空荡荡的通道里回响。它的叫声这样凶猛，这样残忍，这样难听，既像是牛的吼声，又像是人类的声音，可又两者都不像。每走一步，忒修斯勇敢的心就变得更加坚定和愤怒，因为他感觉这样一个怪物胆敢存在于世上，是在侮辱月亮和天空，也是在侮辱亲切又朴素的大地母亲。

　　他继续向前走，云朵遮住了月亮，迷宫变得非常昏暗，忒修斯再也分辨不出他走过的叫人迷惑的来路。如果不是感觉到手中的丝线不时轻柔地牵动着他，他会觉得自己彻底迷失了方向，再也没有希望找到正确的路了。丝线被拉动的时候，他就知道善良的阿里阿德涅还握着线的另一端，为他担惊受怕，对他满怀希望，深情地抚慰他，就像仍在他身边一样。噢，确实，我向你保证，那根纤细的丝线上满溢着人性的关怀呢！他继续循着弥诺陶洛斯的可怕声音往前走，声音越来越大，后来忒修斯满以为再拐一个弯就会见到它。最终，在迷宫正中央的一片空地上，忒修斯见到了那个丑陋的生物。

确实，它是一个多么丑陋的怪物啊！它身上只有长着角的脑袋像牛，可是从某个角度看，它浑身上下都长得像头牛，却反常地用两条后腿摇摇摆摆地直立行走。如果你恰好从另一个角度看，它又长得完完全全像个畸形的人。这可怜的东西就在眼前，没有同类，没有朋友，也没有伙伴，活着只为了害人，也不懂什么是爱和关怀。忒修斯恨它，恨得浑身发抖，但也不禁对它怀有一丝怜悯，同时又觉得它格外丑陋和可恶。弥诺陶洛斯独自在那儿来回大步走，愤怒得发狂，不停地发出嘶哑的咆哮声，声音中古怪地混杂着不成句的话语。听了一会儿之后，忒修斯明白了弥诺陶洛斯在自言自语，说自己有多悲惨，多饿，多么痛恨所有人，多么想把所有人类生吞下去。

啊，长着牛头的恶棍！噢，我的朋友们，也许有一天，你们会像我现在一样明白，每个容许邪恶的东西侵蚀他的天性，或者让邪恶的东西留在心里的人，都是一头弥诺陶洛斯，是他同类的敌人，也会像这个可怜的怪物一样被所有好人孤立。

忒修斯害怕吗？什么？忒修斯这样的英雄感到害怕？绝对不会，我亲爱的听众们。就算弥诺陶洛斯长了二十个牛头，他也不会害怕。忒修斯当然很勇敢，不过我更愿意相信，在这危急关头，他感觉到左手握着的丝线传来颤抖的振动，英勇的内心于是变得更加强大。阿里阿德涅仿佛要把自己全部的力量和勇气都给忒修斯。忒修斯本来就不缺这些，她能给出的也很少，却似乎让他所拥有的成倍增加。说实话，他需要这全部的力量和勇气，因为这时弥诺陶洛斯突然转过头来，看到了忒修斯，并且立刻低下头，用锋利可怕的角对着他，像生气的公牛要冲向敌人时一样。同时，它发出一声巨大的咆哮，里面好像掺杂着人类的语言，但是话没出口就被这野兽异常愤怒的喉咙碾压得支离破碎了。

忒修斯只能猜测它要说什么，不过不是靠它说的话，而是靠它的动作猜出来的。因为弥诺陶洛斯的牛角比它的头脑要犀利得多，也比它的舌头更能派上用场。它说出的话很可能是这个意思：

"啊，可恨的人类！我要用角刺穿你，把你甩到一百多米高的天上，等你摔下来就把你吃掉！"

"那么就过来试试吧！"这就是忒修斯肯屈尊做出的所有回答，因为他非常高尚，不愿意用无礼的语言攻击敌人。

双方不再废话，紧接着忒修斯和弥诺陶洛斯之间展开了大地上最激烈的战斗。如果这怪兽第一次冲向忒修斯的时候没有擦身而过，并在石头墙壁上折断一只牛角的话，我真不知道事情最后会怎么样。这次小事故让弥诺陶洛斯疼得不住地吼叫，震得迷宫的一部分都倒塌了，克里特岛上的所有居民都误以为这阵巨响来自一场不同寻常的猛烈暴风雨。它疼得厉害，滑稽地绕着空地狂奔。虽然忒修斯当时没有笑出来，但是好久以后他回忆起来时，都忍不住大笑。在这之后，两个对手英勇地展开对峙，角剑相向，僵持了很久。最后弥诺陶洛斯冲向忒修斯，用牛角擦伤了忒修斯的左侧身体，把他带倒在地。弥诺陶洛斯以为它刺中了忒修斯的心脏，高兴得欢呼雀跃，张大血盆大口准备咬断忒修斯的喉咙。可是这时候忒修斯一跃而起，趁弥诺陶洛斯大意时抓起剑来，用尽全身的力气对准它的脖子砍了下去，弥诺陶洛斯的身子直挺挺地倒在了地上，牛头则滚离身体有约六米远。

战斗结束了。那一刻月亮从云朵后面出来了，皎洁明亮，好像世界上所有的麻烦、所有困扰人类的邪恶和丑陋都永远消失了。忒修斯倚在剑上歇口气的时候，感到丝线又抽动了一下——整场激战中，他都紧紧地攥着那根丝线。他热切地想让阿里阿德涅知道自己成功了，于是依照丝线的引领，很快回到了迷宫的入口处。

阿里阿德涅紧握着双手叫道："你杀死了那头怪兽！"

"多亏了你帮忙，亲爱的阿里阿德涅，"忒修斯回答说，"我胜利归来了。"

阿里阿德涅说："那么，我们得赶快去叫醒你的朋友们，在日出之前你们必须上船。如果天亮了你们还在这里，我父亲会为弥诺陶洛斯报仇的。"

长话短说，可怜的囚犯们被叫醒，等到听说忒修斯做了什么，而且他们必须在黎明之前起航回雅典时，几乎分不清自己是不是在做美梦。他们急忙来到港口，爬到船上，但忒修斯王子却握着阿里阿德涅的手，落在了后面。

他说："亲爱的姑娘，你一定要跟我们一起走。你这么温柔善良，却有弥诺斯国王那样铁石心肠的父亲。他一点儿也不在乎你，就像花岗石不在乎长在它裂缝里的花朵一样。但是我的父亲埃勾斯国王、我的母亲埃特拉，还有全雅典的父母亲和孩子们，会把你当作恩人来爱戴和景仰。跟我们一起走吧，弥诺斯国王要是知道你做了什么，一定会大发雷霆。"

现在有些低俗的人假装讲述忒修斯和阿里阿德涅的故事，厚颜无耻地说这位高尚的公主真的趁着夜色掩护和她搭救的陌生人一起私奔了。他们还说，忒修斯忘恩负义，在返回雅典的途中把阿里阿德涅（如果没有她，忒修斯早在杀掉世界上最可恶的怪物之前就死了）抛弃在了一座孤岛上。如果高尚的忒修斯听说了这些胡言乱语，他会像对付弥诺陶洛斯一样对付这些造谣的人！当这位来自雅典的勇敢王子恳求阿里阿德涅同行时，她是这样回答的：

"不行，忒修斯，"少女说道，捏了捏他的手，然后后退了一两步，"我不能和你一起走。我父亲年事已高，除了我没有人爱他。你认为他铁石心肠，但如果他失去我就会心碎。一开始弥诺斯国王会大发雷霆，但他很快就会原谅他唯一的孩子，最后他会感到高兴，因为雅典不需要再送少男少女来让弥诺陶洛斯吃掉了。忒修斯，我之所以

阿里阿德涅紧握着双手叫道："你杀死了那头怪兽！" ▶

救你，既是为你，也是为他。再见了！上天保佑你！"

她说的所有话都那么真挚，正如一位少女应有的那样温婉清纯，声音甜美却不失高贵。如果再劝她，忒修斯自己都会脸红。所以，他除了跟阿里阿德涅深情道别、上船起航，就没有什么好做的了。

忒修斯王子和同伴们乘着呼啸的海风驶出海港，船头的白浪不一会儿就像沸腾了一样翻滚。黄铜巨人塔洛斯正在进行永不停歇的巡逻，碰巧走近了那片海岸。他光亮的皮肤反射着月光，所以，他们远远地就看见了他。然而，巨人像装着发条的机器一样走路，既不能加快也不能放慢他巨大的脚步。等到他到达港口的时候，他的大铜棒已经够不着他们了。可塔洛斯仍然像以前一样，叉着腿从一个岬角跨到另一个岬角上，想把船打翻。但是他的手向前伸得太远，失去了平衡，直挺挺地跌到了海里，激起的海浪比巨人还高，就像一座冰山在海里倒了个个儿时的情景一样。他现在还躺在海里呢，谁要是想靠卖黄铜赚上一笔，应该带着潜水钟[4]去那儿，把塔洛斯打捞上来。

158

你应该能猜到，在返乡途中，这十四个少男少女兴致极好。只要横吹的海风没让甲板太过倾斜，他们就大部分时间都在跳舞。要不了多久，人们在故乡阿提卡的海岸上就能看到他们。但是我很遗憾地告诉你，一桩让人悲痛的不幸发生了。

你应该记得（可惜的是，忒修斯忘了），忒修斯的父亲埃勾斯国王在临行前嘱咐他，如果他战胜了弥诺陶洛斯凯旋归来，要换下黑帆，扯起白帆。可是，这些年轻人大部分时间都沉浸在胜利的喜悦里，沉浸在游戏、跳舞还有其他乐事里，从没想过自己的风帆是黑色、白色还是七彩的，他们把驾船挂帆的事完全交给了水手们。这艘船就这样挂着出发时的黑帆回来了，宛如一只长着黑色翅膀的乌鸦又飞了回来。可怜的埃勾斯国王虽然体弱多病，却还每天坚持爬到高耸在海边的悬崖上，坐在那儿等待忒修斯王子返航。他一看见象征着死讯的黑帆，就断定他深爱又引以为豪的儿子让弥诺陶洛斯吃掉了。他没法忍受失

埃勾斯国王以为忒修斯已经被弥诺陶洛斯吃掉了 ▲

去儿子后孤独地活下去，于是先把王冠和权杖扔进了海里（现在这些东西对他来说都是没用的装饰品了！），然后弯腰向前，一头栽下了悬崖。这个可怜人最后淹死在了拍打悬崖的海浪里！

这个消息对忒修斯王子来说非常沉痛。他一上岸就发现，不管他乐不乐意，自己已经成了整个国家的国王。这样的变故足够让任何一个年轻人意志消沉，不过他派人把亲爱的母亲接到雅典，在治理国家方面听从她的建议，从而变成了一位杰出的国王，深受人民的爱戴。

---

[1]　西方龙的形象和东方的龙不同，一般是罪恶和凶残的象征。英语中的"龙"源自希腊语，意为"体型巨大的毒蛇、水蛇"，因此后文会把飞龙称作毒蛇。

[2]　国王或王后参加典礼时佩戴的王冠、宝剑、珠宝等。

[3]　罗马神话中的火和锻造之神，对应希腊神话中的赫菲斯托斯。

[4]　一种无动力单人潜水运载器。早期的潜水器是一个底部开口的容器，外形与钟相似，里面始终保持一定量的空气，供潜水员呼吸。

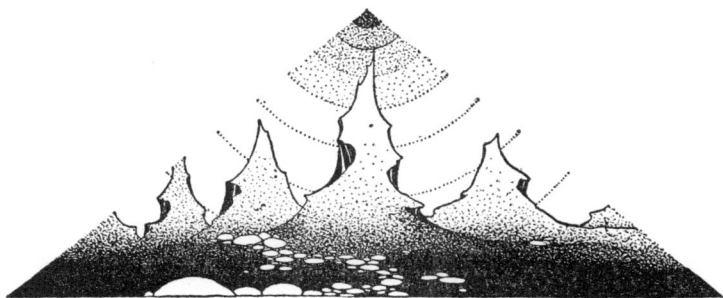

第八章　小人国

故事相关背景：传说中安泰是海神和大地母亲所生的儿子，也是利比亚之王。凡是经过利比亚的过路人，都必须跟他格斗。可是他力大无穷，还有秘密武器，所以几乎战无不胜。而关于他的兄弟小矮人，则有一个传说——矮人国的女王因为藐视天后和女猎神，被变成了专啄矮人的仙鹤。

很久很久以前，世界上充满了各种奇迹。在那个时代，住着一个名叫安泰的巨人，还住着许多稀奇古怪的小个子，他们被称为小矮人[1]。巨人安泰和小矮人都是从地里长出来的，他们同为一母所生，那就是我们慈祥苍老的大地之母。安泰和小矮人友爱和睦，一起生活在遥远炎热的非洲中部。小矮人的个头实在太小了，再加上他们的领地与人类的居所隔着好多荒漠和高山，人们一百年都未必能瞧见他们一次。至于巨人安泰，他长得可高了，要看见他还不容易？不过了安全起见，最好别被他看到。

▲ 巨人安泰和小矮人们是同胞

我猜想，如果一个小矮人能长十五到二十厘米高，那他就算得上矮人中罕见的大高个儿了。矮人们的小城看上去真可爱。城里的街道只有六十到九十厘米宽，铺着世界上最细小的鹅卵石。他们的房子就在街道两旁，大小就跟松鼠笼子似的。皇宫矗立在一座广场的中央。那座广场"宽敞"得呀，连我们的壁炉毯都盖不住。他们最重要的庙宇，也可以说是大教堂，就和一张写字台一样"高高耸立"。在小矮人眼中，它庄严雄伟，叫人肃然起敬。这些建筑既不是用石头砌成的，也不是用木头建造的，而是由矮人工匠将稻草、羽毛、蛋壳和其他零碎的材料整齐地垒起来的，就和鸟儿筑巢差不多。工匠们用的不是砌砖的灰泥，而是稠稠的黏土。等到太阳出来，这些建材晒干以后，房子的那种温暖惬意正是小矮人们梦寐以求的。

　　城市周边遍布着村庄，村庄又紧挨着田野。最大的那片田野呀，几乎有一个花圃那么大。小矮人会在田里种上麦子和其他谷物，等到庄稼都成熟之后，能把这些小不点儿完全遮住。这情景就像我们走在林间小路时，头顶上的松树、橡树、核桃树和栗子树树荫把我们完全遮住一样。碰上丰收的季节，小矮人得拿起小斧头，把稻谷砍下来，跟伐木工人在树林中砍出一片空地一个样。要是稻谷结得太饱满，沉甸甸的稻穗垂下来，碰巧砸到哪个倒霉的小矮人，那可就太叫人同情了。这可怜的家伙就算不被砸得粉身碎骨，恐怕也会被敲得头晕目眩。哎哟！还有件事儿！爸爸妈妈的个子都已经那么小了，矮人宝宝们该长成什么样啊？这么说吧，他们一家子能挤在一只鞋里睡觉，还能爬进一只旧手套，在指套间玩捉迷藏。一岁大的矮人宝宝用个顶针就能藏起来。

　　就像我刚才说的，这些滑稽的小矮人有个邻居，就是他们的巨人兄弟。矮人的个头令人啧啧称奇，而巨人体型的庞大就更令人惊叹了。他长得可高了，能把一棵足约三米高的松树当拐杖用。要是没有望远镜的帮忙，我保证，只有小矮人中的千里眼才辨认得出他的头顶。要是遇上雾天，矮人们都看不清他的上半身，只能瞧见他的两条长腿在走来走去，看上去这两条腿已经脱离了身体，却还能自己走动。要是天气晴朗，那么在正午时分，明媚的阳光照在巨人安泰身上时，他伟岸的身影真是让人叹为观止。他像座大山似的杵在那儿，笑眯眯地俯视着矮人兄弟们。他的独眼长在额头正中，足足有车轮那么大。他只消眨一眨巨眼，就能向整个矮人王国传达他友好的问候。

小矮人很喜欢和安泰聊天，经常会有某个小矮人抬起头，把手卷成筒状，凑到嘴边呼喊："嘿，安泰兄弟！你可好啊，伙计？"这样的对话一天要重复好几十次。每当耳边远远传来这种尖细的喊声，巨人就会回答道："很好，矮人兄弟，谢谢。"他声音洪亮，有如雷鸣，要不是从那么高的地方传来，矮人王国最结实的庙宇恐怕都会被震塌。

安泰能成为小矮人的朋友，让人很是欣慰。因为一千万个小矮人的力气加在一起，也敌不过他的一根小指头。如果他对小矮人也像对其他人一样性子火暴，那他很可能一脚踢翻最大的矮人城镇还浑然不觉。他的呼吸对小矮人来说就跟龙卷风似的，能掀掉上百幢矮人房子的屋顶，还能把成千上万个住在里头的矮人卷到空中。他的大脚丫一不小心就可能踩到一大群小矮人，再抬起来的时候，肯定是一片惨状。不过好在他们同样是大地母亲的孩子，巨人对小矮人亲如兄弟。即便矮人生得那么小，安泰也尽其所能地对他们给予关爱。就小矮人而言，他们小小的心里能装下多少爱，就有多么爱安泰。只要力所能及，安泰总是乐意帮忙。比方说，要是小矮人想要一阵风来带动风车，巨人只消轻呼一口气，就能让风车的叶轮转动起来。在阳光灼热的日子里，他会坐下来，让自己的影子投到整个矮人王国上空，为他们遮阴。他的影子呀，能从王国的这一头一直延伸到那一头。不过一般来说，他总是很明智地不多插手小矮人的事务，让他们自己处理——毕竟，在大人物能为小人物做的事情当中，这是最好的一桩了。

总之，正如我所言，安泰很爱小矮人，小矮人也同样爱他。巨人

FRANCES STERRETT

不仅长得高大，寿命也很长；矮人们的一生则相当短暂，但是他们世世代代都与巨人友好共处。这不但被载入小矮人的史册中，也出现在了他们古老的传说里。在矮人王国，即便是最年高德劭的矮人老爷爷，也没听说有哪个时代巨人不是他们的大个子朋友，就连他爷爷的爷爷的爷爷也没听说过。当然喽，有那么一次，五千个小矮人正要进行一次阅兵，结果安泰一屁股坐在了他们身上。后来，他们在发生这场灾难的地方树起了一座将近一百厘米高的纪念碑，碑上记载了这件事。但是，这场意外不能怪任何人，只是不走运罢了，所以小矮人们从来没把它放在心上。他们只是恳请巨人以后小心一点，坐下来之前先检查一下地面。

　　想象一下，安泰站在小矮人当中，就像造得最高的教堂尖塔；小矮人则像蚂蚁，在他的脚边跑来跑去。尽管身材差得很远，但是他们始终彼此关爱，感情融洽。这样的画面多么美好。其实，在我看来，比起巨人给矮人的依靠，矮人给巨人的帮助要更多。因为如果没有他们做邻居，支持他、陪伴他，那么安泰在这世上可能就没有朋友了。没有人生得跟他一样，也从来没有差不多高的人用雷鸣般的嗓音面对面和他聊过天。他站在那里，脑袋伸进云朵，好不孤单。他就这样生活了好几百年，而且很可能永远都得这样过下去。就算安泰真的遇到了另一个巨人，他可能也会冒出一个念头——世上可能容不下两个像他们那样的庞然大物。这样一来，他很可能和那个巨人打个你死我活，而不会和他交朋友。和矮人们在一起时，安泰就是最活泼愉快、风趣温和的巨人，这个老伙计还会在湿漉漉的云朵里洗把脸呢！

　　他的这些小不点儿朋友就和其他小个子们一样自视甚高，还常常对巨人摆出一副屈尊俯就的态度。

　　"可怜的家伙！"他们交头接耳地说道，"他就自己一个人，日子一定过得很无聊，我们得抽出一点宝贵的时间陪他解解闷儿，这没什么好吝啬的。他肯定还不及我们一半聪明，所以需要我们照顾他的起居，哄他开心。可怜的老家伙，我们可得好好待他。大地母亲对我们太好了，不然的话，我们可能也像他那样，是个巨人。"

只要碰上节假日，小矮人就会和安泰一起尽情嬉戏。巨人常常四肢舒展躺在地上，看上去宛若绵延的山脊。毫无疑问，对腿短的矮人们来说，沿着他的身体从头到脚走一趟，足足得花一个钟头。安泰还会把大大的手掌平放在草地上，看看长得最高的小矮人能不能爬上去，再从这根手指跨到那根手指。小矮人可勇敢了，他们在安泰的衣服褶皱里爬来爬去，压根儿没把这当回事儿。要是安泰把头侧放在地上，他们就会英勇地列队前进，朝他山洞似的嘴巴里窥视。安泰有时候会突然合上嘴巴，仿佛要一口吞掉五十个小矮人。不过他们都把这当成玩笑，事实上也的确如此。矮人娃娃们会在他的头发里钻来钻去，要不就抓着他的胡子荡秋千。你要是见到这情景，一定会笑出来。小矮人和他们的大个子伙伴玩乐的滑稽把戏数不胜数，讲都讲不完。有一种游戏是这么玩的——男孩们在他的额头上赛跑，比谁能最先绕着他的那只巨眼跑完一圈。我还真不知道有什么玩法能比这更古怪了。另一个他们最喜欢的玩法是沿着他的鼻梁走到鼻尖，然后跳到他的上嘴唇上。

说老实话，对巨人而言，矮人们有时候就像一群蚂蚁或蚊子一样恼人，尤其是他们热衷于恶作剧，喜欢用剑呀矛呀戳他的皮肤，看看它到底有多厚、多硬。和善的安泰通常都不以为意，尽管有那么一两次，在他昏昏欲睡的时候，安泰会不耐烦地咕哝几句，叫他们适可而止。那声音听上去好像暴风雨来临前的隆隆雷声。更多的时候，他会看着他们欢闹嬉戏，直看得他那笨拙的大脑袋也受到了感染，"哈哈哈"地笑个不停。他的笑声响得吓人，整个矮人王国的人都得用手捂住耳朵，否则非被震聋不可。

"嚯！嚯！嚯！"巨人边说边摇晃着大山一般的身躯，"个子长得小真有趣儿！要是不做安泰，说句玩笑话，我倒情愿当个小矮人。"

这世上只有一件事情让小矮人烦恼不已——他们动不动就要跟鹤开战。这种情况已经持续了好久，久到哪怕是活了这么大岁数的巨人，都记得一直如此。双方会时不时地打响激烈的战斗，有时候是小矮人取得胜利，有时候则是鹤赢得了战争。据历史学家记载，小矮人经常骑在山羊和绵羊背上奔赴战场，不过这些动物对他们来说应该太庞大了，所以，我倒觉得，他们骑的没准儿是松鼠、野兔、老鼠，可能还有刺猬，因为那根根竖起的刺准会吓到敌人。不管史学家是怎么记载的，也不管小矮人会用什么动物当坐骑，我都不会怀疑他们看上去威风凛凛。他们拿着宝剑，举着长矛，背着弓箭，吹着丁点儿大的军号，发出微弱的呐喊声。他们总是鼓励彼此英勇战斗，而且觉得全世界都在注视着他们。不过事实上，只有巨人安泰一个人用他额头正中那只迟钝的大眼睛看着这一切。

　　当交战双方在战场上遭遇时，鹤会扑腾着翅膀，伸着脖颈往前冲，用长长的嘴拦腰叼起几个小矮人。当这样的不幸发生时，眼看着勇猛的矮人在半空中又踢又踹，不停地挣扎，最后被活活吞下去，消失在仙鹤长长的、弯弯曲曲的喉咙里，真是叫人难受。你也晓得，一个英雄要时刻准备好面对任何命运，而且毫无疑问，这件事带来的荣耀对他而言是一种安慰，哪怕是在鹤的肚子里！如果安泰发现战况对他的小不点儿朋友们不利，他可就不再笑了，而是大步流星地赶去帮忙。他高高地挥舞着棍子，冲着鹤怒吼。鹤"嘎嘎"叫着，急忙用最快的速度撤退。然后，矮人军队趾高气昂地凯旋而归，把胜利完全归功于自己的勇敢以及当时那个指挥官的英明，其实那个人不过是碰巧当了指挥官而已。在那之后会有好一阵子，整个矮人王国充斥着各种盛大的游行庆典、举国参加的欢宴，还有璀璨的华灯和栩栩如生的蜡像展，展出的蜡像就和杰出的军官一样"高大威猛"。

　　在之前提到的这些战斗中，如果哪个小矮人碰巧拔下鹤尾巴上的一根羽毛，就会把它当作帽子上的装饰物。那可真是妙透了。你相信

小矮人跟鹤之间的战争已经持续了很久 ▲

吗？有那么一两次，小矮人们选出的国家领袖其实没什么别的优点，只不过带回去了这样一根羽毛而已。

我已经说得够多了，你们也知道了这些小矮人有多勇敢，祖祖辈辈——没人知道到底经过了几代人——是怎样长久以来和巨人安泰快乐地生活在一起的。接下来我要给你们讲的这场战斗，远比矮人和鹤之间的任何一场战争都要惊人。

有一天，大个子安泰正舒展庞大的身躯，躺在他的矮人朋友当中，松树手杖就放在身旁的地上。他的脑袋挨着矮人王国这头，双脚越过了那一头的国界。小矮人在他身上爬上爬下，又是朝他山洞一般的嘴里窥探，又是在他的头发里嬉戏，而他则悠然自得。有时候，巨人会睡着那么一两分钟，打起呼噜来就像卷起一阵旋风。有一次，当他打盹的时候，一个小矮人刚好爬到他的肩膀上，朝地平线的方向眺望，就像站在山顶眺望一样。他看到很远很远的地方好像有什么东西，于是揉了揉小小的明眸，好看得更清楚一些。起初，他以为那是一座大山，但是又觉得奇怪——这座山是怎么突然从地上冒出来的？不一会儿，他就发现这座大山会动。等到它越来越近时，他才发现，这东西不是别的，而是一个人的身影。这个人长得不及安泰那么高大，这千真万确；不过比起小矮人，他已经相当巨大了。而且，他比我们今天见到的普通人也要高大得多。

小矮人确信自己没看错，于是撒腿跑到巨人耳边，弯腰朝他的耳洞大声嚷嚷起来——

"嘿，安泰兄弟！拿好你的松树手杖，赶紧爬起来！来了个巨人，要和你比试比试。"

"呸，呸！"安泰睡眼惺忪地嘟囔着，"少来这一套，伙计！你难道没看见我在睡觉吗？世上才没有什么巨人能让我现在就爬起来呢。"

于是，小矮人又望了一眼，这下看到陌生人正朝安泰躺着的地方走来。他每走近一步，就愈发不像一座青山，而越来越像一个高大的巨人。不一会儿工夫，他就离得很近了，根本不会弄错。他站在那儿，金色的头盔和锃亮的胸甲在阳光下闪闪发光。他的腰上挂着一把宝剑，背后披着一张狮皮，右肩扛着一根棍子——看上去比安泰的松树手杖要大得多，也沉得多。

这下，整个矮人王国都看到了这桩新鲜事儿，无数小矮人齐声高喊起来，他们的尖叫声总算能让安泰听到了。

"快起来，安泰！振作一点儿，你这个懒惰的巨人老头！来了个和你一样强壮的巨人，要和你搏斗呢！"

"胡说八道！胡说八道！"睡意蒙眬的巨人咆哮道，"我要睡个够！"

陌生人还在越走越近，现在，小矮人们能明白无误地瞧见，就算他不及巨人高大，但他的臂膀生得更加壮实。事实上，这是一副多么惊人的肩膀啊！我说过，在很久很久以前，这副肩膀曾扛起过天空[2]。比起他们的傻兄弟，小矮人们要有干劲得多。他们不能忍受巨人慢腾腾的动作，决心一定要叫他爬起来。于是，他们不停地大喊大叫，甚至还用剑戳他的皮肤。

"起来，起来，起来！"他们喊道，"快起来，懒骨头！这陌生巨人的棍子比你的还要粗，他壮实的臂膀无人能比。我们觉得，你们两个比起来，还是他比较厉害。"

安泰听不得别人说有人和他一样强壮，哪怕只有他一半强壮都不行。矮人们的最后一句话戳到了他的痛处，比剑还管用。于是他闷闷不乐地坐起来，打了个哈欠，嘴巴张得有好几百厘米宽。他揉了揉眼睛，笨重的脑袋终于转动了一下，顺着小矮人们急切指给他看的方向望去。

他一瞧见那个陌生人，就抓起手杖"嗖"地跳起来，迈开大步迎了上去。他不停地挥舞着结实的松树手杖，甩得虎虎生风。

"你是谁？"巨人咆哮道，"你到我的地盘上来做什么？"

到现在为止，我还没有告诉你，安泰身上有个很奇怪的地方。我担心你们一下子听到那么多稀奇古怪的事情，恐怕连一半都不肯相信。不过，你们要知道，这个可怕的巨人只要碰到地面——不管他是用手还是用脚，或是身上的其他部位——力气就会变得比之前更大。你们应该还记得，大地就是他的母亲。她很喜欢这个儿子，因为这是她所有孩子中长得最高大的一个。大地母亲用这种办法，让他始终能保持力大无穷。有人断定，安泰每一次触地，力气就会比之前大十倍；另一些人则说，他的力气只能大上两倍。但是想想看吧，不管是十倍还是两倍，只要安泰在走路，哪怕他只走十几千米，每步迈约一百米，你们算算当他重新坐下来的时候，力气会比开始时大多少。如果他躺倒在地上小憩，即便下一秒就站起来，他也会变得有十个之前的自己那么强壮。对世人来说，安泰生性慵懒、喜静不喜动实在是件好事，如果他也像小矮人那样喜欢到处闹腾，时不时和大地接触，那他的力气老早就会大到能把天拽下来了。不过这些呆头呆脑的大个子就跟大山似的，不仅块头上差不多，性子也一样，不爱动。

除了安泰现在遇到的这个家伙，其他凡人都会被巨人可怕的模样和骇人的声音吓个半死。不过这个陌生人好像没有感到丝毫不安。他漫不经心地举起棍子，在手里掂量着，又从头到脚打量了安泰一眼，对他的块头一点儿都不惊讶。这个人似乎早就见过很多巨人，而且安泰还不是他遇到的巨人中最高大的一个。事实上，这个陌生人根本就不怕安泰。在他眼里，安泰和矮人没什么分别。说到矮人，他们正竖起耳朵，关注着接下来会怎么样呢。

"我说，你是谁？"安泰吼道，"你叫什么名字？为什么来这儿？快说话，你这无赖，否则我可要叫你的脑壳尝尝这手杖的厉害了。"

"你真是个无礼的巨人，"陌生人平静地回答道，"也许在我告辞前，应该教你怎么对人客气一点儿。至于我的名字，就是赫拉克勒斯。我来这儿是因为从这里去赫斯珀里得斯仙女们的果园最方便。我要去那儿为欧律斯透斯国王摘三个金苹果。"

"你这个卑鄙小人，不准再往前走了！"安泰咆哮道，他的脸色比之前更难看。安泰曾听说过大力士赫拉克勒斯的名声，因为人家都说他力气很大，所以安泰听了一直怀恨在心。"你既然来了，也别想再回去！"

"我高兴去哪儿就去哪儿，"赫拉克勒斯说，"你拿什么来阻拦我？"

"就用这根松树手杖来教训教训你。"安泰吼道，他满脸怒容，简直成了非洲最难看的怪物，"我比你强壮五十倍，现在我又踩了一下地面，增加了五百倍的力量！像你这样又瘦又小的矮个子，我都不好意思杀了你。我要让你当我的奴隶，你还得给我的兄弟们，也就是这儿的小矮人们当奴隶。把你的棍子和其他武器都扔了，至于那条狮皮披肩，我打算用它做一副手套。"

"那你就自己过来拿吧。"赫拉克勒斯举起棍子回答道。

巨人闻言火冒三丈，他咬牙切齿，像一座塔楼似的朝陌生人冲过去，每跨一步就比之前强壮十倍。他举起松树手杖，狠狠地打过去，结果被赫拉克勒斯用棍子挡住了。他比安泰更灵巧，反过来给了安泰的脑袋重重一击。高大笨重的巨人于是轰然倒地，直挺挺地躺在那里。可怜的小矮人见状惊愕万分——他们做梦都没想到，这世上竟有人能有安泰兄弟一半强壮。但是安泰一摔倒，就马上跳起来。他满脸狂怒，力气一下子大了十倍，看上去真是可怕极了。他又朝赫拉克勒斯打去，但是他太愤怒了，根本就没看准，这一下没打到赫拉克勒斯，反而打到了可怜无辜的大地母亲身上。大地母亲挨了这一下，不禁颤抖呻吟起来。安泰的松树手杖深深地扎进了地里，插得牢牢的，他还没来得及把它拔出来，赫拉克勒斯就抢起棍子朝他的肩膀打去。巨人发出一声怒吼，仿佛要把胸中所有难以忍受的痛苦都在这一声嘶吼中发泄出来。这声音越过高山，传过河谷，据我所知，就算站在非洲沙漠的另一边都听得见。

　　至于小矮人，他们的都城已然被气浪震为一片废墟。他们扯着三百万个细细的嗓子齐声尖叫，毫无疑问觉得自己至少帮巨人把音量提高了十倍。其实呢，即便没有他们，震天的响声也不会轻多少。与此同时，安泰又爬了起来，他拔出松树手杖，浑身带着一股怒火，力气比之前又大了许多，真是骇人听闻。他冲向赫拉克勒斯，又举起手杖打了下去。

　　"你这无赖，"他喊道，"这次你可逃不出我的手掌心了！"

　　但是，赫拉克勒斯又用棍子挡住了这一击，巨人的松树手杖反而被震得粉碎。大多数碎片都飞到了小矮人中间，可把他们伤得不轻，我都不忍心去想象那场景。安泰还没来得及躲开，赫拉克勒斯又发起了进攻，再一次把安泰打得两脚朝天摔在地上。巨人的力气本来就已经大得让人吃不消了，这一次触地除了让他力气更大之外，没什么其他作用。巨人这下更是怒火中烧，很难说得清他的愤怒究竟到了什么地步。他的那只眼睛就像一团熊熊燃烧的火焰。他现在没了武器，于是双拳紧握，互相叩击——每只拳头比木桶还要大。他狂暴地跳上跳下，挥舞着粗壮的手臂，那样子看起来似乎杀了赫拉克勒斯还不够，非要把整个世界都砸得粉碎才解气。

　　"来吧！"巨人用雷鸣般的声音吼道，"让我一巴掌扇你个耳光，你就再也不会头痛了！"

　　你们都知道，赫拉克勒斯的力气大到能托起天空，但是现在，他开始意识到，如果他一直把安泰打倒在地，他可能永远都赢不了。因为巨人每次倒地，必然会得到大地母亲的帮助，这样下去，他迟早会变得比大力士赫拉克勒斯的力气还要大。于是，赫拉克勒斯扔掉手里的棍子——它曾伴随他经历过许多可怕的战斗呢——站在那里准备赤手空拳地迎接他的对手。

"来啊，"他叫道，"既然我把你的松树手杖打坏了，我们就用摔跤比赛来一决胜负吧！"

"啊哈！那我就成全你。"巨人吼道，如果说有什么是最值得他骄傲的，那就是他摔跤的本事了，"你这个坏蛋，我要打得你再也爬不起来！"

安泰气急败坏地跳着冲了过来。他每跳一步似乎都在发泄心中的怒火，同时也获得了全新的力量。但是，你们要知道，赫拉克勒斯可比这个傻大个儿聪明，他想到了一个对付他的方法。而且，即便大地母亲可以护着这个从地里生出来的巨大怪物，那个方法也能够战胜他。赫拉克勒斯瞅准机会，趁着巨人发疯一般朝他冲来的当儿，双手将他拦腰抱起，高举过头顶。

想想看吧，我亲爱的朋友们！看到这个怪物蹬着双腿，扭动着庞大的身躯，面孔朝下在空中挣扎，该是怎样一种景象啊！那情形，就和爸爸伸直双臂把宝宝举向天花板差不多。

175

然而最神奇的地方是，安泰一旦完全离开地面，就失去了所有靠接触地面得来的力量。赫拉克勒斯很快就觉察到，他那难缠的对手正越来越虚弱，因为他不再挣扎得那么厉害了，那雷鸣般的大嗓门也渐渐发出了哼唧声。事实上，除非巨人每五分钟就触碰一次大地母亲，否则，他不仅会失去那惊人的蛮力，就连性命攸关的呼吸也会停止。赫拉克勒斯猜到了这个奥秘，我们最好也都能记住这一点，因为没准儿哪天，我们也要和安泰这样的家伙打上一架。这些从地里长出来的家伙呀，在他们自己的地盘上很难被打倒，但是，如果我们能设法把他高举到虚空中，让他吸收不了自己地盘上的力量，那可就好办多了。这个巨人就是个很好的例子。尽管他对来访的陌生人十分无礼，但我还是挺同情他的。

当他力气耗尽、奄奄一息的时候，赫拉克勒斯把他甩了出去，足足扔了约两千米远。巨人重重地摔在地上，就像一座沙丘一样一动不动了。大地母亲现在即使想帮他，也为时已晚。如果他那笨重的骸骨至今还躺在老地方，就算被错当成一头罕见的巨象的骸骨，我也不会觉得奇怪。

哎哟！可怜的小矮人看到巨人兄弟的下场如此悲惨，顿时号啕大哭起来。即使赫拉克勒斯听到了他们的恸哭声，可能也不会在意，没准儿会把这些声音当成鸟儿的尖叫悲鸣，以为它们是被自己和安泰的震天打斗给吓得从巢里掉了出来。事实上，他的注意力都集中在巨人身上，根本没看过小矮人一眼。他甚至都不知道，世上还有一个这么古怪的小国度。他走了那么长的路，又用尽全力打了一架，现在已经筋疲力尽了。于是他把狮子皮铺在地上躺了上去，很快就陷入了沉睡中。

小矮人一瞧见赫拉克勒斯准备打个盹，立马眨巴着小眼睛，互相点头示意。听到赫拉克勒斯均匀、深沉的呼吸声，确信他已经睡着了，无数个小矮人于是聚集起来，他们站的地方足足有十多平方米那么大。最能言善辩的一个矮人演说家爬到了一朵蘑菇上面——当然，他也是一个勇猛非常的战士，只不过比起使用其他武器，他最擅长的还是雄辩——他站得高高的，对着人群讲起话来。他发表的感想大致如下；或者也可以这样说，以下大约是他演讲的要点：

"勇敢的小矮人，伟大的小个子们哟！你我亲眼见证了一场全国性的灾难是如何降临的，也目睹了我们庄严的国度遭受了怎样的侮辱。我们杰出的朋友和兄弟安泰长眠于斯。一个恶棍趁其不备，在我们的地盘上杀害了他。这个恶棍和他搏斗——如果这也称得上是搏斗的话——的手段，不管是普通人、巨人还是小矮人，连做梦都想不到。不仅如此，这恶棍还变本加厉地侮辱我们。他居然躺在这里睡着了，完全不把我们的愤怒放在眼里！同胞们，你们应当想一想，如果对这种一而再再而三的羞辱都无动于衷，我们还怎么在这世上立足，客观公正的历史又会给我们以怎样的评价？！

"我们的兄弟安泰和我们系一母所生。亲爱的母亲赐予我们鲜活的生命，也赋予我们勇敢的心灵。正因为如此，她一直以我们之间的手足之情为荣。他是我们忠实的伙伴，常常为我们民族的安全与权利而战，那份热情绝不亚于为他自己而战。我们祖祖辈辈都和他结下了友谊，一直保持着友好的往来，就像人们历经无数世代始终保持友谊那样。你们是否还记得，有多少次，我们在他巨大的身躯所投下的阴凉中休息，我们的孩子在他那堆头发间玩捉迷藏；又有多少次，他有力的脚步在我们中间熟门熟路地走来走去，从来没有踩到过我们任何一个人的脚指头。现在，这个亲爱的兄弟就躺在这里——这个和蔼可亲、勇敢忠诚的伙伴，这个品德高尚的巨人，无可指摘、杰出优秀的安泰——已经死了！死了！一动不动！力气全无！化为一座土丘！请原谅我的泪水！不，你们也同样热泪盈眶了！就算我们的泪水淹没整个世界，又有谁能责怪我们呢？

"但是，让我们回到正题吧。同胞们，我们难道能够容忍这个坏蛋毫发无损地离开吗？能够容忍他到其他遥远的国度，炫耀自己可耻的胜利吗？我们难道不该迫使他把尸骨也留在此地，紧挨在我们被杀害的兄弟身旁吗？这两具尸骨都将永世留存，一具用以纪念我们的悲伤，另一具则要叫世人看看，小矮人的复仇到底有多可怕。这就是我们要面对的问题。我在此向你们提出这些问题，完全相信你们能做出正确的回答。你们的答案必将配得上我们民族的品德，也一定会光宗耀祖，绝不辱没先辈留给我们的荣誉。我们与鹤对阵的骄人胜绩已经明白无误地印证了这一点。"

听到这里，小矮人们群情激昂，每个矮人都叫嚣着要不惜一切代价维护民族荣誉。演讲者不得不停了下来，他鞠了一躬，示意大家安静下来，紧接着给他慷慨激昂的演讲配上了一段华丽的收尾。

"那么，剩下的问题就是，到底是动员全国人民团结一致、共同对敌，还是从以前战斗获胜的勇士中选出一个，一对一地向杀害安泰兄弟的刽子手挑战。我不是不知道，你们中间有人生得更加高大。但是，如果我们决定用后一种办法，那么我在此毛遂自荐，揽下这个叫人羡慕的任务。亲爱的父老乡亲们，请相信我，无论我是生是死，都不会有损这个伟大国家的荣誉，也不会让英勇无畏的先辈流传下来的声名毁在我手里。现在，我要扔掉这把剑的剑鞘，只要我还能挥剑，这一切就绝对不会发生。哪怕我也会像伟大的安泰一样，被那双沾满鲜血的双手所杀害，最后躺在我誓死捍卫的这片国土上，我也决不退缩！"

说着，这个勇敢的小矮人抽出了武器，把剑鞘朝人群的头顶上方甩去。他的剑有袖珍折刀的刀锋那么长，看起来还挺吓人的。毫无疑问，他的演讲充满了爱国的热情和自我奉献的牺牲精神，人们对此报以热烈的掌声。要不是熟睡的赫拉克勒斯的深呼吸声，也就是俗话说的呼噜声，盖过了小矮人们的欢呼声和鼓掌声，他们不知道还要叫上多久、拍上多久呢。

小矮人们最后决定，倾举国之力消灭赫拉克勒斯。你们得明白，他们做出这样的决定，不是因为心存疑虑，担心在一对一的单打独斗中无法杀死他，而是因为他们觉得，赫拉克勒斯是全民公敌，所有矮人都渴望分享战胜他的荣耀。矮人王国还发起了一场辩论，主题是——为了彰显国家的荣光，他们是否应派遣一个使节，站到赫拉克勒斯耳边，吹响军号，正式向他宣战。两三个德高望重、聪明睿智的小矮人提出了自己的看法。他们对国家大事颇为精通，认为既然战争已经打响了，那么给敌人来个突袭就是正当的权利。这些智者论述道，赫拉克勒斯的棍子十分巨大，砸到安泰的脑袋上时就像霹雳一样震天响。要是他被叫醒爬了起来，那么还没来得及把他打倒，小矮人自己就要吃苦头了。于是，他们决定把这些愚蠢的礼节放到一边，立刻朝他们的敌人进发。

就这样，矮人王国的所有战士都拿起了武器，勇敢地朝赫拉克勒斯挺进。赫拉克勒斯还在熟睡，做梦都没想到小矮人会要伤害他。两万名弓箭手列队走在最前面，他们小小的弓拉得满满的，箭在弦上，蓄势待发。还有两万名战士受命爬到赫拉克勒斯身上，有些人拿着铲子，要挖出他的双眼，另一些人则抱着一捆捆干草和各种乱七八糟的玩意儿，打算堵住他的鼻子和嘴巴，好让他窒息而死。不过，这些小矮人的如意算盘落了空，因为敌人的呼吸从他的鼻子里喷涌而出，仿佛狂暴的龙卷风，小矮人只要一靠近，就立马被吹走了。这下小矮人意识到，必须想个其他的法子来对付赫拉克勒斯。

小矮人召开了一个会议商量对策，将领们于是命令军队去收集木棍、稻谷和干草，凡是能点燃的玩意儿都行。他们把找来的东西堆在一起，围着赫拉克勒斯的脑袋放了一圈。成千上万个小矮人都参与了这项工作，很快就收集了几桶可以点燃的材料。他们把这些燃料堆得老高，小矮人要是站到顶上，就能和那个在睡觉的家伙的脸一样高。与此同时，弓箭手已经驻守在射程范围内，他们接到命令，只要赫拉克勒斯一有动静，就马上放箭。一切准备就绪之后，小矮人用一支火把点燃了草堆，瞬间燃起了熊熊大火。如果敌人一直躺着不动，灼热的火焰很快就会把他烤焦。你们要知道，尽管小矮人个子很小，但是他和一个巨人一样，轻而易举就能把全世界都点着。对他们来说，要对付仇人，这的确是个好办法，前提是他们能确保对方在大火中一动也不动。

但是，赫拉克勒斯一被烫到，就立马跳了起来——他的头发上蹿动着红色的火苗。

"这是怎么回事？"他睡眼惺忪、疑惑不解地嚷嚷道。赫拉克勒斯四下张望，以为又会瞧见一个巨人。

这个时候，两万名弓箭手砰的一声松开了弓弦，无数支箭"嗖嗖"地朝着赫拉克勒斯的脸飞了出去，就像许多只"嗡嗡"飞的蚊子。然而，赫拉克勒斯的皮肤可坚韧了，一个英雄的皮肤最好能长成那样。所以我怀疑，真正能刺破他皮肤的箭还不到半打。

"恶棍!"所有的小矮人齐声喊道,"你杀害了巨人安泰,他是我们伟大的兄弟、忠实的盟友。我们宣誓,要和你血战到底,把你就地正法。"

听到这么多尖细的嗓音,赫拉克勒斯吃了一惊。他扑灭了头发上的火苗,四下凝神张望,但是什么都没看到。随后,他眯起眼睛查看地面,终于看到无数个小矮人正聚集在自己脚边。他弯下腰,用拇指和食指捏起了离自己最近的一个,把他放在左手的手掌上,举起来仔细检查了一番。还真巧了,这个小矮人就是站在蘑菇上发表演讲的那个,他还自告奋勇地要和赫拉克勒斯一对一决斗呢。

"我说小不点儿,"赫拉克勒斯问道,"你到底是什么人?"

"我是你的敌人。"勇敢的小矮人回答道,他尽力把声音提到最大,"你杀害了巨人安泰,他是我们一母所生的兄弟,也是我们这个辉煌的国家世世代代的忠实朋友。我们决心要取你的性命。至于我自己,我要向你挑战,我们马上就来公平地比试一下。"

赫拉克勒斯被小矮人的豪言壮语和英勇姿态逗乐了。他乐不可支,发出一阵大笑,笑得浑身乱颤,差点儿把那可怜的小不点儿从手掌上摔出去。

"我敢保证,"他喊道,"在今天以前,我遇到过九头蛇怪,金角雄鹿,长着六条腿的人,有三个脑袋的狗,肚子里有个火炉的巨人。我以为自己已经见识过各种稀奇古怪的事情,没有人知道得比我多。但是在这儿,站在我手掌上的这个小家伙,比我之前见到的所有东西都要神奇!小家伙,你的身材就和普通人的手指差不多大,请你告诉我,你的灵魂能有多大?"

"和你的一样大!"小矮人说道。

小矮人不屈的勇气让赫拉克勒斯大受触动,他心中不禁涌起一股英雄间惺惺相惜的情感。

"我小个子的朋友们哟,"他说道,朝着伟大的矮人王国深深地鞠了一躬，"无论如何，我都不会故意去伤害像你们这样勇敢的朋友！在我看来，你们的心胸无比宽广，而你们小小的身躯竟能容纳下它，我真是万分惊讶。这一点我可以用我的名誉担保。我请求与你们和解。为表达我的诚意，我将跨上五步，第六步就能跨出你们的国度。再见了！我会小心脚下，以免不慎踩到你们中的一群人。哈，哈，哈！嚯，嚯，嚯！这一次，赫拉克勒斯承认他被打败了。"

有些作者说，赫拉克勒斯把小矮人一族都装进他的狮皮，然后带回了希腊，供欧律斯透斯国王的孩子玩耍，但这是误传。事实上，他把小矮人留在了他们自己的领土上。据我所知，他们的后代现在都还住在那里呢。他们建造小小的屋子，耕耘小小的田地，教训自己的小娃娃，也继续着和仙鹤之间的战争，自由自在地做着自己分内的事。他们还会翻阅好久以前的历史，那里头也许记载了几百年前，英勇的矮人们吓跑了大力士赫拉克勒斯，为巨人安泰之死报了一箭之仇。

---

[1]　作者在文中使用的 pygmies 是希腊神话中虚构的矮人。不过在非洲中部，的确生活着平均身高 1.3 至 1.4 米的俾格米人，但他们如今濒临灭绝。

[2]　赫拉克勒斯为了摘取金苹果，经过阿特拉斯背负青天的地方。他说动阿特拉斯为他去摘金苹果，自己则帮忙扛起了天空。见本书第五章《三个金苹果》。

第九章　龙牙武士

故事相关背景：美丽的腓尼基公主欧罗巴有一天做了个梦，在梦里，两个女子都热情地邀请她跟自己走。叫作亚细亚的女子亲切温柔，而另一位陌生女子则慈爱强势。欧罗巴醒来之后，不由自主地惦念起她们来。在梦中，陌生女子说的话也让欧罗巴一知半解。不过，也许"亚细亚"和"欧罗巴"这两个名字能让你想到些什么。

阿革诺尔国王的三个儿子卡德摩斯、福尼克斯和基立克斯，还有他们的小妹妹欧罗巴（她长得非常美丽）一起在海边玩耍，那里正是阿革诺尔王的领土腓尼基。他们离开皇宫到处溜达，渐渐地越走越远，最后来到了一片绿油油的草地上。草地紧挨着大海，海水在阳光照耀下闪闪发光，海浪轻轻地拍打着堤岸。三个小男孩儿玩得很开心，他们摘下鲜花，编成花环，戴在小欧罗巴的脑袋上。欧罗巴坐在草地上，红扑扑的笑脸在花丛中若隐若现。卡德摩斯一点儿都没说错，欧罗巴的脸蛋比花还要美。

这时，一只漂亮的蝴蝶飞了过来，在草地上翩翩起舞，卡德摩斯、福尼克斯和基立克斯一边喊着"那是朵会飞的花"，一边追着蝴蝶跑。欧罗巴玩了一整天，觉得有点儿累，没有和哥哥们一起追蝴蝶。她静静地坐在原地，闭上眼睛听大海的柔声细语。那声音好像在说："嘘，轻一点儿。"欧罗巴听着听着就有点儿困了，但这个美丽的孩子还没有完全入睡，就听到不远处有动静——欧罗巴从花丛里看出去，瞧见了一头浑身雪白的公牛。

这头牛是从哪儿来的？欧罗巴和哥哥们在草地上玩了很久，既没有看到牛群，也没有看见其他动物，就连附近的山上也没什么动静。

"卡德摩斯哥哥！"欧罗巴一边从玫瑰和百合花丛中站起身来，一边喊道，"福尼克斯！基立克斯！你们在哪里？快来帮帮我！快来赶走这头牛！"

但是哥哥们走得太远了，听不到她的呼喊声。更糟糕的是，欧罗巴害怕得发不出声音，没法大声求救。她张着嘴呆立在那儿，脸色苍白得就像头上花环里的白色百合花。

但是，欧罗巴那么惊慌失措并不是因为这头牛看上去很可怕，而是因为它突然出现在面前。她定睛细看，这才发现眼前的动物真是太美了。她甚至觉得这头牛看起来是那么和蔼可亲。你们也知道，牛的呼吸通常都很清新，这头牛的气息闻起来更是无比芬芳，就好像它平日里只吃玫瑰花蕾一般。就算不是这样，他吃的肯定也是最鲜嫩的苜蓿叶。它的眼睛明亮、温柔，犄角光滑得宛如象牙，欧罗巴从来没见过这样的公牛。公牛一路小跑，围着欧罗巴欢快地嬉戏，她一时之间几乎忘了这头牛是多么高大强壮。它神情温柔，动作轻快，欧罗巴很快就觉得它像小羊羔一样天真无邪。

这么一来，尽管欧罗巴起先十分害怕，但没过多久，她就伸出了白净的小手，轻轻地抚摸公牛的额头。她还摘下头顶的花环，挂在公牛的脖子和象牙般的犄角上。接着，她摘下几片青草叶，送到公牛嘴边，公牛顺从地吃了下去。它似乎并不饿，吃下这些青草只不过是想讨欧罗巴的欢心，也可能是喜欢吃她碰过的东西。噢，天哪！还有什么动物能比这头公牛更温柔、可爱、漂亮、亲切，适合当小女孩儿的玩伴呢？

当这头牛发现——它真是太聪明了，光是这点就让人惊叹不已——欧罗巴已经不那么害怕了，简直欣喜若狂，高兴劲儿写在了脸上。它在草地上欢快地蹦蹦跳跳，一会儿跑到这里，一会儿又跳到那里，灵巧得就跟鸟儿在树枝间跳来跳去一样。它动作轻盈，蹄子几乎没怎么着地，仿佛是在空中飘浮。它通体洁白，宛如随风而动的雪团。有那么一会儿，这头牛跑得太远了，欧罗巴唯恐以后再也见不到它，禁不住用她那稚嫩的声音呼唤起来。

"快回来，可爱的家伙！"欧罗巴喊道，"这儿有好吃的苜蓿叶。"

公牛温驯地听从了欧罗巴的呼唤，它似乎很开心，很感激，因此跳得更高了。这可真叫人高兴！它跑到欧罗巴跟前，低下脑袋，好像认定了她就是国王的女儿似的。要不然就是它打心底里明白一个天经地义的道理——凡是小女孩儿就应该被人当成皇后般呵护。这头聪明的动物不但低着脑袋，还完全伏下身子蹲在欧罗巴脚边，不停地点头示意，要欧罗巴爬到它的背上。虽然它没法说话，但欧罗巴还是弄懂了它的意思。

它的样子好像在说："亲爱的孩子，快来吧，让我背着你到处走走。"

欧罗巴起初被这个念头吓了一跳，后退了几步。但她那聪明的小脑袋瓜转念一想，又觉得只骑一小会儿应该没什么关系。这头牛那么听话，那么友好，只要自己说不想骑了，它一定会马上放她下来。要是哥哥们看到她骑着牛穿过草地，会多么吃惊呀！到时候，他们四个人可以轮流骑着玩，还可以一起爬到牛背上，在旷野上飞奔。他们的笑声和叫声，就算在阿革诺尔国王的宫殿里都能听见。

"我想我可以试试看。"这孩子自言自语道。

就是呀，干吗不呢？她四下张望，看到卡德摩斯、福尼克斯和基立克斯已经追着蝴蝶跑到了草地的另一边。要赶上他们的话，骑着牛过去一定是最快的。于是，欧罗巴走近了一些。公牛看到欧罗巴那么信任它，又兴高采烈起来。它表现得这么友善，让这孩子不再有任何犹豫。欧罗巴轻轻一跃（我们的小公主就和松鼠一样灵巧），就坐到了这头美丽公牛的脊背上。她用双手抓着象牙般的牛角，生怕自己掉下去。

"慢一点儿，好牛儿，千万要慢一点儿，"她被自己的大胆举动吓到了，说道，"别跑得太快了。"

公牛驮着欧罗巴跳到空中，跑起来轻盈得像一片羽毛，欧罗巴都不知道它的蹄子有没有碰到地面。公牛朝着开满鲜花的田野飞奔，哥哥们就在那里嬉戏，他们刚刚捉到了那只美丽的蝴蝶。欧罗巴兴奋得尖叫起来，卡德摩斯、福尼克斯和基立克斯站在原地，目瞪口呆地看着自己的小妹妹骑在一头大白牛的背上。他们简直不知道是该感到害怕呢，还是应该祈祷自己也能遇到这等好事。这头温和无害的动物（谁还能怀疑这一点呢？）像小猫咪一样在孩子们中间嬉闹雀跃。欧罗巴不停地笑着，俯身向哥哥们打招呼，她红扑扑的脸蛋上还有那么一点儿庄重的神情。公牛又转身飞奔到草地的另一头，欧罗巴挥舞着小手喊"再见"，假装自己要出远门，不知道什么时候才能再见到她的哥哥们。

"再见！"卡德摩斯、福尼克斯和基立克斯异口同声地喊道。

欧罗巴虽然很喜欢这样嬉闹，但还是心存疑虑。她留给男孩子们一个困惑不安的表情，让他们觉得自己的小妹妹仿佛真的要永远离他们而去了。你猜这头雪白的公牛接下来做了什么？嘻，它呀，一阵风似的奔向海边，在沙滩上疾驰而过，猛地纵身一跃，跳入了翻滚的波涛之中，掀起的白色飞沫像雨点般打在欧罗巴和它自己身上，又洒落到水里。

可怜的孩子这下发出了多么惊恐的尖叫声啊！她的三个哥哥见状

也大声喊起来，撒开双腿向岸边飞奔，卡德摩斯冲在最前面。但是已经来不及了。当他们赶到海滩边时，这头狡猾的动物已经游到宽广的蓝色海洋深处，只能隐约看到那雪白的脑袋和尾巴。可怜的欧罗巴就被困在那里，一只手紧抓着公牛的犄角，另一只手伸向她亲爱的哥哥们。卡德摩斯、福尼克斯和基立克斯呆呆地站在那里，眼泪汪汪地看着这让人沮丧的一幕，直到从海底升腾而起的巨浪把它吞没，再也分不清那到底是公牛白色的脑袋还是白色的海浪。打那以后，这头牛就没了踪影，那个美丽的女孩儿也跟着一起消失了。

正如你想象的，三个男孩儿回到家，把这桩叫人伤心的事告诉了父母。他们的父亲阿革诺尔国王治理着整个国家，但他爱小女儿欧罗巴胜过爱自己的王国，也胜过爱他的其他子女，甚至胜过世上的一切。卡德摩斯兄弟三人哭着回到家里，告诉他一头白色的公牛是如何掳走他们的妹妹，又是如何背着她消失在大海之上的，阿革诺尔国王顿时悲愤交加，简直无法自已。夜幕已经降临，天色很快就变暗了，但阿革诺尔国王还是吩咐兄弟三人马上出发去寻找欧罗巴。

"除非你们把我的小欧罗巴找回来，让我再看到她的笑脸和可爱的样子，"他大喊道，"否则就不要来见我！走吧，直到你们能牵着她的手回家，再来见我。"

阿革诺尔国王是个性情中人，他说这些话的时候，眼睛里闪着怒火。男孩儿们见他那么生气，吓得连晚饭还没吃都不敢说，就从皇宫里溜了出去。他们在台阶上停留了一小会儿，商量应该先去哪里。正当男孩儿们绝望地站在那里的时候，他们的母亲特里孚莎王后（兄弟三人向国王讲述欧罗巴的遭遇时，她刚好不在场）追了上来，要求一起去找自己的女儿。

"不，母亲！"男孩儿们喊道，"天太黑了，而且我们不知道会遇到什么危险状况。"

"唉！我的孩子们，"可怜的特里孚莎王后声泪俱下，"正因为

在皇宫的台阶上，特里孚莎王后和三个王子一起为小欧罗巴的遭遇而伤心不已 ▲

这样，我才更要和你们一起去啊。我的小欧罗巴已经不见了，如果再失去你们，我该怎么办呀？"

"让我也一起去吧！"男孩儿们的玩伴萨索斯这时也跑到了他们身边。

萨索斯是附近一个水手的儿子。他和王子们一起长大，是他们的好朋友，而且也很爱欧罗巴。大家一致同意让萨索斯和他们一起动身。一行人就这样出发了。卡德摩斯、福尼克斯、基立克斯和萨索斯拽着特里孚莎王后的裙角，围在她身边，请求她如果觉得累了，就靠在他们肩上。他们就这样走下皇宫的台阶，踏上了旅途，压根儿没意识到这一去所花的时间会比预想的多得多。他们最后见到阿革诺尔国王时，他正走到门口，仆人举着火把站在他身边。夜色渐浓，国王在他们身后喊道：

"记住！找不到我的孩子就永远别踏上这里的台阶！"

"决不！"特里孚莎王后呜咽道。三兄弟和萨索斯也齐声回答：

188

"决不！决不！决不！决不！"

他们确实信守誓言。年复一年，阿革诺尔国王孤独地守在华丽的皇宫里，徒劳地盼望着能听到他们回来的脚步声，盼望着门口传来王后熟悉的声音、儿子们和萨索斯一起进门时兴高采烈的说话声，以及他可爱的小欧罗巴那稚嫩的语调。然而时间真是过去太久了，就算他们真的回来了，国王也已经听不出这声音是特里孚莎的，也认不出已经长大成人的孩子们的声音。他们小时候曾经在这里玩耍，让宫殿里充满快乐的笑声。不过我们得暂时放下阿革诺尔国王，去看看特里孚莎王后和四个年轻人现在怎么样了。

他们走啊走，长途跋涉，翻山越岭，漂洋过海，每到一处都要打听有没有人知道欧罗巴的下落。村民们听到这个问题，停下了手里的农活，一脸诧异。因为一个女人穿着王后的华服（特里孚莎匆忙间忘记摘下王冠、换下长袍了），带着四个少年在乡野间游荡，说是要找一个小女孩儿，真是太奇怪了。但是没有人能说出欧罗巴的音信，也没有人看见过一个打扮得像公主一样的小姑娘骑在一头雪白的公牛身上，像风一样疾驰而过。

我也说不清特里孚莎王后和她的三个儿子——卡德摩斯、福尼克斯、基立克斯，还有他们的玩伴萨索斯到底走了多久。总之，他们就这样在小径大路间徘徊，在无路可走的荒野里穿行。但可以确定的是，他们还没找到休息的地方，身上原本华丽的衣服就已经破旧不堪了。他们看上去风尘仆仆，要不是因为蹚水过河时有溪流的冲刷，他们的鞋子上一定沾满了好多国家的尘土。就在他们走了整整一年的时候，特里孚莎扔掉了头上的王冠，因为那玩意儿磨破了她的额头。

"这东西弄得我头痛，"可怜的王后说道，"而且它也治不了我的心病。"

当身上华丽的长袍变得破破烂烂之后，他们换上了普通人穿的粗布衣裳。没过多久，他们看上去就像无家可归的流浪者了。你会把他们当作一家吉卜赛人[1]，而不会料到他们之中有一位王后、三个王子，还有一个年轻的贵族，更不会想到他们曾经住在皇宫里，有一大群仆人伺候。男孩儿们渐渐长大，个子高高的，脸庞被太阳晒得黝黑。四个人都在腰间佩了一把剑，好以此抵御沿途遇到的危险。他们在沿途的农庄里受到了殷勤的款待，若是农庄的主人正忙着收割，四个年轻人就会欣然同意下地帮忙。特里孚莎王后则跟在后面，把收割下来的稻谷一捆捆扎起来。她以前在皇宫里除了编织金丝银线，可什么活儿都没干过呀。当农夫想付工钱的时候，他们摇着头不肯接受，只是追问着欧罗巴的消息。

"我的牧场里倒有不少牛，"老农夫回答道，"但我从没听说过你们说的这头。浑身雪白的公牛，背上还驮着一位小公主！哎呀！附近从没见过这等稀罕的事儿，伙计们，真对不起了，我帮不了你们。"

终于，当福尼克斯渐渐长大，嘴唇上长出胡须的时候，他厌倦了这样漫无目的地东游西荡。于是，有一天，他们正好经过一片宜人的荒野，福尼克斯一屁股坐在了一片青苔上。

"我不想再走了。"福尼克斯说道，"我们这样到处漂泊、风餐露宿，根本就是在浪费生命，真是太傻了。我们的妹妹已经不见了，再也找不到了。她很可能已经葬身鱼腹，也可能被那头牛带到不知什么地方去了。过了那么久，即使再见面，我们可能也已经认不出对方，更谈不上什么手足之情了。既然父亲不准我们回宫，我决定就在这里搭一座小木屋住下来。"

"好吧，福尼克斯，我的孩子，"特里孚莎忧伤地说，"你已经长大成人，你觉得怎么做最好就怎么做吧。至于我，还是要寻找我那可怜的孩子。"

"我们三个也和您一起去！"卡德摩斯、基立克斯和他们忠心耿耿的朋友萨索斯异口同声地说。

不过在出发前，他们一起帮福尼克斯搭起了一栋温馨的乡间小屋。郁郁葱葱的枝叶覆盖着屋顶，屋子里有两个舒适的房间，一间房里有一张用青苔铺成的软床，另一间摆着一两张椅子。椅子是用弯弯曲曲的树根做成的，样子很别致。特里孚莎和她的三个旅伴看着那么舒适温暖的小屋，想到自己非但不能在这里度过余生，还要四处漂泊，因此情不自禁地叹起气来。但是，等到道别时，福尼克斯流泪了，似乎在为不能再和他们做伴而懊悔。

可不管怎么说，他好歹有了个像样的落脚之处。慢慢地，一些无家可归的人也来到了这里。他们觉得这地方环境宜人，于是就在福尼克斯的住所附近造起了屋子。没过几年，这里就渐渐发展成了一座城市。市中心有一座庄严的大理石宫殿，福尼克斯就住在里面。他穿着紫色的长袍，头上戴着一顶金色的王冠。原来，这座新城市的居民得知他有皇家血统，就一致推选他当了国王。福尼克斯当上国王后颁布的第一道命令就是——哪个臣民要是遇到一位骑着白牛、自称是欧罗巴的少女，一定要恭恭敬敬地好好款待她，还得马上把她领到皇宫里去。你瞧，福尼克斯因为贪图安逸，没有继续和母亲、兄弟们一起寻找妹妹的下落，始终觉得良心上过意不去。

　　但是另一方面，每到一天疲惫不堪的旅程接近尾声的时候，特里孚莎、卡德摩斯、基立克斯和萨索斯常常会想起那个舒适的地方，他们就是在那里离开福尼克斯的。一想到第二天一早还得继续赶路，他们觉得好沮丧。更何况日复一日，找到欧罗巴的希望似乎愈加渺茫。这些念头不时地让他们垂头丧气，而基立克斯似乎最受困扰。终于，有一天早晨，几个人正收拾着行李准备上路，基立克斯宣布：

　　"亲爱的母亲，卡德摩斯哥哥，还有我的朋友萨索斯哟，我觉得我们就像一群在做白日梦的人。我们现在这样过日子毫无意义。自从那头白牛掳走欧罗巴以后，已经过去好些日子了。我都快忘记她的模样，听不出她的声音了。我几乎要怀疑，这世上是不是真的存在这样一个小姑娘。就算的确有过这样一个人，我现在也确信她已经不在人世了。我们这样找她根本就是白费时间，白费力气。即便找到了，她现在也已经是个大人，可能都不认得我们了。所以说实话，我已经打算在这儿落脚了。母亲，哥哥，还有我的朋友哟，我恳请你们也像我一样，别再奔波了。"

　　"我不会放弃。"特里孚莎说道。其实这可怜的王后已经走得筋疲力尽，双脚几乎都迈不开步子了，但她还是很坚决，"我决不会放弃。在我心里，小欧罗巴始终是那个几年前出门去采花的可爱孩子，她没有长大，也不会忘记我。无论白天还是黑夜、赶路还是休息，她稚嫩的声音始终在我耳边萦绕，似乎在呼唤：'母亲！母亲！'谁要想就此作罢，我不勉强，但是我绝对不会。"

　　"只要母亲想继续赶路，"卡德摩斯说，"我就不会放弃。"

　　忠心耿耿的萨索斯也决定继续陪伴特里孚莎和卡德摩斯。他们三个陪基立克斯待了几天，也帮他造了座乡间小屋，就和以前给福尼克斯造的那栋一样。

道别的时候，基立克斯突然大哭起来。他觉得一个人孤零零地留在那里和继续赶路一样，叫人高兴不起来。他告诉特里孚莎，如果她确信总有一天能找到欧罗巴，他还是愿意和他们一起去打听的。但是，特里孚莎劝他还是遵从内心的想法，留在这里快乐地生活。三个人于是告别了基立克斯，再度踏上了漫长的旅途。他们走后不久，也有一些四处漂泊的人经过这里。他们发现了基立克斯的住所，觉得这小屋子的模样很是讨人喜欢。那附近恰好还有大片空地，他们便也为自己搭起了房子。没多久，又有很多人陆续搬来住，这里很快形成了一座城市。市中心有一座雄伟的五彩大理石宫殿，每天中午基立克斯都会站在皇宫的阳台上。他穿着紫色的长袍，头顶上戴着一顶宝石王冠。原来，当居民们得知他是一位国王的儿子，就一致认为由他来当国王再合适不过了。

基立克斯当上国王后的第一件事，就是派遣一队勇敢坚强的青年，护送一位稳重的大使，寻访世界各地的国家，打听是否有位骑在白牛上的少女经过。毫无疑问，基立克斯也因为自己明明尚有余力，却放弃寻找欧罗巴而暗暗自责，这种自责将伴随他到生命的最后一刻。

至于特里孚莎、卡德摩斯和忠诚的萨索斯，我一想到他们还在长途跋涉，就觉得难过。两个年轻人竭尽所能地照顾着可怜的王后。他们用强壮的双臂搀扶本翻越崎岖的山岭，护着她蹚过涓涓的河流。就算自己得席地而睡，他们也会为她找一个容身之处过夜。欧罗巴被那头白牛掳走已经好久好久了，他们还是在不停地向每个过路人打听她的消息，听着就叫人难过。年复一年，他们渐渐记不真切欧罗巴的模样了。但即便如此，三个人也始终一心一意，从没动过放弃寻找的念头。

一天早上，可怜的萨索斯发现自己扭伤了脚踝，一步都走不了了。

"我想，过几天我就能勉强拄着拐杖走路了，"他沮丧地说，"可这样只会耽误你们的行程。你们历尽艰辛，我要是那样跟着你们，说不定会妨碍你们找小欧罗巴的进程。我亲爱的同伴们哟，你们继续赶路吧，等我的伤养好了，就尽力追上你们。"

"亲爱的萨索斯，你是一个忠实的朋友。"特里孚莎王后边说边亲吻了他的额头，"虽然你不是我的儿子，也不是欧罗巴的哥哥，但是你对我们母女俩的忠诚，比在半路留下的福尼克斯和基立克斯更甚。要不是有你和我儿子卡德摩斯的细心照料，光凭我自己的力量，没准儿连一半的路都走不了。你现在就安心休息吧。其实，我也开始怀疑，真的还能在这世上找到我那可爱的女儿吗？这是我第一次萌生这样的念头。"

可怜的王后说着说着哭了起来。对一个母亲而言，承认自己心中的希望越来越渺茫实在是种痛苦的折磨。打那天起，卡德摩斯就发现她没有之前赶路时的劲头了，靠在他臂弯里的身子也越来越沉。

出发前，卡德摩斯帮助萨索斯造了一间小屋。特里孚莎实在太虚弱了，帮不了什么忙，只好在怎么布置装饰上给他们出点儿主意，好让小木屋尽可能舒适些。不过，萨索斯并没有成天待在屋子里。因为和福尼克斯、基立克斯的经历一样，也有些无家可归的人路过萨索斯的小屋，他们很喜欢这块地方，于是同样在附近造起了房子。过了几年，这里渐渐有了一座繁荣的城市。市中心有一幢红色岩石建造而成的宫殿，萨索斯身披紫袍，手握权杖，头戴王冠坐在宝座上，为臣民们主持公道。居民们选他当国王，并不是因为什么皇家血统的缘故——事实上他也没有——而是因为他正直、忠诚、勇敢，担当得起治理国家的重任。

然而，当国事都安定下来的时候，萨索斯国王就命令最能干的大臣代替他治理人民，自己则脱下紫色的长袍，摘下王冠，放下权杖，抓起曾陪伴他许久的旅人用的拐杖，再度出发。他盼着能发现那头白牛的行踪，找到那个失踪的孩子的蛛丝马迹。离开了好久以后，他终于回到了自己的国家，疲惫不堪地坐在王座上。直到生命的最后一刻，萨索斯国王都把欧罗巴牢牢地记在心里。想到这姑娘说不定会在哪天突然到来，旅途劳顿，他便命人始终在宫殿里生好炉火，烧好热水，准备好食物，并在床上铺好雪白的床单。尽管欧罗巴从没出现，但是很多可怜的流浪者都赞美萨索斯的善举，因为这位国王为自己儿时玩伴准备的食物与住处，让他们有了暂时的安身之所。

现在，只剩下特里孚莎和卡德摩斯两个人相依为命地辛苦赶路了。王后昏昏沉沉地靠在儿子的手臂上，每天只能走一点路。然而，即便她已经十分疲惫虚弱，也还是不肯答应放弃寻找。她向每个路人打听失踪的孩子的消息，只消听到她那忧伤的口气，就连胡子拉碴的大男人也忍不住要垂泪。

"你有没有见到过一个小姑娘——不，不对，我的意思是她现在已经是个大姑娘了——打这里经过？她骑着一头雪白的公牛，那牛快得像一阵风似的。"

"我们没见过这么神奇的情景。"人们往往会这么回答。他们还常常会把卡德摩斯拉到一边，悄悄地对他说："那个神情庄重、面容哀戚的人可是你母亲？她一定是有点儿神志不清了，你应该送她回家，好好安顿她，尽可能让她别去想这些个不切实际的事。"

"这不是痴人说梦，"卡德摩斯说道，"其他事情都有可能是虚幻的，唯独这个不是。"

但是有一天，特里孚莎似乎比往常更加虚弱。她几乎把全身的重量都靠在了卡德摩斯的手臂上，走得比以前更慢了。最后，他们来到一个人迹稀少的地方，特里孚莎对儿子说，她想马上躺下来，好好睡上一大觉。

"好好地睡一大觉。"她温柔地看着卡德摩斯的脸庞，又重复了一遍，"好好地睡上一觉，我最亲爱的孩子！"

"你想睡多久都行，亲爱的母亲。"卡德摩斯回答道。

特里孚莎让他在身边的草地上坐下，握住了他的双手。

"我的孩子啊，"她用暗淡无光的眼神慈爱地看着他，说道，"我的意思是，我真的要休息很久很久，你不用等我。亲爱的卡德摩斯啊，你并没有理解我的意思。我的旅途已经走到终点了，我想你得在这里挖个坟墓。我太累了，就让我长眠于此吧。"

卡德摩斯听了泪如泉涌，他久久不愿相信就连母亲现在也要离他而去。但是特里孚莎不停地亲吻他，尽力说服他，终于让他意识到，自从欧罗巴失踪以后，她是多么辛苦疲惫，又承受了怎样的伤心与失望。现在，她的精神终于可以得到解脱了，这其实是件好事。卡德摩斯只好强忍着悲伤，聆听母亲最后的嘱托。

"我最亲爱的卡德摩斯啊，"她说道，"你是母亲最忠诚的孩子，直到最后一刻都信守誓言。还有谁能如你这般，耐心地陪伴照料如此虚弱的我呢？我最温柔的孩子哟，要不是有你的照料，我可能早已不在人世，被葬在离这儿很远的山川河谷。能走到这一步，我已经知足了。你也不要再继续寻找了，希望实在太渺茫了。但是我的儿啊，当你埋葬了我之后，就去德尔斐[2]吧，问问神明接下去该怎么办。"

"噢，母亲！母亲！"卡德摩斯哭喊道，"在找到妹妹之前，您不能就这样离我而去啊！"

"这已经不重要了，"特里孚莎回答道，她的脸上浮现出一丝笑容，"我会去一个更好的地方，迟早会在那儿找到她的。"

听众们，我不想叫你们伤心，所以我不会告诉你们特里孚莎是怎么死的，也不会告诉你们她是如何被埋葬的。我要告诉你们的是，她走的时候，脸上还挂着笑容。那笑容似乎永不消退，而且越来越灿烂。卡德摩斯因此确信，在她刚踏入另一个世界的那一刻，就把欧罗巴紧紧抱在怀里了。他在母亲的坟上种了一些鲜花，这样一来，在他远行的时候，慢慢长大的花儿就能把这地方装点得漂亮些。

做完这叫人伤心的最后一点工作之后，卡德摩斯只身一人又出发了。他依照特里孚莎的嘱咐，向著名的德尔斐前行。一路上，他还是见人就问欧罗巴的下落。说实话，卡德摩斯已经养成了打听欧罗巴的习惯，这些话跟谈论天气一样，自然而然就说出口了。他听到的回答五花八门——有些人这样说，有些人那样讲。还有一些人，这里头有个水手，言之凿凿地说很多年以前，在一个遥远的国度，他曾听到传言说，有人见过一头白牛驮着个孩子游过大海。那孩子身披鲜花，不过花儿都被海水打蔫了，他也不知道孩子和牛最后怎么样了。水手一边说，一边狡黠地眨了眨眼睛，卡德摩斯见状，不由得怀疑他压根儿就没听说过这件事，这么说不过是在和自己寻开心。

可怜的卡德摩斯发现，一个人赶路比扶着母亲走更辛苦，因为那个时候至少还有她的陪伴。你可以想象，他现在的心情是多么沉重，有时他甚至觉得自己再也没法往前走了。但他的四肢仍然十分灵活强壮，完全习惯了艰辛的赶路生活。他健步如飞，心里思念着阿革诺尔国王、特里孚莎王后、两个弟弟，还有他的朋友萨索斯。一路走来，他们一个接一个地离他而去，他也根本不指望能再见到他们。卡德摩斯带着这些回忆，来到了一座高高的山前。那里的人们告诉他，这是帕纳塞斯山 [3]，他要去的德尔斐就在山坡上。

据说，德尔斐是整个世界的中心。但是当卡德摩斯找到神庙的所在地时，却发现山腰上有个洞，洞口只有一间简陋的小木屋。这间屋子让他想起自己先前帮助福尼克斯、基立克斯和萨索斯建造的小屋。后来，这里造起了一座高大的大理石神庙，因为很多人都不远万里前来请求神谕。但是，就像我刚才说的，当卡德摩斯抵达的时候，那里还只有一座小木屋。屋顶上枝繁叶茂，屋旁的树丛郁郁葱葱，覆盖着这个神秘的山洞。

卡德摩斯起先并没有发现这个被树丛虚掩着的山洞，他拨开盘根错节的枝叶朝小屋走去，走了没多久，就感觉一股凉飕飕的气流扑面而来。这气流的劲儿可大了，卡德摩斯脸颊旁的鬓发都被吹了起来。他扒开覆盖着洞口的树丛，弯下腰说起话来。他口齿清晰，语气毕恭毕敬，仿佛是在对山里某个看不见的大人物说话。

"尊敬的德尔斐的神祇啊，"他说道，"接下来我该去哪里寻找我的妹妹欧罗巴呢？"

卡德摩斯在山洞里求助于德尔斐的神谕 ▲

起先是一阵沉默，接着传来一个声音，像是来自地底的一声长叹。你大概听说过，这山洞被人们视为真理之源，它进出的句子有时能听清，但大多数时候都含糊不清，跟什么都不说没多大分别。不过比起其他到德尔斐寻找真理的人来说，卡德摩斯要幸运得多，因为他渐渐能分辨出这声音在说什么。它不停地重复同一句话，一遍又一遍，声音模糊，宛如气流振动发出的呢喃声。卡德摩斯拿不准它说的是不是——

"别再找了！别再找了！别再找了！"

"那我该怎么办呢？"卡德摩斯问道。

你也知道，从孩提时起，他人生的最大目标就是找到自己的妹妹。自从他在父亲宫殿旁的草坪上停止追逐蝴蝶的那一刻起，他就用尽全力，跋山涉水地在找寻欧罗巴了。如果现在一定要放弃，他在这世上似乎就没有其他事情可做了。

刚才那叹息般的声响慢慢变成了一个粗哑的声音。

"跟着那头母牛！"它说，"跟着那头母牛！跟着那头母牛！"

这几个字一直不停地在重复，但是卡德摩斯根本想象不出这头母牛是何方神圣，又该到哪里去找它。就在他已经听得不耐烦的时候，山洞又发出一个声响，听上去像是另一句话：

"迷途的母牛躺下之处，就是你的家。"

这句话只说了一次，卡德摩斯还没回过神来这是什么意思，声音就渐渐消失了。他问了其他问题，但是没有得到任何回答，洞里只传出绵延不绝的风声，洞口边干枯的树叶被吹得沙沙作响。

"刚才山洞里真的有说话吗？"卡德摩斯思忖道，"还是说，这根本就是我的幻觉？"

他转身离开神庙，觉得自己并没有得到什么指引。他看见面前有一条路，便无精打采地走了上去，接下来会发生什么，他已经无所谓了。卡德摩斯不知道要去哪里，选择哪条岔路对他来说都没什么分别，反正也没什么必要再急匆匆地赶路了。每当他遇到路人时，那个始终在问的问题总是不自觉地涌到嘴边——

"你有没有看见一个美丽的少女？她打扮得就像一位公主，还骑着一头雪白的公牛，跑得像风一样快。"

但是一想到刚刚听到的神谕，他的话就只说出半截，剩下的半句只好含糊不清地咕哝过去。人们听到这么不明不白的问题，都觉得这个英俊的年轻人准是神志失常了。

我不知道卡德摩斯到底走了多久，他自己都未必说得清楚。最后，他看见前面不远处有一头长着斑点的小母牛。它安静地躺在路边反刍，卡德摩斯直到走近了才发现它。它不慌不忙地站起来，轻轻地甩了甩头，不紧不慢地向前走，时不时停下来啃上满满的一口青草。卡德摩斯吹着口哨在后面慢慢走着，几乎没有注意到那头牛。突然，一个念头闪过他的脑海——这会不会就是神谕所说的能给他指引的那头母牛呢？但是他转念一想，又嘲笑起自己的胡思乱想来。他实在没法把眼前的母牛和神谕所指的那头牛联系起来，因为它走得那么平静，和其他母牛没什么分别。它对卡德摩斯毫不关心，只想在长满鲜嫩青草的路边填饱肚子，也许它的主人正等着它回去挤奶。

"牛儿，牛儿，牛儿！"卡德摩斯喊道，"嘿，带斑点的家伙，嘿！等一等，我的好牛儿！"

他想追上那头牛仔细瞧瞧，看看它是不是认得自己，或者它身上是否有些特别之处，让它显得与众不同——其他母牛的主要任务就是挤上满满一桶牛奶，当然，它们也常常会把桶踢翻。但是这头花斑小母牛一直往前走，甩打着尾巴赶走苍蝇，根本不理会卡德摩斯。如果他慢慢地走，小母牛也慢慢地走，顺便吃两口青草；如果他加快脚步，小母牛也同样加快步伐。有一次，卡德摩斯跑起来想追上它，它就撒开蹄子奔起来，尾巴竖得直直的，那模样看上去和其他母牛跑起来时一样古怪。

卡德摩斯眼看没法追上它了，索性和先前一样慢吞吞地走起来。这头母牛于是也缓缓地走着，连头都不回。他们经过一片最茂盛的草地，母牛停下来吃了一两口草。他们又来到前面一条晶莹的小溪旁，母牛喝了点水。它心满意足地吐了口气，又喝了点溪水，继续朝前走。它的步伐不紧不慢，卡德摩斯觉得刚刚好。

"我相信，"卡德摩斯思忖，"这应该就是神明指示的那头母牛了。如果真是这样，它没准儿会在这附近躺下来。"

不管它是不是神谕所说的那头母牛，应该都不会再走多远了。所以，每当他们路过一个特别舒服的地方，卡德摩斯总是热切地四下张望，看看这地方用来安家合不合适。他们就这样经过微风吹拂的山坡，穿过树荫环绕的山谷，走过开满鲜花的草地，路过水波平静的湖边，又途经水流清澈的溪边。可是不管卡德摩斯是不是喜欢这地方，这头长斑点的母牛始终没有躺下来的意思。它就这样安静地踱着步子往前走，仿佛正要回谷仓。卡德摩斯几乎每时每刻都期待着走来一个手捧奶桶的挤奶女工，或是跑来一个牧人，把这只迷途的动物领回去。然而并没有挤奶女工出现，也没有牧人来把它领回去。卡德摩斯跟着这头走失的花斑母牛不停地走，走得筋疲力尽，几乎要躺倒在地上。

"噢，带斑点的小母牛啊，"他喊道，声音里透着绝望，"难不成你永远都不打算停下来？"

但是他一心跟着母牛走，不论路途多么遥远，自己又是多么疲惫，也从没想过要落在后面。而且，这只动物似乎真的有一种魔力，因为有些碰巧看到它的人，竟然也和卡德摩斯一样，跟着它走了。卡德摩斯很高兴能有人一起聊聊，于是无拘无束地和他们攀谈起来。他讲了自己的经历——他是怎么告别阿革诺尔国王、离开皇宫，又是怎么离开福尼克斯，接着是基立克斯，然后是萨索斯，最后又是怎么把他亲爱的母亲埋葬在开满鲜花的草地底下的。他现在孑然一身，无亲无故，无家可归。他又说起神谕要他跟着一头母牛走，还问这些陌生人，他们是不是认为神明谕示的就是前面那头带斑点的母牛。

"哎呀，这真是太神奇了。"他的一个新同伴回答道，"我很了解牲口（的习性），但我从没见过一头母牛能自己走那么远，停都不带停的。只要还走得动，我就要一直跟着它，直到它躺下来为止。"

"我也是！"第二个说道。

"我也是！"第三个喊道，"就算它还要再走上十几千米，我也下定决心要跟到最后。"

这其中的奥妙，我得告诉你——这头母牛被施了魔法。它又不知不觉地把一些魔法施到跟着它的人身上，他们只要走上几步，就会不知不觉地继续跟下去。他们不由自主地跟着它往前走，还一直以为是出于自愿的呢。这头母牛从来不考虑路是不是好走，所以他们有时候不得不攀过岩石峭壁，有时候又不得不蹚过淤泥沼泽。他们个个蓬头垢面，累得要死，而且饥肠辘辘。这事儿可真是折腾人！

但他们还是继续前进，一边走一边交谈。这些陌生人渐渐喜欢上了卡德摩斯，他们决定永远都不离开他。不管这头牛停在哪儿，他们都要在那个地方为他造一座城市。市中心将会有一座宏伟的宫殿，卡德摩斯会住在那里，当他们的国王。他将穿着紫色长袍，手拿权杖，头戴王冠，坐拥一位国王应该拥有的一切。因为他不仅有皇家血统和一副好心肠，还有治理国家的头脑。

正当他们聊着种种构想，热切地谈论着建设一座全新的城市该多么累人时，恰好有人看了一眼那头母牛。

"太好了！太好了！"他一边喊一边拍起手来，"小花牛要躺下来了。"

他们全都探头张望。千真万确，那母牛真的停了下来，慢悠悠地四下张望，就和其他母牛要躺下的时候一个样。接着，它先是弯起前腿，然后蜷起后腿，缓缓地躺在柔软的草地上。当卡德摩斯和他的同伴们赶到时，它正悠然自得地反刍着，平静地看着他们，仿佛这里就是它一直在寻觅的地方，而这一切都是理所当然的。

卡德摩斯环顾四周，说道："那好吧，这里就是我的家。"

这是一片土地肥沃的秀美平原，平原上枝叶繁茂，阳光投下斑驳的光影。周围的群山遮风挡雨，不远处还有一条河流，在阳光的照耀下波光粼粼。可怜的卡德摩斯心里涌起一股家一般的感觉。他知道自己第二天早上醒来时，再也不用穿上满是尘土的草鞋不停地赶路了，因而十分高兴。他将在这个惬意的地方度过自己的余生。如果弟弟们和萨索斯也在这里，如果亲爱的母亲能和他生活在同一个屋檐下，那么即便之前经历过种种挫折和失望，他现在也会很快乐。也许有朝一日，他的妹妹欧罗巴也会出现在家门口，环顾她的亲人和朋友，对他们露出微笑。但是，卡德摩斯知道，孩提时的玩伴已经一去不返了，再见到妹妹的希望也十分渺茫，于是他决定和新同伴们开始幸福的生活。在追赶母牛的这些时日里，大家都喜欢上了他。

"是啊，我的朋友们，"卡德摩斯对他们说道，"这里就是我们的家。我们将建造起住所，而这头带领我们来到此地的花母牛会供给我们牛奶。我们将耕耘周围的土地，过着无忧无虑的幸福生活。"

他的同伴们欣然同意了这个计划。不过，他们现在又累又饿，所以首先做的一件事是四下看看能不能找到一些可口的食物。他们看到不远处有一片树丛，下面似乎有一汪泉水，于是过去取了点水回来。卡德摩斯独自留在原地，舒展四肢，和花斑母牛一起躺在草地上。自打他离开阿革诺尔国王的宫殿，踏上艰辛的旅途以来，终于有了个落脚之处，一路上所有的疲惫似乎都在一瞬间朝他涌来。但是，新同伴们没走多久，就传来一阵哭喊声、尖叫声和可怕的打斗声。就在卡德摩斯被吓了一跳的时候，又传来一种吓人的嘶嘶声，听起来就像是在锯什么东西。

他朝树丛跑去，看见一个怪物的脑袋和一双凶恶的眼睛，像是一条巨蛇，要么就是一条龙。这怪物的嘴比龙的还要大，还长着很多可怕的尖牙。没等卡德摩斯赶到，这凶狠的妖怪就杀死了他可怜的同伴

凶狠的妖怪杀死了卡德摩斯的同伴们 ▶

FRANCES STERRETT

们，正一口一个地把他们吞入腹中。

原来，那里的泉水被施了魔法，这条龙就是被派来当看守，不让任何人来这里喝水的。因为附近的居民都小心翼翼地避开此地，这怪物已经有很长时间——差不多至少有一百年了吧——都没吃过东西了。这样一来，它的胃口可大得不得了，那些刚刚送了命的可怜人还不够它吃到半饱。它一看到卡德摩斯，就又发出一阵可怕的嘶嘶声。它张开血盆大口，看上去就像个红色的洞窟。它张大嘴巴的时候，都没来得及把最后一个吞入口中的人咽下去，那个人的双腿还隐约可见。

卡德摩斯眼看自己的朋友们遭此毒手，不由得怒火中烧，根本顾不上这条龙的血盆大口有多吓人，也不管那些牙齿有多锋利，他抽出宝剑，一个箭步冲上去，不偏不倚地跳到怪物的嘴里。恶龙也被这大胆的攻击方式吓了一跳。因为卡德摩斯跳得太远了，差不多跳到了龙的喉咙口，那几排可怕的牙齿根本伤不到他一根汗毛。这场争斗着实可怕，就算这条恶龙用尾巴把树丛拍得粉碎，卡德摩斯也始终能刺中它的要害。没过多久，这凶恶的妖怪就打算逃跑。但它还没走多远，勇敢的卡德摩斯就给了它致命的一击，结束了战斗。卡德摩斯从恶龙的口中爬出来，看到它庞大的身体还在扭动着，不过这条龙已经奄奄一息，连小孩子都伤害不了了。

一想起那些可怜人的悲惨命运，卡德摩斯能不悲伤吗？他们是那么友好，一路陪伴他跟随着那头母牛。他似乎命中注定要失去所有自己爱的人，要不就是亲眼看着他们由于种种原因而不得善终。在经历了所有的艰难困苦之后，现在只有他一个人孤零零地留在这里，甚至没有人能帮他一起造一座小屋。

"我该怎么办？"他大声喊道，"与其如此孤单地苟活，还不如和那些可怜的同伴一起被恶龙吞掉。"

"卡德摩斯，"有一个声音传来，"卡德摩斯，把龙牙拔出来，种在地里。"但是这声音到底是从哪里传来的——是从他的头顶还是脚下，又或者是从他的胸口中——这年轻人自己也说不清楚。

我猜想，要把这些长得牢牢的龙牙统统拔出来，可是件既古怪又费劲的事儿。卡德摩斯用力拽呀拉呀，还用一块大石头把怪物的脑袋敲碎了，才终于弄到了几桶[4]牙齿。接下去就是把这些牙齿种到地里了，可这活儿同样不轻松。卡德摩斯之前杀死了恶龙，还砸开了它的脑袋，早就累得够呛了。而且据我所知，除了宝剑之外，他没有其他任何工具能用来挖土。最后，他总算翻好了一块地，把这新奇的种子播撒下去，剩下来的一半就留到他日再说。

卡德摩斯气喘吁吁地倚着宝剑，思忖着接下来会发生什么。没等多久，他就看到了一个景象。这景象可稀奇了，比我之前告诉过你们的都要惊人。

太阳低斜，照耀在这片新翻的土地上，潮湿黝黑的土壤在阳光下就和其他刚开垦播种过的土地一个样。突然间，卡德摩斯觉得自己好像看到了什么东西正在闪闪发光。起初只是一小点儿光亮，然后又冒出来一个，接着，他眼前出现了成千上万个光点。卡德摩斯很快发现，闪闪发亮的原来是钢矛的尖端。它们遍地都是，就像稻谷一样冒出来，而且越长越高。紧接着，地里又长出许多明晃晃的利刃。不一会儿工夫，又有许多锃光瓦亮的铜制头盔破土而出，地上就像长满了硕大的豆子。它们长得太快了，卡德摩斯马上都能看见头盔下面一张张勇猛的面孔了。总之，他还来不及细想这情形有多奇妙，就瞧见地上长出了许多人。他们全都戴着头盔，穿着铠甲，举着盾牌，拿着长矛和宝剑，多得就像丰收的庄稼。这些人还没完全长好，就已经挥舞着武器动起手来，似乎在为还没来得及打上一架而扼腕痛惜。哪怕他们在这个世界上只待了一小会儿，那也像是虚度了大把时光。每一颗龙牙都变成了这样一个好斗的武士。

许多号兵也从地里冒了出来。他们刚能张嘴呼吸，就把号角举到唇边，吹出了震耳欲聋的号声。一时之间，短兵相接声、战鼓齐鸣声和士兵的震天怒吼声，都在原本寂静的山野间回荡。他们看上去怒气冲冲，卡德摩斯不禁觉得他们要向全世界开战。如果种下这些龙牙的是一个雄心勃勃的征服者，他该有多幸运啊！

"卡德摩斯，"那个他曾经听到过的声音说道，"朝这些武士当中扔一块石头。"

于是，卡德摩斯抓起一块大石头，朝地里长出的士兵中间扔过去，打中了一个士兵的铠甲。这个士兵生得人高马大，样貌凶猛，被打中后，似乎认准了有人攻击他，于是举起武器，给旁边的人重重一击，把人家的头盔都打碎了。他还把那个人摔到地上，一时间引得周围的士兵纷纷加入战斗，对着身边的人又砍又刺。混乱的状况愈演愈烈，每个人都在攻击同伴，但是赢的人还来不及为胜利扬扬自得，就被别人打倒了。鼓号手在不停地吹奏，声音越来越刺耳；每个人都在呐喊，但是经常喊着喊着就摔倒了。这真是人们所见过的最奇怪的情景了——莫名其妙就火冒三丈，损人还不一定利己。但是归根结底，比起人类迄今为止发生过的无数场战争，这也算不得有多愚蠢、多糟糕。在人类的战争中，大家为了微不足道的理由就对同胞手足痛下杀手，和这些从龙牙里长出来的士兵没什么分别。更何况，龙牙武士们原是为战斗而生，而人类的天性本应该是互相关爱、互相帮助。

这场令人难忘的格斗还在激烈地进行着，直到戴着头盔的脑袋滚落得遍地都是。打到最后，起初的几千个士兵只剩下了五个。这五个人于是从各个角落向中间猛冲，宝剑"砰"地撞在了一起。他们挥剑刺向对方的心脏，凶狠劲儿丝毫未减。

"卡德摩斯，"那声音又说道，"让这五个勇士收起宝剑。他们会帮你建造一座城市。"

卡德摩斯毫不犹豫地上前几步，抽出宝剑伸到他们中间。他的眉宇间透着一股国王与首领的气势，声音严厉而又充满威严。

"收起你们的武器！"他说道。

这仅剩的五个龙牙之子闻言立刻停了下来，他们觉得自己有义务服从卡德摩斯，于是挥剑向他行了个军礼，然后收剑回鞘。他们站成一排看着卡德摩斯，那样子就像是士兵在看着自己的长官，等待他发号施令。

　　这五个勇士也许是从最大的那几颗龙牙中长出来的，也可能是所有龙牙武士中最勇猛强壮的五个。他们的个头就像巨人一样，若非如此，也没法从那么吓人的战斗中幸存下来。他们的样子还是怒气冲冲的，如果卡德摩斯碰巧把目光移开，他们就会怒目圆睁地盯着彼此，眼睛里似乎要喷出火来。他们刚刚从地里长出来，铠甲上到处是带出来的泥土，脸上也沾满污泥，就好像刚刚从地里拔出来的甜菜和胡萝卜。这看上去可真奇怪，卡德摩斯不知道该把他们当成人类来对待，还是当作一种奇怪的蔬菜。不过，总的来说，卡德摩斯觉得他们颇通人性，因为他们那么喜欢军号，又那么热衷于武器，而且似乎随时随地都准备冲上战场挥洒热血。

　　他们热切地看着卡德摩斯，等着他的下一道命令。除了追随他环游世界、奔赴一个又一个战场之外，他们显然别无所求。不过卡德摩斯可比这些从地里长出来的家伙聪明多了，他们拥有巨龙的勇猛，卡德摩斯却知道怎样驾驭他们的勇气和力量。

　　"来吧！"他说道。"你们这些强壮的家伙，让自己派上点儿用场吧！用你们手中的宝剑采一些石头，帮助我一起建造一座城市。"

　　五个勇士嘟囔了几句，抱怨说自己的任务应该是攻城略地，而非建造它们。但是卡德摩斯严厉地看着他们，言语间透着不容置疑的权威。这五个人于是明白，卡德摩斯就是自己的主人，他的命令永远不能违背。他们认真地干起活来，别提有多卖力了。不一会儿工夫，一座城市就挺像模像样的了。当然喽，起初的吵吵嚷嚷是免不了的。要不是卡德摩斯一直盯着，这五个人——现在他们称得上是工匠了——准会像野兽一样自相残杀。他们心中还留有毒蛇般凶残的天性，卡德摩斯只要看到他们眼神有异，就会想办法安抚平息。随着时间的推移，他们渐渐适应了勤勤恳恳的劳作，也慢慢发现比起舞枪弄剑砍砍杀杀，和睦共处、互相帮助要幸福快乐得多。其他人类将来也会和这五个沾满污泥的龙牙武士一样，变得聪明平和应该不是什么奢望。

现在，一座城市已经建起来了，每个工匠都在城里安了家，只有卡德摩斯的宫殿还没有造好。他们一开始就盘算着把它留到最后再造，因为这样一来，就能用上所有最时新的工艺，把宫殿造得既庄严美丽，又宽敞舒适。其他工程都完工后，他们就早早地上床休息，以便第二天天刚蒙蒙亮的时候就能起床干活，至少能在天黑前把宫殿的地基打好。但是第二天一大早，当卡德摩斯爬起来，带着五个工匠列队往造宫殿的地方走去时，你猜他看到了什么？

除了这世上最雄伟的宫殿之外，还能是什么呢？这座宫殿由大理石和其他美丽的石头砌成，高耸入云，上方有一个华丽的穹顶，前面有门廊和雕刻精美的柱子。凡是配得上一位伟大国王的东西，这座宫殿里都有。它就这样从地里长出来，和那支军队从龙牙里长出来时一样快。更奇怪的是，这次根本就没撒过种子。

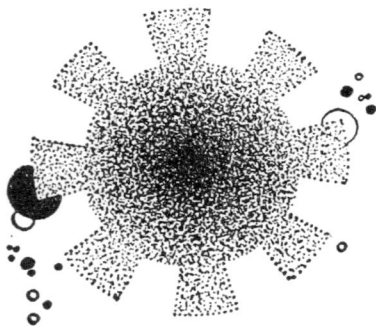

穹顶在晨曦的照耀下显得金碧辉煌，五个工匠看到此情此景，不由得高声呼喊起来。

"卡德摩斯国王万岁，"他们喊道，"在他美丽的宫殿里福寿万年！"

新国王踏上宫殿的台阶，五个忠心耿耿的追随者紧跟在他身后。他们把锄头扛在肩上，走起路来还像士兵一样排成一排，谁让他们的天性就是如此呢！他们在宫殿的入口处停了下来，眼前有一条狭长的走廊，两边立着高高的柱子，长廊的尽头有一个大厅，从大厅的尽头远远地走来一个人影。卡德摩斯看到了一位美丽非凡的女子，她长着一头金色的鬈发，身穿一件高贵的长袍，还戴着一顶镶满钻石的王冠。她戴的项链比所有王后戴的都华丽。想到那也许就是自己失踪已久的妹妹欧罗巴，卡德摩斯的心中一阵狂喜。他想象着已经长大成人的欧罗巴如今来到自己身边，关心他、照顾他，让他过得幸福快乐。自打离开阿革诺尔国王的宫殿以后，他一路追寻所累积的艰辛可以由她来消弭；那些因为离开福尼克斯、基立克斯和萨索斯而流下的眼泪可以由她来擦干；埋葬母亲时的彻骨伤痛可以由她来抚平，那份绝望曾经让他觉得整个世界一片灰暗。

然而，当卡德摩斯上前迎接这美丽的陌生人时，却发现自己压根儿不认识她。但是，就在穿过大厅的那短短几分钟里，他已能感受到他们彼此心意相通。

"不，卡德摩斯，"那个在武士们战斗时曾出现过的声音又说话了，"这不是你亲爱的妹妹，不是你费劲心思寻遍世界的欧罗巴。她是天神的女儿哈耳摩尼亚，上天派她来到你身边，代替你的妹妹、兄弟、朋友和母亲。在她身上，你能看到他们所有人的影子。"

于是，卡德摩斯国王和他的新朋友哈耳摩尼亚一起在宫殿里住了下来。他在这豪华的住所里过得很舒服。不过毫无疑问，有了哈耳摩尼亚的陪伴，即便在路边最简陋的小屋子里，他也会住得一样舒服。

没几年工夫，大厅里就多了一群健康活泼的孩子——至于他们是怎么出现在那里的，对我来说始终是个谜。孩子们在宫殿里追逐嬉戏，当卡德摩斯没有国事要处理的时候，他们就会欢快地跑到他身边，和他一起玩耍。他们称呼卡德摩斯为父亲，叫哈耳摩尼亚王后母亲。五个龙牙武士可喜欢这些淘气鬼了。他们乐此不疲地教孩子们怎么扛起棍棒，怎么挥舞木剑，怎么列队前进，还教他们怎么吹小号，怎么敲出恼人的"咚咚"鼓声。

但是，卡德摩斯国王唯恐孩子们的脾气像龙牙武士那样好斗，便为他们，也是为千千万万的孩子发明了字母，并且常常在公事之余抽出时间教孩子们学习。我们其实也应该感谢卡德摩斯发明了字母，不过恐怕不少小孩子在学字母的时候都不懂得心怀感激，这可就太不应该了！

---

[1] 吉卜赛人不事农桑，通常居无定所，过着流浪的生活。

[2] 古希腊城市，因有阿波罗神庙而出名。

[3] 位于希腊中部，古时被认作是太阳神和文艺女神们的灵山。

[4] 此处原文用的单位是蒲式耳（bushel）。蒲式耳是一种定量容器，就像我国旧时的斗、升等计量容器。一蒲式耳在英国相当于 36.368 升（公制），在美国相当于 35.238 升（公制）。本文在翻译时，为了更通俗易懂，意译为桶。

第十章　喀耳刻的宫殿

故事相关背景：斯巴达王后海伦美貌惊人，特洛伊王子帕里斯在宴会上对海伦一见钟情，带着她私奔来到特洛伊。斯巴达国王发现后大发雷霆，联合希腊各城邦组成联军远征特洛伊，足智多谋的伊萨卡国王尤利西斯也在其中。战斗双方都有众神在背后支持。经过九年的围城之后，在第十年时，尤利西斯想出一条妙计：联军假装撤退，留下一个巨大的木马，特洛伊人把木马当作战利品，拆掉城门将它拖进城内。其实木马的肚子里都是埋伏的士兵，他们半夜趁特洛伊人庆祝时把联军放了进来，于是特洛伊惨败。尤利西斯在战争结束后开始了充满艰难险阻的回乡之旅，经过十年才返回故土。

你们当中肯定有些人听说过贤明的国王尤利西斯的故事，知道他是怎样参加特洛伊之围，又是怎样在那座名城被攻陷烧毁之后，花了十年时间跋涉回到自己的小国伊萨卡的。在这趟疲惫的旅途中，他曾一度来到一座看起来绿意盎然、景色宜人的小岛。不过，他对小岛的名字一无所知，因为就在到达这儿前不久，尤利西斯遭遇了一场恐怖的飓风——或者说是好几场飓风一起兴风作浪更加恰当。狂风把他的舰队吹到了他和水手们都没去过的陌生海域。这场倒霉的事故都要怪那些水手，他们好奇心重，又太过愚蠢，在尤利西斯睡觉的时候解开了几个巨大的皮袋。他们本以为里面藏着值钱的宝贝，结果却发现每个袋子里都装着一场风暴。这些袋子是风神埃俄罗斯交给尤利西斯的，以便他在必要的时候能乘着顺风回到故乡伊萨卡。皮袋的绳子一松开，几股狂风就呼啸而出，像是从鼓鼓的气球里一泻而出的气浪，在海面上搅起白色的泡沫，把船队拍得七零八落，吹到了谁也不知道是哪儿的地方。

　　他们刚从这场危机中脱身，就碰到了更严峻的险情。飓风把他们的船吹得在海面上飞驰起来，到达了一个小岛，后来他才得知小岛叫作拉里哥尼亚岛。那儿有一群凶恶的巨人，他们吃掉了他的好多同伴，还从海岸边的悬崖上往下扔大石头。除了尤利西斯自己乘坐的那艘船幸免于难，其他船都被砸沉了。经历了这些灾祸之后，尤利西斯国王找到故事开头提到的青翠小岛后的喜悦之情也就不足为奇了。他把饱受暴风雨摧残的帆船停泊在一处宁静的海湾，但是因为以前遭遇过的种种危险——比方说巨人啦，独眼巨人啦，还有海洋和陆地上的怪物——尤利西斯还是不由自主地担心，生怕在这个看似宜人的偏僻地方也会有麻烦事儿。这些饱经风霜的可怜航海者太太平平地待了两天，有的留在船上，有的则贴着海岸边的悬崖根儿悄悄走动。为了充饥，他们在沙子里挖掘贝类；为了喝上淡水，他们不放过任何一条流向大海的小溪。

　　但是要不了两天，他们就厌倦了这种生活。你们可不要忘了，尤利西斯国王的随从是些非常贪吃的家伙，如果吃不到正餐和点心，这些家伙就会大发牢骚。他们的口粮眼看就要吃完，连贝壳都很难找到了，所以现在他们不得不做出选择——是饿死在这里，还是冒险深入小岛内部去碰碰运气。当然，那里可能会有长着三个脑袋的巨龙，也可能会有其他骇人野兽的巢穴。在那个年代，有很多奇形怪状的生物，每个出远门的人都可能有被吞掉的危险。

　　不过，尤利西斯国王既勇敢又谨慎。第三天早上，他决定上小岛一探究竟，看能不能找到一些东西来填饱同伴们的肚子。于是他手里拿着长矛，爬到悬崖的最高处环顾四周。尤利西斯远远地看到，在小岛的中心有几座雄伟的塔楼。它们由白色的大理石建造而成，耸立在高大茂密的树林中，看样子那里有一座宫殿。浓密的枝叶纵横交错，遮住了这座建筑的一大半。不过尤利西斯根据自己看到的部分，猜测这座建筑一定既宽敞又极其华美，可能是哪位贵族或君王的住处。一缕青烟打着旋儿从烟囱里升起，在尤利西斯看来，这是最叫人欢喜的景象了——因为从这青烟的样子来看，有理由推测厨房里炉火正旺，到了开饭的时候，住在宫殿里的人面前一定会有一桌丰盛的宴席，主人可能还会邀请碰巧来访的客人共享美食。

　　尤利西斯的眼前浮现出了一幅令人愉快的景象。他认为最好的办法莫过于直接走到宫殿门前告诉主人，在离宫殿不远的地方，有一船遭遇海难的可怜水手，这一两天来，除了少量的蛤蜊和牡蛎，他们就没吃过什么东西。如果主人肯施舍一点儿食物的话，他们一定感激不尽。那位君王或者贵族至少会让他们吃点儿餐桌上的残羹剩饭，如果连这样都不愿意的话，那他一定是个坏脾气的吝啬鬼。

　　尤利西斯想到这儿非常高兴，于是朝宫殿的方向走了几步。这时，旁边的树枝上传来一阵叽叽喳喳的叫声。不一会儿，一只小鸟朝他飞了过来。这只鸟儿可漂亮了，它长着紫色的翅膀和身体、黄色的腿，脖子上有一圈金色的羽毛，头顶还有一簇金色的冠毛，像是一顶小巧的王冠。它在空中盘旋，翅膀都要蹭到尤利西斯的脸上了。这只灵巧的鸟儿飞来飞去，尤利西斯想抓住它，但始终不能如愿。小鸟叽叽喳喳地叫着，声调好不哀伤，如果它会说话，一定会讲出一个悲伤的故事。然而，尤利西斯想把小鸟赶走时，它最多只是飞到下一棵树的树

▲ 尤利西斯国王在悬崖高处远远眺望小岛中心的塔楼

枝上，然后又飞回来，在他头顶盘旋，只要他想往前走，鸟儿就叽叽喳喳叫个不停，叫声中满是忧伤。

尤利西斯问："小鸟，你是不是想告诉我什么事？"

不管是在围攻特洛伊的时候，还是在其他地方，尤利西斯都见识过各种奇怪的事情。就算这个长着羽毛的小家伙像人一样开口跟他说话，尤利西斯也不会觉得有多么不合情理。于是，他打算认真地听听小鸟要说些什么。

"吱！"小鸟说，"吱吱，吱吱，吱！"它除了用哀伤的语调叽叽喳喳地一遍遍鸣叫着，就说不出其他东西了。然而，只要尤利西斯往前走一步，小鸟就大声警告，不安地扑腾着紫色的翅膀，尽可能地把他往回赶。最后，他从小鸟莫名其妙的举动中得出一个结论，那就是前面一定有危险。而且如果这样一只小鸟都要对他抱以同情，这危险自然异常恐怖。于是他决定暂时返回船上，告诉同伴们自己看到的一切。

这个决定显然让小鸟很满意。尤利西斯一转身，它就跳上树干，用又长又尖的嘴从树干里啄虫子吃。你们一定猜到了，它是一种啄木鸟，和它的同类一样，得用这种方式觅食。不过每隔一会儿，在啄食的间隙，这只紫色的小鸟就会重复"吱吱，吱吱，吱！"的悲伤旋律，好像是在提醒自己不要忘记难以说出口的秘密。

在返回岸边的途中，尤利西斯幸运地碰上了一头高大的雄鹿。他用长矛刺穿它的背脊，把它杀死了。尤利西斯力量惊人，他把鹿架在肩上，一路扛了回去，扔在饥肠辘辘的同伴们面前。我已经提醒过你们，尤利西斯国王的一些同伴非常贪吃。根据对他们的描述，我估计他们最爱的食物是猪肉。他们一直以此为食，吃得体形和猪一样脑满肠肥，性格和脾气也和肥猪差不多。不过吃了这么久的蛤蜊和牡蛎后，来一顿野味也并非不能接受。他们一看到有鹿肉吃，就都凑了过来，内行地摸着鹿的肋骨检查肥瘦，迫不及待地用浮木生起火堆用来烤肉。

那天剩下的时间都被这群贪吃鬼用来大快朵颐，如果有人傍晚时分从餐桌旁站了起来，那只不过是因为可怜的鹿已经只剩下骨头，刮不出一丁点儿肉了。

第二天早上，这帮人还是一如既往地饥饿难耐。他们看着尤利西斯，仿佛在期待他再一次爬上悬崖，扛着一头肥鹿回来。可是，尤利西斯并没有出发。他把所有船员召集到一起，告诉他们不要指望自己能每天杀死一头鹿，让他们饱餐一顿，而是应该想一想其他办法来填饱自己的肚子。

他说："昨天我在悬崖上的时候，发现这个岛上有人居住。在离海岸很远的地方有一座大理石建造的城堡，看起来非常宽敞，城堡的烟囱还冒着烟呢。"

尤利西斯的同伴们都咂起了嘴，有一个人咕哝道："啊哈！那股青烟肯定是从厨房的炉火里冒出来的。昨天我们好好享用了一顿烤肉，看来今天我们也一定能饱餐一顿。"

"不过，"智慧的尤利西斯继续说道，"我的朋友们，你们必须记得我们在独眼巨人波吕斐摩斯的山洞里遇到过怎样的不幸！他没有像平时一样喝牛奶，而是吃掉了我们的两个同伴当晚餐，早餐又吃掉了几个，第二天晚上又吃掉了两个，难道不是吗？我至今还能看见那个恐怖的巨人用额头中间血红的大眼睛打量着我们，好挑出最胖的那个。更何况，就在几天前，我们又落到了拉里哥尼亚岛上恐怖的食人国王手里。他那群可怕的巨人子民吃掉了我们大部分人，只留下现在这一小群，难道不是吗？跟你们说实话吧，如果前往那座宫殿，我们毫无疑问会出现在餐桌上，只不过我们要好好想想，自己到底是会作为客人在餐桌旁就座，还是会被当成食物端上餐桌。"

"哪种都行，"一个饿极了的船员说，"总比饿死要好。就算是被吃掉，也得先被喂得肥肥的，这样被杀死之后，还能得到精心的烹调。"

尤利西斯国王说："那是你的个人喜好。就我来说，不管是多么费心地把我养肥也好，还是用最精湛的厨艺把我烹调成一道美味佳肴也罢，都不能让我甘心成为盘中餐。因此，我建议我们分成两支人数相等的队伍，抽签决定派哪一队去宫殿请求食物和援助。如果能够成功，那么皆大欢喜；如果宫殿里的人和波吕斐摩斯、食人巨人一样不好客的话，那么我们只损失了一半人马，剩下的还可以扬帆起航，逃离险境。"

尤利西斯见没有人对此提出异议，就开始清点人数，包括他自己在内，一共有46个人。于是，他数出22个人，交给聪明才智仅次于自己的大副[1]欧里罗科斯率领，尤利西斯本人则统领剩下的22人。尤利西斯摘下自己的头盔，放进去两个贝壳，其中一个上面写着"去"，另一个上面写着"留"。然后，第三个人捧着头盔主持公道，尤利西斯和欧里罗科斯一人拿了一个贝壳。结果，欧里罗科斯抽到了写着"去"字样的贝壳。就这样，尤利西斯和他的22人队伍留在海边，等待另一队人去弄清楚在那座神秘的宫殿里会受到什么样的待遇。欧里罗科斯别无选择，立刻带着22个手下出发了。那22个人心情十分郁闷，但是剩下的人心情也好不到哪里去。

他们一爬上悬崖就看到了宫殿的塔楼，这座雪白的大理石建筑高高地耸立在一片美丽的绿色树丛中。一股青烟从宫殿后的一根烟囱里冒了出来，高高地升到空中。一阵风把它吹向海边，从这群饥饿的水手头顶飘过。人在食欲旺盛的时候，往往对空气中的香味十分敏感。

"那股青烟是从厨房里飘来的！"一个人喊道，他把鼻子伸得老高，渴望地嗅着，"而且我可以肯定自己闻到了烤肉的味道，就像我自己现在是个饿得半死的流浪汉这件事一样千真万确。"

"猪肉！是烤猪肉的味道！"另一个人喊道，"啊，鲜嫩的小猪崽！我口水都要流出来了！"

其他人喊道："我们快点儿走吧，去晚了就没有好酒菜了！"

但是他们刚跑离悬崖边没几步，一只小鸟就扑腾着翅膀迎了上来。它长着紫色的翅膀和身体，双腿是黄色的，脖子上有一圈金色的羽毛，头顶还长着一簇王冠一般的冠毛，正是之前那只举止奇怪、让尤利西斯颇为吃惊的小鸟。它在欧里罗科斯的头顶上盘旋，翅膀都要蹭到他脸上了。

"吱吱，吱吱，吱！"小鸟叽叽喳喳地叫道。

它哀怨的叫声里透着一股灵性，仿佛心里藏着一个巨大的秘密。这秘密折磨得这小家伙的心都要碎了，它非说出来不可，却又只能叽叽喳喳地叫。

"漂亮的小鸟，"欧里罗科斯问道，他是一个谨慎的人，不会放过任何预示着危险的信号，"谁派你来的？你带来了什么样的消息？"

"吱吱，吱吱，吱！"小鸟悲伤地回答。

然后它飞向悬崖边缘，又转身看着他们，一副非常担心的样子，似乎想让他们原路返回。欧里罗科斯和其他几个人有点儿想回去了。这只本该快快乐乐的紫色小鸟如今充满了悲伤和同情，这让他们不禁猜测，它一定是知道宫殿里有什么危险在等着他们。但是其他水手闻着从宫殿厨房飘来的香味，嘲笑他们几个居然有想要回去的念头。船员中有一个最蛮横最贪吃的人说了一句既残忍又邪恶的话，我都奇怪为什么这种想法没有把他变成一头野兽，因为他的本性已经和野兽没什么区别了。

"这只烦人又莽撞的鸟儿，"他说，"倒是可以做成一道精致的小菜来开胃。正好满满一口，入口即化。如果它飞近我，我就要抓住它，交给宫殿里的厨师，穿在烤肉钎子上烤熟。"

他的话刚一出口，紫色的小鸟就飞走了，它"吱吱，吱吱，吱！"地叫着，比之前更加忧伤。

欧里罗科斯说："那只小鸟比我们更清楚宫殿里有什么东西在等着我们。"

"那就快点儿走，"他的同伴喊道，"我们很快就能和它一样弄清楚这件事了。"

于是一队人继续往前走，穿过翠绿又宜人的森林。他们每走一会儿，就能透过树林间的缝隙从不同角度瞄到宫殿，离得越近，它看起来就越美丽。他们不久就走上了一条宽敞的小路，小路似乎一直有人清扫，曲曲折折地向前延伸，一束束阳光洒在上面，点点光斑在高大树木投下的阴影里跳动。路的两边长着这些水手从没见过的花儿，一朵朵香气甜美、色彩艳丽、娇嫩欲滴。如果这些花儿是岛上土生土长的植物，又能无所顾忌地疯长，这个小岛肯定会成为整个地球的花园；如果它们是从其他地方移植过来的，那肯定是来自金色落日另一边的乐土。

"有人在这些花花草草上浪费了好些苦心，真是愚蠢。"一个水手评论说。让我来告诉你他说了什么，这样你就会记住他们到底有多贪吃。他说："换作是我的话，如果我是这座宫殿的主人，我会命令园丁只种可口的香草，好用来做烤肉的填料，或者用来给炖肉调味。"

其他人叫道："说得好！不过我向你保证，宫殿的后面肯定有个菜园。"

他们来到一汪水晶般清澈的泉水前，停下来喝水，不过心里却更想喝酒。他们往泉水的中间看，瞧见水面上模模糊糊地映射出自己的脸庞，水流把倒影扭曲得十分夸张，每个影子都像是在嘲笑自己的主人和他所有的伙伴。他们的倒影实在可笑，逗得他们自己忍不住笑出声来，就算他们想严肃一点，也没办法马上做到。喝过泉水之后，他们变得比之前还要快乐。

一个人咂巴着嘴唇说："泉水里有一股酒桶的味道。"

他的伙伴们叫道："快点儿！我们在宫殿能找到酒桶，那里面的酒可比一百眼泉水还要甘美得多！"

于是他们加快了脚步，一想到能作为宾客享受到美味佳肴，他们便快活得跳了起来。但欧里罗科斯这时却觉得自己宛若漫步在梦境中。

他说："如果我不是在做梦的话，那么我觉得，我们就要遇到更加奇怪的事情了，可能比之前波吕斐摩斯的山洞、食人巨人和风神埃俄罗斯那座围着铜墙的岛上宫殿更加奇怪。每次发生奇异的事件之前，我都有这种不真实的感觉。如果你们接受我的建议，就最好往回走。"

"不，不行。"他的同伴们在空气里嗅呀嗅的，现在可以清楚地闻到宫殿厨房里飘出的香味了，"我们不会回去，就算我们知道食人巨人的国王像座高山一样坐在桌首，独眼巨人波吕斐摩斯坐在桌尾，我们也不会回头。"

最后，他们终于看到了宫殿的全貌。它非常宽敞高大，屋顶上有好多高高的塔尖。虽然现在正是晌午，太阳明亮地照在大理石表面，但它雪白的颜色和奇异的建筑风格使它看起来非常不真实，像是窗玻璃上的霜花，又像是月夜里的云上之城。然而，就在那时，一阵风把厨房烟囱里飘出的青烟吹了下来，引得每个人都闻到了自己最爱的菜肴的香味。闻过之后，他们觉得只有这座宫殿和马上要端上餐桌的美味佳肴是真实的，其他一切都和月光一样虚无缥缈。

他们加快脚步朝宫殿正门走去，踏上了一片宽阔的草坪。不过走了还不到一半，一群狮子、老虎和狼突然跳出来迎接他们。水手们吓坏了，急忙往后退，等待被撕成碎片吃掉的命运。然而，他们又惊又喜地发现，这些野兽不过是在他们周围蹦蹦跳跳，摇着尾巴，把头伸过来让他们抚摸。它们的举动跟训练有素的看家狗一样，见到主人或主人的朋友就表现出兴高采烈的样子。最大的一只狮子舔了舔欧里罗科斯的脚，剩下的每只狮子、狼和老虎都从欧里罗科斯的 22 个手下里选了一个，在他们身上磨蹭，仿佛爱他们更胜过爱牛骨头。

尽管这样，欧里罗科斯还是觉得，他在这些野兽的眼睛里看到了一丝凶猛。如果大狮子锋利的爪子突然扑上来，老虎一跃给出致命的一击，或者狼跳起来咬断刚刚还在磨蹭的水手的喉咙，欧里罗科斯一点儿也不会惊讶。它们过于温驯，看起来太不真实、太不寻常了。其实它们凶残的本性依然存在，就像那些尖牙利爪一样真实。

不过，他们好歹平安走过了草坪。虽然这些野兽在他们身边跳来跳去，但是并没有伤害他们。可是他们踏上宫殿台阶的时候，似乎听见了低沉的咆哮声，其中狼群发出的声音最为明显，好像它们觉得让陌生人就这么通过而没有尝尝味道真是太可惜了。

欧里罗科斯和他的手下们走过高高的正门，站在门廊上向宫殿里面看去。最先映入他们眼帘的是一个宽敞的大厅，大厅中央有一座喷泉。在大理石砌成的水池里，泉水朝天花板喷涌而出，落下的水花"哗哗"地拍打着水面。泉水向上喷射的时候不断地变换形状，这些形状虽然并不特别清晰，但对一个敏感又富于想象力的人来说，已经足够辨认出那是什么了。它一会儿是一个穿着长袍的男人，毛茸茸的白色面料宛若是用喷泉的水花做成；一会儿又变成了一头狮子、一只老虎，或是一匹狼、一头驴，又或者是一头打滚的猪，把水池当成了猪圈。让喷涌的水柱呈现出各种形状的要么是魔法，要么是某种奇特的机器。这些陌生人还没来得及仔细瞧瞧这奇妙的景象，注意力就被一个甜美悦耳的声音吸引过去了。一个女人的声音从宫殿的另一个房间里传来，她正唱着美妙的歌曲，歌声中夹杂着织布机发出的声音。她可能正坐在机器旁边纺织一匹质地厚实的布料，她那悠扬婉转的歌声如此和美，仿佛也一并织入了布匹中。

不久，歌唱完了，突然又响起了几个女人的声音。她们正轻松愉快地聊着天，时不时迸发出一串快乐的笑声，就像人们经常看到的三四个年轻女子坐在一起干活时的情景一样。

一个水手大声赞叹说："多么动听的歌声啊！"

"确实非常动听，"欧里罗科斯摇着头回应说，"但是没有塞壬[2]的歌声动听。那些姑娘的嗓音跟鸟儿一样美妙，想把我们诱惑到礁石那里去，那样我们的船就会触礁沉没，我们的尸骨会被海水冲到岸上慢慢腐烂。"

另一个同伴说："还是听听这些少女悦耳的嗓音吧，还有梭子来回穿梭时织布机发出的嗡嗡声，听起来多么亲切，像在家里一样啊！啊，在让人疲惫不堪的特洛伊之围前，我常常能在家里听见织布机的嗡嗡声和女人们的说话声。我还能再听到那些声音吗？还能吃上我最亲爱的妻子准备的美味小菜吗？"

"呸！我们在这儿会过得更好。"另一个人说，"不过这些女人真是单纯，她们在一起唠唠叨叨，都不知道我们在偷听她们讲话！你们留心听那个最圆润的声音，如此和蔼亲切，可是在所有人中又有女主人一般的威严。我们立即去表明身份吧。像我们这样的水手和战士，一位宫殿的女主人和她的女仆们怎么能伤害到我们呢？"

欧里罗科斯说："要记得，当时就是一个少女把我们的三个朋友哄骗进食人巨人国王的宫殿里的，他一眨眼的工夫就吃掉了一个人。"

然而，任何警告和劝阻都起不了作用。他的同伴们走到大厅另一端的两扇门前，把门推开，走进了另一个房间。与此同时，欧里罗科斯藏到了一根柱子后面。就在折门一开一合的一刹那，他瞥见一个非常美丽的女人从织布机旁站起，脸上带着热情的笑容，张开双手欢迎这些饱经风霜的流浪者。还有另外四个年轻女人，手拉着手愉快地跳着舞走上前来，对这些陌生人行礼。她们长得也很漂亮，不过还是比不上看起来像是女主人的那位夫人。然而，欧里罗科斯觉得她们中的一个长着海绿色的头发，另一个的紧身胸衣看起来像树皮，另外两个的外表也都有点儿奇怪。但他能打量她们的时间太短了，所以说不上来到底哪里奇怪。

门很快合上了，留下他孤零零一个人站在外面大厅的柱子后面。欧里罗科斯等呀等，等到后来，整个人都疲惫不堪了。他急切地竖着耳朵倾听，但是没有听到一丁点儿有助于他判断朋友们境况的声音。他确实听到了脚步声，有人在宫殿的其他地方来回走动。然后听见了餐具的碰撞声——可能是银叉银盘，也可能是金叉金盘——他不禁想象，在华丽的宴会厅里正举行一场盛大的宴席。然而不久，他又听到了巨大的咕哝声和尖叫声，之后突然响起奔跑的声音，就像有小而坚硬的蹄子踩在大理石地板上那样。与此同时，女主人和四个女仆一齐尖叫起来，声音里满是愤怒和嘲讽。欧里罗科斯只能想象是一群猪被酒菜的香味吸引得闯进宫殿里，除此以外他实在想象不出到底发生了什么。这时，他碰巧往喷泉那里看了一眼，发现泉水不再像之前一样变换形状，看上去既不像穿着长袍的男人，也不像狮子、老虎、狼和驴，而是像一头在大理石水池里打滚的猪，把水池占得满满当当。

先让谨慎的欧里罗科斯在外面的大厅里等着，我们跟着他的朋友们进到宫殿里去一探究竟。就像我之前说的，那位美丽的夫人一看见他们，就从织布机旁站起身来。她张开双手，面带微笑走上前来，握住了走在最前面的人的手，对他和整队人表示欢迎。

她说："我等你们好久了，我亲爱的朋友们。虽然你们似乎不认识我们，但我和我的女仆们都非常了解你们。看看这块挂毯，就知道你们的脸庞对我们来说并不陌生。"

于是这些水手查看了那位美丽的夫人正在纺织的布匹，让他们大为惊讶的是，他们发现自己的形象被彩色的丝线勾勒出来，清晰地呈现在布匹上。这匹布栩栩如生地描述了他们近期的历险，有他们在波吕斐摩斯的山洞里的画面，再现了他们怎样弄瞎他又大又圆的眼睛；在挂毯的另一部分，他们正解开让风撑得鼓鼓囊囊的皮袋子；再往下，他们看到食人巨人的国王正揪住其中一人的腿，自己则四散奔逃；最后，他们看到自己坐在这座岛屿荒凉的海岸上，饥饿难耐，垂头丧气，沮丧地看着昨天被他们吃掉的雄鹿剩下的骨头。挂毯就织到这里，也许等那位美丽的女人再坐在织布机旁时，她会织出另一幅画，描绘出这些陌生人之后怎么样了，以及现在要发生什么。

"你们看，"她说，"我知道你们遇到的所有困难。而且，你们

不用怀疑，只要留在我身边，我就会让你们过得快乐。为了做到这一点，我尊敬的客人们，我下令让人准备了一场宴席，鱼虾、鸡鸭、牛羊肉都有，既有烧烤的，也有炖煮的。我相信，这些菜肴都鲜美可口，符合你们的胃口，可以随时上桌。如果你们的肚子认为该吃饭了，那么就跟着我一起去宴会大厅吧。"

听到这个亲切的邀请，饥饿的水手们欣喜若狂，其中一个人自告奋勇地充当了发言人。他向好客的女主人保证，只要锅里有肉，又有火来炖煮，那么对他们来说，随时都能开饭。于是，美丽的女人在前面带路，四个女仆——其中一个长着海绿色的头发，另一个穿着橡树皮做的紧身胸衣，第三个的指尖上洒下一串串水滴，第四个也有个古怪的地方，但我忘记是什么了——在后面跟着，催促客人们跟上，来到了一间华丽的餐厅里。餐厅被建造成一个正椭圆形，拱形的屋顶用水晶制成，阳光穿过屋顶，把餐厅照得十分明亮。22 张宝座沿墙摆放，宝座上面悬着深红色和金色交织而成的华盖，座位上垫着最软的坐垫，上面垂下金线做成的流苏。每一位陌生人都受邀坐下，于是，22 个饱经风吹雨打的水手穿着破旧的衣服，就这样坐在 22 张带有华盖的宝座上。这宝座太华美了，即便是最骄傲的国王，也没法在他最富丽堂皇的厅堂里找出更加华贵的东西。

接下来，客人们点着头，互相向旁边的人挤眉弄眼，用嘶哑的嗓音互相耳语，诉说自己有多满意。

一个人说："善良的女主人让我们都享受了国王般的待遇。哈！你们闻到菜肴的香味了吗？我敢担保这一定是够格呈给 22 位国王的精美菜肴。"

另一个人说："我希望这些菜肴都是些实实在在的肉块儿，最好是牛腰肉、肋排、后腿肉之类的，不要有太多华而不实的玩意儿。如果这位好夫人不见怪的话，我要先点一块肥厚的煎熏肉来当开胃菜。"

◀ 在宫殿女主人的带领下，水手们正在查看精美的挂毯啊，这些贪吃的饕餮客！你明白他们是什么样的人了吧。就算坐在最尊贵、最庄严的王室宝座上，他们的脑袋里除了贪婪的食欲，也什么都没有。他们本性中的这一点和狼还有猪一样，就算真让他们登上王位，比起做个国王，他们还更像那群邪恶肮脏的动物。

那位美丽的夫人拍了拍手，立刻进来了22个侍者，排成一排，端着一盘盘丰盛的食物。食物是刚从炉火上拿下来的，冒着热腾腾的蒸汽，像云一样飘在餐厅的水晶圆顶下面。另外22名侍者则端着各式美酒，有的佳酿倒出来时闪闪发光，有的喝下肚时会冒泡泡，还有其他种类的呢，比如紫色的酒非常清澈，能看到杯底的图案。侍者们给22位客人斟酒端菜的时候，女主人和四个女仆从一张宝座走到另一张宝座，劝他们大快朵颐、畅饮美酒。他们都好几天没吃上饭菜了，正好借此好好弥补一下。但是，每当水手们不看她们的时候（水手们时常不看她们，因为他们主要盯着汤盆和菜盘），美丽的女人和女仆们就转过身去暗自发笑，就连侍者们跪下呈上菜肴的时候，也会趁客人取用美食时咧嘴嘲笑他们。

这些客人似乎偶尔也会尝到他们不喜欢的东西。

一个人说："这道菜里有一种奇怪的香料，我不是特别喜欢这个味道，不过我还是咽了下去。"

他旁边宝座上的同伴说："喝上一大口酒就能让这种菜尝起来很美味。但我得说，这酒里也有一股怪味儿，不过我倒是越喝越喜欢。"

尽管他们发现菜肴有些小毛病，但还是在餐桌旁坐了好久。水手们贪婪地喝酒，大口吞食，看着他们吃喝你都会觉得丢脸。他们的确坐在金色的宝座上，不过表现得却像是圈养的猪。如果他们还有一点儿脑筋的话，就会猜到美丽的女主人和她的女仆就是这样看待他们的。光是想想这22个暴饮暴食的人能吃下多少山一样高的肉和布丁，喝下多少加仑的酒，我就会觉得脸红。他们忘了自己的家、妻子和孩子，忘了尤利西斯和其他所有东西，脑海里只有这场宴席，他们想要一辈子都在这里大吃大喝。不过最后他们再也吃不下去了，于是慢慢停了下来。

"最后一点儿肥肉我也吃不下了。"一个人说。

他的邻座叹了口气说："我一口也吃不下了，多么可惜！我的食欲还很旺盛呢！"

总之，他们停了下来，瘫在宝座的靠背上，脸上带着愚蠢又无助的表情，看起来非常可笑。看到这情形，女主人笑出了声，四个女仆也笑了起来，22个端盘子的侍者，还有他们那22个倒酒的同伴也是如此。他们笑得越大声，那22个贪吃鬼的表情就越愚蠢和无助。然后，美丽的女主人站在餐厅中间，举起一根细长的木棒（她手里一直拿着这根木棒，虽然他们现在才看到），指着一个个客人，直到所有客人都发现自己被木棒指到了。她美丽的脸庞上虽然带着微笑，看起来却跟世界上最丑陋的毒蛇一样邪恶，不怀好意。就算这些水手脑筋迟钝，他们也开始怀疑自己落入了一个恶毒的女巫手里。

她喊道："你们这帮无赖，辜负了我的一番款待！在这样豪华的餐厅里，却表现得跟在猪圈里一样！你们除了有人的外形之外，其他方方面面都和猪没有什么两样！你们让人类蒙羞，如果再让你们和我一样保持人类的外形，我都觉得害臊！只要用上小小的一点儿魔法，就能让你们的外形变得和你们猪一般的性情相称。贪吃鬼们，变成适合你们的样子，滚去猪圈里吧！"

说完这些话，她挥舞魔杖，然后盛气凌人地跺了一下脚，每一位客人就发现周围21张宝座上的同伴不再是人形，而是变成了21头肥猪。他们吓得目瞪口呆。每一个人（他们还觉得自己是人呢）都试图发出惊讶的尖叫声，却只能像猪一样哼哼。总之，他们都变成了猪。看到肥猪坐在铺着软垫的宝座上实在让人觉得荒唐至极，他们表现得和普通的猪没什么两样，慌慌张张地从宝座上翻滚下来，摔得四脚朝天。他们呻吟着，想求女主人发发慈悲，可是只能发出猪的叫声，而且是最难听的咕噜声和尖叫声。他们绝望得想握紧双手，可是这样做的话，他们就会看到自己用后腿蹲着，两只前蹄在空气里扑腾，于是变得更加绝望。哎呀！他们的耳朵多么松松垮垮！红色的小眼睛有一半都让肥肉盖住了！高挺的希腊式鼻子变成了长长的猪鼻子！

他们虽然变成了牲畜，可是还保留着一点儿人性，看到自己丑陋的样子还会震惊不已。他们还想抗议，却发出了比之前更加难听的咕噜声和尖叫声。这声音尖利刺耳，让人以为有屠夫正拿着尖刀刺进他们的喉咙，或者至少有人在使劲揪住他们可笑的卷尾巴。

"滚去猪圈里吧！"女巫一边高声叫道，一边用魔杖狠狠地抽打他们。她转过身对侍者们说："把这些肥猪赶出去，扔给他们些橡果吃。"

餐厅的门猛地打开，成群的猪倔强地四处乱跑，坚决不肯往正确的方向走，不过最后还是被赶到了宫殿的后院。这些可怜的牲畜到处嗅着，这里叼起一片白菜叶，那里翻出一个萝卜头，把鼻子拱进泥里，寻找所有能吃的东西。看到这一景象，所有人都会眼眶湿润，我猜你们也不会残忍地笑出来。而且进了猪圈以后，他们比天生的猪表现得还要有猪样。他们互相啃咬，冲着对方哼哼，把蹄子踩进食槽里，可

笑地大口吞吃饲料；没有什么可以吃的时候，他们就在脏兮兮的稻草上躺成一堆睡觉。如果说他们还有一点儿人性的话，也只够考虑什么时候会被宰掉，能做成什么样的熏肉了。

与此同时，欧里罗科斯像之前讲到的一样，在宫殿的门厅里等呀等，等呀等，不知道他的朋友们怎么样了。最后，当他听到宫殿里回响着猪叫声，看见大理石水池里猪的形象时，决定还是赶紧跑回船上，把这些不可思议的事告诉英明的尤利西斯。于是他用最快的速度跑下台阶，一口气跑回了海边。

尤利西斯国王看到他就问道："你为什么一个人回来了？你的22个同伴呢？"

听到这些问题，欧里罗科斯大哭起来。

"唉！"他大哭道，"恐怕我们以后再也见不到他们了！"

接着，他把所有遇到的事告诉了尤利西斯，还补充说自己怀疑那位美丽的女主人可能是个邪恶的女巫，看起来宏伟壮丽的大理石宫殿实际上可能是一座阴暗的山洞。他的同伴们如果不是活活被猪吞下了肚，他就再也想象不出到底发生了什么。水手们听了这些消息之后惊恐万分，可是尤利西斯却立刻佩上宝剑，把弓箭和箭筒挎在肩上，右手抓起长矛。他的手下们看到他做出这样的准备，不禁询问他要去哪里，急切地请求尤利西斯不要抛下他们。

他们哀求说："你是我们的国王，况且你是全世界最聪明的人，没有你的智慧和勇气，我们就没法脱险。如果你抛弃我们去那座被施了魔法的宫殿，就会和我们可怜的同伴一样遭受折磨，我们当中就没人能重返心爱的伊萨卡了。"

"正因为我是你们的国王，"尤利西斯答道，"而且比你们都要英明，所以我更要负起责任，去查明我们的同伴究竟遭遇了什么，看看能否营救他们。你们在这里等我，如果到明天我还没有回来，你们就扬起风帆，竭尽全力回到祖国。而我必须对那些可怜的水手负责，他们曾和我并肩作战，和我一起被惊涛骇浪浇得浑身湿透。我要么把他们带回来，要么就和他们同生共死！"

如果他的手下们胆子够大，就会强迫他留下。可是尤利西斯国王皱起眉头，严厉地看着他们。他挥舞着长矛表示，如果谁愿意受伤，就壮着胆子上来阻止吧！见国王心意已决，他们只好放他走，然后郁郁寡欢地坐在海滩上，一边等待一边祈求他能平安归来。

和上次一样，没等尤利西斯走下悬崖边缘几步，那只紫色的小鸟就扑腾着翅膀向他飞来，叫道："吱吱，吱吱，吱！"它使出各种办法，阻止他继续前进。

"小鸟，你想要说什么？"尤利西斯叫道，"你的模样就像是一位穿着紫金色袍子的国王，头上还戴着一顶金色的王冠。是不是因为我也是一位国王，所以你才这么急切地想要跟我说话？如果你会说人类的语言，就告诉我你想要我做什么吧。"

"吱！"紫色的小鸟忧伤地回应道，"吱吱，吱吱，吱！"

小鸟的心里显然怀有沉重的痛苦，但它没法把痛苦之情讲出来，以便获得一丝安慰，这种尴尬的处境着实叫人伤心。可是尤利西斯没有时间来解开这个谜团了，他加快脚步，沿着风景宜人的林荫小路走出好远。这时他看到一个长相精神又机灵的年轻人，装束非常奇特。他披着一件短斗篷，头上戴着一顶帽子，帽子上有一对翅膀状的装饰物。他的脚步轻盈，让人想到或许他脚上同样长着翅膀。他经常东奔西走，为了让脚步更加敏捷，他在旅行的时候总是带着一根带翅膀的拐杖，拐杖上装饰着两条盘绕扭动的蛇。总之，我说了这么多，你们应该能猜出来这就是水银了。尤利西斯和他是老相识，还从他那里学到了很多学问，于是一眼就认出了他。

"英明的尤利西斯，你这样急急忙忙的是要赶去哪里？"水银问道，"你难道不知道这座小岛被施了魔法吗？那个恶毒的女巫叫喀耳刻，是埃厄忒斯国王的妹妹。你看到那边树林里的大理石宫殿了吗？

她就住在那里。她会用魔法把每个人都变成动物，他们长得最像哪种动物，她就把他们变成那种野兽、家畜或者鸟类。"

尤利西斯不禁叫道："我在悬崖边见到的那只小鸟，从前也是人类吗？"

"没错，"水银答道，"他从前也是一位国王，叫作皮库斯。他是位明君，只是太以自己的紫色长袍、金色王冠还有脖子上戴的金色项链为傲了。所以他被迫变成了一只羽毛艳丽的小鸟。一会儿你就会在宫殿前看到一群狮子、狼和老虎跑来迎接你，他们以前是凶猛残忍的人，现在的野兽外形倒也符合他们的性情。"

尤利西斯说："还有我那些可怜的同伴，他们也被邪恶的喀耳刻用魔法变成了动物吗？"

"你知道他们向来多么贪吃，"水银回答说，他生来调皮，于是忍不住大笑起来，"要是告诉你他们被变成了猪，你不会惊讶吧！如果喀耳刻没干过更坏的事，我觉得实在不应过分苛责她。"

尤利西斯问道："难道我没有办法帮助他们吗？"

"那就需要你付出所有智慧，"水银说，"外加一点儿我的才智，来防止她把尊贵又精明的你变成一只狐狸。按照我说的去做，这桩事才能化险为夷。"

水银一边说话，一边俯身在地上寻找什么东西。不一会儿，他摘下一株开着雪白花朵的矮小植物，拿在手中闻了闻。尤利西斯刚刚还盯着那个地方，他看到，水银的手指碰到它的那一刻，那朵花才完全绽放开来。

水银说："尤利西斯国王，拿上这朵花。去宫殿查看的时候要收好这朵花，因为它极其稀有、极其珍贵。我保证，就算你找遍整个世界，也找不出第二朵这样的花了。把它拿在手里，不管是进了宫殿之后，还是和女巫谈话的时候，都要不时地闻闻它。她给你端上食物或者美酒的时候你要尤其小心，记得让鼻子里充满它的芳香。遵照这些指示，你就有可能抵挡住她的魔法，不会变成一只狐狸了。"

水银又给了尤利西斯一些其他建议，告诉他怎么行动，要他胆大心细。他还告诉尤利西斯，虽然喀耳刻法力强大，但他还是很有可能安全地走出那座魔宫。尤利西斯听得非常专注，然后他谢过好友水银，重新上路。他走出几步之后突然想起另外一些问题，可是等他转身要问的时候，却发现水银已经不在那儿了。水银借着带翅膀的帽子、飞靴还有拐杖，眨眼间就离开了。

尤利西斯来到宫殿前的草坪上，成群的狮子和其他野兽跳出来迎接，想要舔他的脚来讨好他。但是尤利西斯头脑清醒，明白这些野兽曾经都是嗜血成性的人类，只要它们心里想要作恶，就不会再献殷勤，而是把他撕成碎片。于是他用长矛刺向这群野兽，厉声呵斥它们走开。野兽们高声尖叫，恶狠狠地盯着他，不过一直到尤利西斯登上台阶，它们也不敢靠近。

尤利西斯一进大厅，就看到了正中央的魔法喷泉。这时向上喷出的水流又变成了一个男人的样子，他穿着毛茸茸的白色长袍，做出一副欢迎的姿态。尤利西斯同样听见了梭子在织布机上来回穿梭的声音、美丽女主人的甜美歌声，以及她和四个女仆悦耳的交谈声，一阵阵欢笑声掺杂在其间。可是尤利西斯没有浪费时间去听她们的笑声或是歌声，他把长矛靠在大厅里的一根柱子上，然后从剑鞘里抽出宝剑，大胆地走上前去，打开了紧闭的折门。美丽的女主人一看到尤利西斯威严地走来，就从织布机旁起身，脸上带着阳光般快乐的笑容，张开双臂迎接他。

"欢迎您，勇敢的陌生人！"她大声说道，"我们正等着您来呢。"

长着海绿色头发的精灵女仆[3]深深地行了个屈膝礼，同样欢迎他的到来。她的姐妹们——一个穿着橡树皮做的紧身胸衣，另一个的指尖洒下一串串水滴，还有那个我记不得奇异之处的姑娘——也表示了欢迎。那个叫作喀耳刻的美丽女巫曾哄骗过很多人，满以为也能骗过尤利西斯，一点儿也不了解他有多精明。喀耳刻于是开口跟尤利西斯说话。

她说："我已经在我的宫殿接待过您的同伴了，对他们的招待热情周到，完全符合他们得体的行为。如果您乐意的话，请先吃点儿东西，再前往他们现在住着的华美房间。请过来看看，我和女仆们一直忙着把他们的形象织进这张挂毯里呢。"

她指着织布机上一匹织造精美的布。喀耳刻和四个精灵女仆一定织得很卖力，自打那些水手看过后，现在又长出了好几百厘米。在新织出来的部分里，尤利西斯看到了他那 22 个朋友坐在带有软垫和华盖的宝座上，贪婪地大口品尝精美的菜肴，大口狂饮美酒。当然，图案到这里就结束了，那女巫非常狡猾，不会让尤利西斯看到自己用魔法把那些贪吃的家伙变成了肥猪。

"至于您呢，勇敢的大人，"喀耳刻说，"看您的神情如此高贵，我猜您一定是位国王。请屈尊跟我来吧，我一定会用配得上您身份的盛情来款待您。"

于是，尤利西斯跟着喀耳刻走进了椭圆形的餐厅，他的 22 个同伴之前在这里狼吞虎咽地享受宴席，最后却以灾祸收场。不过，尤利西斯一直把雪白的小花握在手里，喀耳刻说话的时候他就时不时闻上几下。跨过餐厅的门槛时，他更是留心慢慢地、深深地吸了几口花朵的香味儿。餐厅里沿着墙壁摆放的 22 张宝座不见了，取而代之的是一张摆在中间的宝座。宝座由金子制成，上面雕着花朵，镶嵌着一颗颗宝石，比所有国王或皇帝坐过的宝座都要富丽堂皇。座位上的垫子看起来像一捧鲜玫瑰一样柔软，上方还悬着一顶好似由阳光织就的华盖，喀耳刻一定也知道怎么把它织进她的挂毯里。她牵起尤利西斯的手，领他坐上这豪华夺目的宝座，然后拍了拍手，把总管召唤进来。

她吩咐说："把专门给国王用的酒杯拿过来，倒上我哥哥埃厄忒斯国王最爱的美酒，他上次带着我美丽的侄女美狄亚前来拜访时对那种美酒赞叹有加。那个小姑娘多么善良可人呀！如果她也在这里，看到我把这种酒献给尊贵的客人，肯定会高兴不已。"

尤利西斯趁总管跑去拿酒的机会，把那朵雪白的花凑到鼻子底下闻了闻。

他问道："这酒对身体有益吗？"

四个女仆听见尤利西斯这样问，便吃吃地笑了起来。喀耳刻马上转过身去，神情严肃地看着她们。

她说："那美酒是用最有益于健康的葡萄汁酿成的。其他葡萄酒喝起来往往让人迷失心性，而它则会帮助饮用的人找到自我，展现出他应有的样子。"

这个总管最喜欢让人们变成肥猪或者和他们本性相似的其他动物了，于是赶紧跑去拿来给国王专用的酒杯，斟上了满满一杯酒。美酒和金子一样闪闪发亮，不断地冒着气泡，溅到杯沿上的泡沫像阳光一样金光闪闪。虽然美酒看起来十分诱人，里面却掺着喀耳刻调制出的法力最为强大的药水，每一滴紫色的葡萄酒里都掺着两滴这种危险的药水。最危险的是，这种药水能让葡萄酒变得更加美味。光是闻一闻杯沿上泛起的泡沫，就能让男人的胡须变成猪鬃，指甲变成狮子的利爪，或者屁股后面长出狐狸尾巴来。

"喝吧，我高贵的客人，"喀耳刻笑着给尤利西斯递上酒杯，"这杯美酒能慰藉您所有的烦恼。"

尤利西斯国王右手接过酒杯，左手握着小白花。他把花贴在鼻子上，深深地吸了一口气，胸膛里充满了它纯粹的芬芳。他将杯中的美酒一饮而尽，然后平静地看着喀耳刻。

"恶棍！"喀耳刻叫道，用魔杖狠狠地抽了一下尤利西斯，"你怎么胆敢继续保持人形？变成和你最为相像的牲畜吧！如果你变作一头肥猪，那就去猪圈里和你的同伴们相聚吧；如果你变成一头狮子、一匹狼或是一只老虎，那就去草坪上和那群野兽一起嚎叫吧；如果变

喀耳刻用魔杖抽打尤利西斯 ▲

成一只狐狸，就去练练偷鸡摸狗的本事吧。你喝了我的酒，休想继续
当人！"

可是，小白花发挥了效用，尤利西斯不但没有变成肥猪从宝座上
滚下来，也没有变成任何野兽，反而更加有男子气概，更有国王的英
武之气。他把施过魔法的酒杯扔向大理石地板，酒杯"叮叮当当"地
滚到餐厅的另一端。然后他抽出宝剑，揪住喀耳刻长长的美丽鬈发，
摆出一副要一剑割下她脑袋的架势。

"坏心肠的喀耳刻，"他用令人敬畏的声音叫道，"这把宝剑能
让你不再施法作恶！歹毒的女人，你应该死掉，再也不能为害人间，
做出这种先引诱人们养成恶习，再把他们变成野兽的事！"

尤利西斯的语调和面孔十分吓人，宝剑反射出耀眼的光芒，看起
来锋利无比。喀耳刻没等挨上一剑，就已经被吓了个半死。总管连滚
带爬地跑出餐厅，逃跑的时候还没忘捡起那个金酒杯。喀耳刻和四个
女仆一齐跪下，绞拧着双手，尖叫着请求尤利西斯发发慈悲。

"饶了我吧！"喀耳刻喊道，"饶了我吧，尊贵又英明的尤利西
斯。现在我明白了，你就是水银之前警告过我的人。他说你是凡人中
最为谨慎精明的一个，所有法术都对你无效，只有你才能战胜我。饶
了我吧，最聪明的人。这次我会真心地热情款待你，甚至连我自己都
可以当你的奴隶。这座雄伟的宫殿也可以送给你安家！"

与此同时，一旁的四个精灵女仆一个个都可怜兮兮的，尤其是长
着海绿色头发的海精灵，她泪如泉涌，泪珠都是咸咸的海水，泉水精
灵除了指尖上洒出点点水珠，整个人哭得差点化成了泪人儿。但是尤
利西斯不为所动，他要喀耳刻郑重地立下誓言，把那些同伴还有野兽
和小鸟变回人类，才肯放手。

他说："只要做到这些，我就饶你一命，不然就叫你当场丧命！"

喀耳刻从来不喜欢做什么善事，不过有一把出鞘的宝剑架在脖子
上，她只好迅速答应要弥补迄今为止干过的所有坏事。于是，她把尤

利西斯带到宫殿的后院，给他看猪圈里的肥猪。整个猪圈里大概一共有 50 头脏兮兮的肥猪。这里头大部分生来就是猪，新加入的兄弟们虽然不久前还是人类，可也没表现出任何区别，这可真奇妙。严格说来，后者还要更像猪一些呢，他们似乎特别爱在猪圈里最泥泞的地方打滚，在某些方面比天生的猪做得还要好。人一旦变成牲畜，残留的一点儿智力会让他们变得比真正的牲畜还要野蛮上十倍。

不过，尤利西斯的同伴们似乎还存有以前做人时的记忆。尤利西斯走近猪圈的时候，22 头体形庞大的肥猪走出猪群，连蹦带跳地向他跑过来。它们齐声尖叫，弄得尤利西斯不得不用手把两只耳朵堵上。可是它们似乎不知道自己想要什么，到底只是因为饥肠辘辘，还是在为其他什么事情而烦恼。奇怪的是，它们一边看似万分苦恼，另一边还用鼻子在烂泥里翻找能吃的东西。穿着橡树皮紧身衣的精灵（她是一棵橡树上的树精）往它们中间撒了一把橡果，22 头肥猪立即挤成一团，争抢从天而降的珍宝，仿佛一年来连一小杯馊牛奶[4]都没吃过。

237

"这些一定就是我的同伴了，"尤利西斯说，"我了解它们的性格。根本不值得费力气把它们变回人类，不过我们还是得这样做，免得它们带坏其他猪。所以，喀耳刻夫人，如果你能施展法力的话，还是把它们变回原样吧，虽然我明白这比把它们变成猪需要更高级的魔法。"

于是，喀耳刻再次挥舞起魔杖，口中反复念起几句咒语，22 头肥猪垂坠的耳朵应声慢慢地竖起来。它们的猪鼻子越变越短，嘴巴越变越小（它们似乎还挺遗憾不能狼吞虎咽了），这真是一大奇观。它们一个个慢慢用后腿站起来，用前蹄抓抓鼻子。一开始，旁观者还不知道应该把它们叫作猪还是叫作人，不过不一会儿，人们就能看出来，它们越变越像人了。最终，尤利西斯的 22 个同伴站在他眼前，形貌和离船时没什么两样。

但是，你们可别觉得他们猪一样的性格完全消失了。人一旦形成某种性格，就很难再改正过来，树精帮忙证实了这一点。她非常爱恶作剧，于是又往变回人形的22个水手面前撒下一把橡果，他们立马在地上打起滚来，把橡果吞掉了，实在是太丢脸了。吃完之后，他们乱哄哄地站起来，看起来真是傻透了。

"感谢您，高贵的尤利西斯！"他们高喊道，"您把变成牲畜的我们又变回了人形！"

"不劳你们费心感谢我，"这位有智慧的国王说，"恐怕我没有帮到你们。"

说实话，他们的嗓音里有一种可疑的呼噜声，在此后的很长时间里，他们一直用粗哑的声音说话，总爱发出猪一样的尖叫声。

"你们会不会再回到猪圈里，"尤利西斯补充说，"全看你们自己今后的表现了。"

就在这时候，旁边的一根树枝上传来一声鸟叫。

"吱吱，吱吱，吱！"

原来那只紫色的小鸟一直站在他们头顶的树枝上，观看事态的发展，期待尤利西斯记得自己的警告，记得自己多么竭尽全力让他和他的同伴们远离危险。尤利西斯命令喀耳刻立刻把这只善良的小鸟变回原样，恢复他原先国王的样貌。话音未落，小鸟还没来得及"吱吱"地叫上两声，就从树枝上跳下来，变回了皮库斯国王。他和世上所有国王一样威严，身穿紫色长袍和颜色艳丽的黄色长裤，精致华美的衣领围在他的脖子上，头上还戴着一顶金灿灿的王冠。皮库斯和尤利西斯用国王之间的礼节互相问了好。不过打那之后，皮库斯国王不再因为自己的王冠和皇家服饰而沾沾自喜，也不会因为自己贵为国王而趾高气昂。他觉得自己只不过是尽心尽力服务人民的公仆，要终生努力让人民过得更富足、更幸福。

至于那些狮子、老虎还有狼呀，虽然喀耳刻轻轻念几句咒语就能把它们变回原样，但尤利西斯认为最好还是维持现状，起码能警告人们它们生性残忍，免得它们披着人皮四处危害他人，表面上假装拥有人性和同情心，其实内心像野兽一样嗜血。于是尤利西斯随它们去嗥叫，不予理会。等所有事情都按尤利西斯的想法处理好之后，他叫人把等待在海边的其余同伴召唤过来。谨慎的欧里罗科斯带着其他人来到喀耳刻的魔宫里，他们在那里舒舒服服地休息、进食，直到从旅途的劳顿里休整过来，才继续踏上归程。

---

[1] 船员职称之一，轮船船长的第一副手，负责舱面行政工作和技术领导，并和二副、三副轮流驾驶船舶。

[2] 半人半鸟的女海妖，以美妙的歌声诱惑过往的海员，使驶近的船只触礁沉没。

[3] 这里的精灵指的是希腊和罗马神话中居住在海洋、山泉、森林中的精灵或仙女。

[4] 在欧美喂猪吃馊牛奶是很常见的做法，比如将馊牛奶和剩菜搅拌在一起，据说是猪最喜爱的食物之一。

第十一章　石榴籽

故事相关背景：普路托是众神之王朱庇特和海王涅普顿的兄长，他曾和弟弟们进行了分配世界的抽签，因而成为地下世界的统治者。普路托虽然拥有强大、神秘的力量，但相传他也无法抵挡小爱神的金箭。他最爱黑色，白杨树是他的圣树，水仙花则是他的圣花。

谷物和耕作女神刻瑞斯[1]十分喜爱自己的女儿普罗塞耳皮娜[2]，很少让她独自一人去旷野玩耍。但是，在我要讲的这个故事发生的时候，这位好夫人正忙着照管小麦、玉米、黑麦、大麦，总之，就是大地上各种各样的庄稼。那年的季节更替不同寻常地姗姗来迟，刻瑞斯不得不让作物比平常成熟得更快些。于是，她戴上用罂粟花做成的头巾（一直以来她都以戴这种花而出名），坐进由两条长翅膀的龙驾驶的车子，准备出发。

"亲爱的母亲，"普罗塞耳皮娜说，"你走了以后我会十分寂寞。我能不能跑到海岸边，邀请一些海里的仙女过来陪我玩耍？"

"好的，孩子。"刻瑞斯母亲回答道，"海仙女们都是些好人，她们绝对不会伤害你。但是你必须小心，不要离开她们身边，也不要一个人去旷野上溜达。年轻的姑娘们没了母亲的照看，很容易误入歧途。"

这孩子向母亲保证，她会像个大姑娘一样小心谨慎。于是，当长着翅膀的龙驾车飞驰着消失在视线里时，普罗塞耳皮娜已经来到海岸边，呼唤海仙女出来和她一起玩。海仙女认出了普罗塞耳皮娜的声音，很快就从海底的家里浮到水面上，她们的脸庞和海绿色的头发闪闪发亮。她们随身带了许多美丽的贝壳，坐在潮湿的沙滩上，忙着编织一条项链。阵阵海浪拍打在海仙女身上，她们把编好的贝壳项链挂在普罗塞耳皮娜的脖子上。普罗塞耳皮娜十分感激，她恳请仙女们陪她走一小段路前往田野，这样他们就能采到一大捧花，自己也好为每位仙女编一个花环表达谢意。

"哦，不行，亲爱的普罗塞耳皮娜，"海仙女们喊道，"我们不敢和你一起前往干燥的陆地。我们每时每刻都得呼吸咸咸的海风，否则就会晕倒。难道你没有发现，我们小心翼翼地确保海浪时不时拍打在身上，好让自己保持湿润舒适？若非如此，我们很快就会像连根拔起的海草一样被晒干。"

"真是太可惜了。"普罗塞耳皮娜说道，"但是请你们务必在这里等我一下，我会跑到那里，在围裙里装满鲜花。海浪还没拍打上你们十次，我就会回来。我真想为你们编一些五彩缤纷的美丽花环，就和这根贝壳项链一样漂亮。"

"那我们等着你。"海仙女回答道，"不过你去采花的时候，我们最好潜到水底下，躺在柔软的海绵上。今天的天气干燥了点儿，弄得我们有点儿不舒服。但是我们会时不时地把脑袋冒上来，看看你有没有回来。"

小普罗塞耳皮娜前一天刚好看到田野里有块地方盛开着许多鲜花，她飞快地跑去采摘，但是那里的花儿已经有点儿谢了。普罗塞耳

皮娜一心想为朋友们采到最娇嫩可人的鲜花，于是向田野深处走去，终于发现了好些赏心悦目的花朵。她以前从来没见过这样的花儿，不由得喜出望外，叫出声来。那里的紫罗兰硕大芬芳，玫瑰娇艳欲滴，风信子优雅高贵，石竹花香气沁脾。还有许多不知名的花儿，颜色和形状都很新鲜别致。有那么两三次，她不禁觉得眼前的一片土地上突然盛开出了一丛最为绚丽夺目的鲜花，似乎在有意吸引她往前走。普罗塞耳皮娜的围裙里很快就装满了可人的花朵，多得都快掉出来了。就在她刚要转身回到海仙女身边，和她们一起坐在潮湿的沙滩上编织花环时，她在不远处看到了什么——那里有一大丛灌木，上面开满了世上最动人的鲜花。

"太可爱了！"普罗塞耳皮娜叫了起来，然后又暗自思忖道，"真是太奇怪了！我刚才明明看过这个地方，怎么就没看到这些花儿？"

她走得越近，那丛灌木看上去就越发迷人。最后，普罗塞耳皮娜终于来到了灌木丛边。虽然它的美丽无法用语言形容，普罗塞耳皮娜却吃不准该不该喜欢它。盛开在灌木丛上的百花有着最明艳的色彩，它们形态各异，但又不乏相似之处，显然是同根而生的花朵。但是，灌木丛的树叶和花儿的花瓣上有一种浓郁的色泽，让普罗塞耳皮娜怀疑它们该不会有毒吧。老实说，虽然这听上去有点儿傻，但是普罗塞耳皮娜差点儿就要转身逃走了。

"我真是个傻孩子！"她一边这样想，一边鼓起了勇气，"这实在是地里长出来的最美的灌木丛了。我要把它连根拔起，然后带回家，种在母亲的花园里。"

普罗塞耳皮娜左手兜住装满鲜花的围裙，腾出右手紧紧抓住那丛硕大的灌木。她拔呀拽呀，树根旁的泥土却纹丝不动。这丛灌木的根扎得多深啊！这姑娘于是用尽全身的力气拼命往上拔，这一回茎干周围的泥土有了松动开裂的迹象。她继续拉扯了一下，又松开了手，因

◀ 海仙女们从海底带来了美丽的贝壳

为她似乎听到脚底下传来隆隆的声响。这些树根会不会延伸到某个有魔力的洞穴？随后普罗塞耳皮娜对自己幼稚的念头一笑置之。她又试了一次，这下灌木丛被连根拔起，泥土里随即出现一个深深的洞穴。普罗塞耳皮娜踉踉跄跄地后退了几步，欣喜地把茎干握在手里，仔细端详那个地洞。

地洞变得越来越宽，越来越深，似乎没有尽头，这叫普罗塞耳皮娜大吃一惊。与此同时，地洞深处正传来隆隆的声响。这声音越来越大，越来越近，听上去就像马蹄在奔腾，车轮在咯咯作响。普罗塞耳皮娜吓得忘了逃走，她瞪大眼睛盯着这个神奇的洞穴，不一会儿就瞧见四匹黑色的骏马冲出地底。它们的鼻子呼哧呼哧地往外喷着热气，身后拉着一辆豪华的金色马车。骏马拉着马车跃出深不见底的洞穴，刚好停在普罗塞耳皮娜身旁。骏马摇头甩尾，黑色的鬃毛[3]和尾巴不停地摆动，马蹄交相腾跃在空中。马车里坐着一位男子，穿着华丽的衣服，头戴王冠，王冠上缀满钻石，耀眼夺目。他长得十分英俊，神情很是高贵，但看上去一脸怒容，满腹牢骚。这男子不停地揉着双眼，还不时用手遮住眼睛，仿佛不常生活在明媚的阳光里，所以不喜欢这份光亮。

这个大人物看到吓呆了的普罗塞耳皮娜，示意她走近一些。

"别害怕，"他说道，脸上尽可能露出愉快的微笑，"来吧！你难道不想坐上这辆漂亮的马车，和我一起兜一小会儿风吗？"

但是普罗塞耳皮娜十分警惕，一心只想从他身边逃开。这一点儿都不奇怪。这个陌生人虽然满脸堆笑，但脾气看上去可不怎么样。而且他声音低沉，语气严厉，听上去就跟地震时响起的隆隆声似的。普罗塞耳皮娜和所有遇到麻烦的孩子一样，脑子里闪过的第一个念头便是呼唤母亲。

"妈妈，刻瑞斯妈妈！"她声音颤抖地喊道，"快来救我！"

但是她的声音太微弱了，母亲根本听不见。事实上，在那个当口，刻瑞斯很可能在某个千里之外的遥远国度忙着让庄稼生长呢。即便她能听到女儿的呼救声，恐怕也无济于事，因为那陌生人一听到普罗塞耳皮娜叫了起来，就跳到地面上把她抱进马车，挥动缰绳喝令四匹黑马启程。它们立刻疾驰起来，似乎不是在地上奔跑，而是在空中飞翔。不一会儿，美丽的恩纳山谷就消失在了普罗塞耳皮娜的视线里，那里可是她一直生活的地方啊。又过了一会儿，埃特纳火山 [4] 远远望去已经看不真切，她几乎分辨不出那到底是青色的山顶，还是从火山口冒出的青烟。这可怜的孩子还是不停地尖叫，装满围裙的鲜花撒了一路，马车所经之处都能听见她的哭喊声。许多母亲听到后赶紧跑了过来，看看是不是自己的孩子遇到了什么不幸。但是刻瑞斯远在千里之外，听不到她的哭喊。

马车继续向前行驶，陌生人尽最大的努力安慰着普罗塞耳皮娜。

“美丽的孩子，你为什么这样害怕呢？”他说道，努力让自己粗哑的嗓音听上去柔和些，“我保证不会伤害你分毫。什么？你正在采摘鲜花？等我们到了我的宫殿，我会送你一座花园，那里开满鲜花，每朵都是用珍珠、钻石、红宝石做成的，比你采的那些漂亮得多。你能猜到我是谁吗？人们叫我普路托 [5]，我就是钻石乃至所有奇珍异石之王。地底下的每一块黄金白银都是我的，更不用说铜呀铁呀，还有储量丰富的燃料——煤矿了。你看到我头上这顶光彩夺目的王冠了吗？你可以拿去当玩具。噢，我们会成为非常好的朋友。一旦我们摆脱了这讨厌的阳光，你就会发现，我比你想象中要亲切得多。”

“让我回家！”普罗塞耳皮娜哭喊道，“让我回家！”

“我家胜过你母亲的家，”普路托王回答道，“它是一座用金子打造的宫殿，窗户是水晶做的。因为阳光很少照耀到那里，所以房间里都点着钻石灯来照明。我的宝座可雄伟了，你肯定从来没瞧见过那样的东西。如果你喜欢，可以坐上去当我的小王后，我可以坐在脚凳上。”

"我才不稀罕什么金子造的宫殿和宝座呢。"普罗塞耳皮娜呜咽道，"哦，母亲，我的母亲！送我回母亲那儿！"

但是这个自称为普路托王的男子只是催促马儿快点跑。

"别犯傻了，普罗塞耳皮娜，"他说道，声音里透着不悦，"我把宫殿、王冠还有地底下的所有宝藏都给了你，你却弄得好像我是在害你似的。我的王宫里只缺一个活泼可爱的少女，她应该跑上跑下，把欢笑带进每一间屋子。这正是你必须为普路托王做的事。"

"决不！"普罗塞耳皮娜痛苦万分地回答道，"除非你把我送回母亲的家门口，否则我永远都不会再露出笑容。"

可是，她这番话还不如说给呼啸而过的风儿听呢，普路托策马扬鞭，马车跑得比之前更快了。普罗塞耳皮娜不停地哭喊着，她叫了那么久，又叫得那么大声，可怜的小嗓子几乎都喊哑了，只剩下轻轻的嗫嚅。就在这个时候，她的目光落到了一片宽广的田野上，地里的庄稼如波浪一般摇曳起伏。你们猜猜，普罗塞耳皮娜看到了谁？除了刻瑞斯母亲，还会是谁呢？刻瑞斯正忙着让谷物成熟，压根儿没注意到"哐啷啷"经过的金色马车。这孩子用尽全力，又发出一声嘶喊，但是刻瑞斯还来不及转身，她就已经消失得无影无踪了。

普路托王驾着马车驶上了一条十分昏暗的路。路的两旁都是悬崖峭壁，车轮的隆隆声在绝壁间回响，宛若低沉的雷鸣。岩石的罅隙间树木丛生，模样很是阴森。时间渐渐到了正午，周围的景物却笼罩在一片灰暗的暮色中，显得模糊不清。黑色的骏马一路狂奔，就连阳光也赶不上它们的速度。然而，周围越是阴暗，普路托的神情就越是满意。他好歹长得还不赖，更何况这会儿他不再表情扭曲，也不再勉强挤出一张尴尬的笑脸。普罗塞耳皮娜透过愈加浓重的暮色偷偷瞥了一眼他的脸庞，希望普路托并没有自己最初想象的那么邪恶。

"哈，这暮色真是让人神清气爽，"普路托王说道，"阳光真是又难看又刺眼，太折磨人了。灯光和火光那可就舒服多了，尤其是那些从钻石上反射出来的光亮！等到了我的宫殿，那场面可壮观了。"

"还很远吗？"普罗塞耳皮娜问道，"等我参观完，你会送我回去吗？"

"这个以后再说，"普路托回答道，"我们才刚刚进入我的王国。看到前面那座高高的大门了吗？穿过大门，我们就到家了。我忠心耿耿的爱犬就趴在门槛上。刻耳柏洛斯！刻耳柏洛斯！乖狗儿，快到这儿来！"

普路托一边说着，一边拉住了缰绳，把马车停在门口两根高大的柱子之间。他提到的那只大狗从门槛上站了起来，只靠两条后腿立在地上，好把前爪搭在车轮上。我的天哪，这狗长得可真奇怪啊！它呀，简直就是一个巨大粗野、模样丑陋的怪物。它长着三个脑袋，一个比一个凶狠。然而即便如此，普路托王却在每个脑袋上都拍了拍。他似乎很喜欢这条有三个脑袋的大狗，就好像它是一条耳朵柔软、乖巧可爱的卷毛狗一样。另一方面，刻耳柏洛斯看到主人回来了，显然十分高兴，它和其他小狗一样，拼命摇着尾巴，表达自己的喜悦之情。普罗塞耳皮娜的眼神不由得被那轻快的动作所吸引，结果发现这尾巴根本就是一条活生生的龙。这条龙尾还长着眼睛和獠牙——眼睛如凶神恶煞一般，獠牙则似乎有剧毒。尽管三个脑袋的刻耳柏洛斯正朝着普路托王撒欢，那条龙尾却没有讨好主人的意思，它恶狠狠地瞪着眼睛，自顾自地来回摆动。

"这只狗会咬我吗？"普罗塞耳皮娜问道，畏畏缩缩地靠近普路托，"它长得可真丑！"

"哦，别害怕，"她的同伴回答道，"它从不伤害人类，除非他们不请自来，擅闯我的王国；或者违背我的意愿，擅自离开这里。蹲下来，刻耳柏洛斯！好了，我美丽的普罗塞耳皮娜，我们要继续往前了。"

马车继续向前，普路托王再度踏上了自己的王国，因而十分高兴。

他让普罗塞耳皮娜注意看岩石间储量巨大的黄金矿脉，还指着某些地方告诉她，在那儿用锄头敲一下，就能砸出许多钻石。沿途都是令人眼花缭乱的宝石，若是在地面上，这些石头一定是无价之宝。但是在这里，它们不过是些蹩脚货色，连要饭的也不会去捡。

离大门不远的地方有一座桥，桥身似乎是用铁铸成的。他们来到桥边，普路托停下马车，要普罗塞耳皮娜看看桥下缓缓流淌的河水。黑漆漆的河水慢吞吞地流动着，浑浊不堪，根本倒映不出岸边的景物，普罗塞耳皮娜以前从没瞧见过这样的河流。河水懒洋洋地晃动着，似乎全然不记得要流向哪儿。其实，与其说它在流动，还不如说它压根儿停滞不前。

"这是忘川 [6]。"普路托王看着河水说道，"这条河还挺不错的吧？"

"我觉得它好阴森。"普罗塞耳皮娜说。

"它倒是挺合我心意的。"普路托回答道，通常要是有人与他意见相左，普路托就会气呼呼的，"不管怎么说，这条河可有个绝妙透顶的好处——只消喝上一口河水，人们就能放下牵挂，忘却悲伤，从此不再有烦恼。亲爱的普罗塞耳皮娜，喝上那么一小口，你立刻就不会再为思念母亲而悲伤，而且再也不会受往日记忆的侵扰，从此在我的宫殿里无忧无虑地快乐生活。等我们到了，我就命人用金杯取一点儿河水给你。"

"噢，不，不，不要！"普罗塞耳皮娜喊道，又哭了起来，"我宁愿痛苦万分地思念着母亲，也不要忘了她过快活的日子。亲爱的、亲爱的母亲哟！我永远永远都不会忘记她。"

"以后你就知道了，"普路托王说，"你不晓得在我的宫殿里，我们可以过得多么快乐。瞧，我们就在门口了，我向你保证，这些柱子可都是纯金的。"

他抱着普罗塞耳皮娜走下马车，踏上高高的台阶，来到宫殿的大厅。宽敞的大厅里灯火通明，硕大的宝石五彩缤纷，仿佛无数盏点燃的油灯一般光芒万丈。然而在这让人心醉神迷的灯光中，仍隐约透出一丝阴郁。小普罗塞耳皮娜手里还攥着一朵从人间采来的鲜花，除了这个可爱的孩子之外，大厅里看不到任何讨人喜欢的东西。要我说呀，就连普路托王自己也在宫殿里住得不开心，所以才拐走普罗塞耳皮娜，好有个人让他来爱，而不是继续欺骗自己的心，靠千篇一律的富丽堂皇来获得虚妄的满足。尽管他口口声声说不喜欢地面上的阳光，但普罗塞耳皮娜的存在就像一缕阳光，虽然她一直泪眼婆婆，让这分光亮暗淡微弱了不少，却不知怎么还是照进了这炫目的大厅。

普路托这会儿唤来了侍从，命他们赶紧准备一个最奢华的宴会，并嘱咐他们不要忘记在金杯里盛上忘川的河水，摆在普罗塞耳皮娜的盘子旁边。

"我是不会喝那水的，也不会喝别的。"普罗塞耳皮娜说，"这里的食物我一口都不会吃，就算你永远把我留在你的宫殿里，我也不会吃。"

"你这样我会难过的。"普路托王拍拍她的脸颊回答道，他很想显得亲切友善，只是不知道要如何表达，"小普罗塞耳皮娜，我看你准是被宠坏了，不过要是你看到我的厨师为你烹制的精美菜肴，很快就会胃口大开的。"

于是，普路托叫来了大厨，严令他准备小孩子通常爱吃的各式佳肴，呈到普罗塞耳皮娜跟前。你们得明白，普路托的心里正暗暗打着小算盘呢。因为有这样一条规矩：被带到魔幻之地的人要是尝了那里的食物，就再也无法回到亲友身边了。如果普路托王够狡猾，就会给她吃水果、面包或者牛奶等简单的食物。普罗塞耳皮娜平时就习惯吃这些，所以没准儿要不了多久，就会被诱惑，但他却把这事儿完全交给了厨子操办。所有的厨子都一个德行，觉得面点非要香酥满溢，肉类非要味道浓郁，蛋糕非要喷香甜腻才能入口，而普罗塞耳皮娜的母亲恰巧从不给她吃这些食物。所以那些味道非但没有让她食欲大开，反倒让她胃口全无。

故事讲到这里，我得暂时从普路托王的地下王国中爬上来，看看失去女儿的刻瑞斯母亲这会儿在哪里。还记得吗，我们之前瞥到过她一眼——那时四匹黑马拉着马车打转，她心爱的普罗塞耳皮娜正被人强行掳走，而她隐约就在起伏的稻浪中间。你也能想起马车消失时，普罗塞耳皮娜发出的那声尖叫了吧。

在这孩子的所有哭喊声中，只有最后的那声尖叫传到了刻瑞斯母亲的耳朵里。她误把隆隆的车轮声当成了一声雷鸣，以为马上会有一场大雨，能帮她让作物快点儿成熟。但是，普罗塞耳皮娜的尖叫声还是让她吓了一跳。她四下张望，虽然不知道这声音是从哪儿传来的，却几乎能肯定那是女儿的声音。但这根本说不通，因为那姑娘得翻山越岭、长途跋涉，才能来到这儿。要是没有飞龙的帮忙，就连刻瑞斯自己也没法走那么多路呢！于是，我们的刻瑞斯女神说服自己，发出这声哀号的一定是别人家的孩子，而不是她亲爱的普罗塞耳皮娜。然而，这还是让她心中隐约充满了忧虑。刻瑞斯和天底下所有的母亲一样，每当不得不离开，又没找到保姆或可靠的监护人照看心爱的孩子时，就容易担惊受怕。于是，她匆匆离开了一直忙于照管的田野，手上的活儿还有一大半没做完呢。结果到了第二天，地里的庄稼才抽穗就蔫儿了，它们既需要阳光的照耀，也需要雨水的滋润，地底下的根好像也出了问题。

那两条龙的翅膀一定生得十分灵巧，因为不出一小时，刻瑞斯母亲就站在自家的门口了。她发现家里面空无一人，不过她知道普罗塞耳皮娜喜欢在海边嬉戏，于是急忙以最快的速度赶到那里。在那儿，她看到了可怜的海仙女们湿漉漉的脸庞，她们正从波浪里向外张望。这些好心的人儿一直等在布满海绵的浅滩，差不多每隔一小会儿，就把四个脑袋露出水面，看看她们的玩伴有没有回来。她们看到刻瑞斯母亲来了，就乘着波浪，任凭它把自己冲到岸上，来到刻瑞斯跟前。

"普罗塞耳皮娜在哪儿？"刻瑞斯喊道，"我的孩子在哪儿？你们这些淘气的海仙女啊，告诉我，你们是不是把她骗到海底去了？"

"哦，不是的，慈祥的刻瑞斯母亲哟，"无辜的海仙女把绿色的鬈发捋到脑后，面对面地告诉刻瑞斯，"我们从没想过这档子事。普罗塞耳皮娜是和我们一起玩耍过，这千真万确，但她离开我们已经有好一会儿了。她说要跑上一小段路，到干燥的地方采一些鲜花编成花环。这是今天早些时候的事了，从那时起我们就再也没见到过她。"

还没等海仙女说完这番话，刻瑞斯就匆忙离去，在附近到处打听女儿的下落。但是，没人能告诉这个可怜的母亲普罗塞耳皮娜到底出了什么事。的确，一个渔夫提着一篮鱼沿着海滩回家时，曾注意到她在沙子上留下的小脚印；一个庄稼汉曾瞧见过这孩子弯下腰采摘鲜花；有些人听到了隆隆的车轮声，抑或是远处的雷鸣；一位老奶奶在采马鞭草和猫薄荷[7]的时候曾听到过一声尖叫，但是她以为这不过是小孩子的胡闹罢了，所以没有起身查看。这群愚蠢的人啊！他们絮絮叨叨了好长时间，但说了跟没说一个样，等到刻瑞斯母亲意识到自己必须去别处寻找女儿的下落时，天色已经一片漆黑了。于是，她点起一支火把踏上了旅途，下定决心不找到普罗塞耳皮娜就永远不回来。

她匆匆忙忙，又心烦意乱，完全忘了自己的飞龙和马车。也可能是她觉得，徒步打探女儿的下落能找得更彻底。不管是出于什么原因，她就这样举着火把仔细查看着沿途的每一处，踏上了悲伤的寻觅之旅。没走多远，她就碰巧发现了一朵异常美丽的花儿，这朵花儿就长在一丛灌木上，而那丛灌木恰恰就是普罗塞耳皮娜拔出来的那一丛。

"哎呀！"刻瑞斯母亲凑近火把检查了一番，心想，"这朵花儿有古怪！我从来没有让地里长出这样的花儿，大地也不可能无缘无故自己长出这玩意儿。这是用魔法变出来的，还有毒，也许就是它毒害了我那可怜的孩子。"

但她还是把这朵有毒的花儿贴在胸口，因为她不知道自己还能不能找到其他可以用来纪念普罗塞耳皮娜的信物。

整整一夜，刻瑞斯挨家挨户地敲开每间农舍的房门。她叫醒疲惫的庄稼汉，向他们打听有没有见过自己的孩子。人们哈欠连天、睡眼惺忪地站在门口，他们满腔同情，但是没法给她满意的回答，只能请她进屋休息一下。刻瑞斯也找遍了每座宫殿——每到一座宫殿的大门口，她都会大声呼唤，弄得仆人赶紧跑出来开门。他们原以为是哪位尊贵的国王或王后驾到，要他们准备一场晚宴或一间豪华的屋子用来休息，但出现在他们眼前的却是一个忧虑重重的女人，她手举火把，头戴罂粟花编成的花环，花都已经枯萎了。仆人们于是出言不逊，有时候还威胁要放狗出来咬她。然而，没有人见过普罗塞耳皮娜，也没有人能告诉刻瑞斯母亲去哪儿能找到她，哪怕一丁点儿线索都没有。夜晚很快过去了，刻瑞斯不吃不喝，不休不眠，不停地打听寻找，甚至忘了熄灭手中的火把。天渐渐亮了起来，最初是一缕玫瑰色的曙光，然后渐渐变成了明媚的晨光，火焰在这光亮里看上去苍白无力。但是我很好奇这支火把到底是用什么做的，因为整个白天它都在微弱地燃烧，而到了晚上反而烧得更加明亮。不论刮风还是下雨，它都不曾熄灭，始终伴随刻瑞斯日夜奔波，不辞辛劳地寻找普罗塞耳皮娜。

刻瑞斯不仅向人类打听女儿的下落，她还在森林里、小溪边遇到了另一些生灵。很久以前，那些生灵就生活在人迹罕至、舒适宜人的地方，如果有人和刻瑞斯母亲一样懂得他们的语言，了解他们的风俗，他们就会表现得十分友好。比如有一次，刻瑞斯看见了一棵高大的橡树，树干上满是节疤。她用手指敲了敲树干，粗糙的树皮马上裂了开来，一位美丽的少女走了出来，她就是住在里面的橡树精灵。精灵和橡树一样长寿，每当绿色的树叶随风摆动时，她就会觉得十分高兴。然而，这些生活在枝叶间的姑娘也都没有见过普罗塞耳皮娜。于是刻瑞斯继续往前走，没走多远就来到一汪泉水旁。泉水从鹅卵石覆盖的洞里涌出，刻瑞斯把手浸到水中，看到一个年轻女子和泉水一起从铺满细沙与鹅卵石的水底冒了出来。她盯着刻瑞斯母亲看，头发湿漉漉的，身子半露在水面上，还随着水流的波动不停地上下起伏。然而，当做母亲的问起她那不见了的可怜孩子有没有停下来喝上几口泉水时，这位泉水里的仙女泪眼婆娑（她们会为每个人的不幸而垂泪）地轻声回答"没见过"，声音仿佛溪水在呢喃。

刻瑞斯还常常遇到牧神，他们被晒得黝黑，像个乡下人似的。不过他们的耳朵上长着绒毛，前额还有小小的犄角。他们长着山羊的后腿，快乐地在林野间到处嬉戏。他们天生喜爱玩闹，但是当刻瑞斯问起女儿的下落时，他们那乐天的性子也禁不住忧伤起来，而且他们也没有好消息能讲给刻瑞斯听。有时候，刻瑞斯会撞上一群粗鲁的萨梯[8]。他们的脸长得像猴子，身后的尾巴又像马尾一样。萨梯经常会跳舞，而且跳得很闹腾，他们还大笑大叫，很是喧哗。刻瑞斯停下来向他们打听时，他们不但笑得更响亮了，还拿这个孤苦伶仃的女人的伤心事寻开心。这些丑陋的萨梯真是太无情了。有一回刻瑞斯路过一片偏远的牧场，看到了潘神[9]，他正坐在一块高高的岩石底下吹奏牧笛。潘神也长着犄角和毛茸茸的耳朵，还有山羊一般的双脚。但他认得刻瑞斯母亲，所以尽量礼貌地回答了她的询问，还端着一个木碗，邀请她尝尝里面盛着的牛奶和蜂蜜。然而，潘神和其他住在荒山野岭里的生灵一样，也说不出在普罗塞耳皮娜身上到底发生了什么。

就这样，刻瑞斯到处游走了整整九天九夜，除了偶尔能看到一朵已经枯萎的花儿，就再也没有普罗塞耳皮娜的丝毫音信了。刻瑞斯把这些花儿都捡起来放在胸口，因为她觉得这是从她那可怜的女儿手里滑落的。白天她在炙热的太阳底下前行，到了晚上，火把烧得通红，照亮了沿途的道路，刻瑞斯就借着这光亮继续寻找，连坐下歇一会儿都顾不上。

到了第十天，她碰巧看到了一个洞口。那时到处都还是明亮的午后，这个洞里却只有昏暗的暮光。不过好在里面还有一支点燃的火把，闪烁的火苗似乎在和黑暗搏斗，可这沉郁的微光实在无法照亮幽暗的洞穴。刻瑞斯早已下定决心不放过任何一处可以搜寻的地方。于是，她把手中的火把凑近洞口，好把里面照亮一些。她朝里面窥探，结果看见有个人坐在一大堆褐色的落叶上。去年秋天，风儿把许多落叶都扫进了山洞里。那人看着像个女人，不过如果她真是女人，也绝对称不上漂亮。人家告诉我，她脑袋的形状和狗的差不多，而且戴着一顶用蛇编成的发冠作为装饰。刻瑞斯一看到她，就知道她是个古怪的人物。她以痛苦为乐，只有看到其他人如她乐于见到的那般忧愁凄苦，她才肯开口说话。

"我现在已经够不幸的了，"可怜的刻瑞斯心想，"就算赫卡忒[10]比以前悲伤十倍，我也能和她说上话。"

于是她走进山洞，坐在枯叶上，挨着这位有着狗一般脑袋的女人。自从女儿失踪以后，刻瑞斯在世上就孤身一人、无依无靠了。

"噢，赫卡忒哟，"她说道，"如果你也有个女儿不见了，你就会知道这叫人多么悲伤。请可怜可怜我，告诉我你有没有瞧见我可怜的孩子普罗塞耳皮娜经过你的洞口？"

"没有。"赫卡忒用沙哑的嗓音回答道，每吐出一两个字就要叹一口气，"刻瑞斯母亲哟，我连你女儿的影子都没见过。但是你要知道，我生来就有一种本事，能让这世上所有的痛哭惊叫都汇集到我耳中。九天前，我正坐在洞里自怨自艾时，听到了一个年轻姑娘的惊声尖叫。毫无疑问，这孩子准是遇到了什么可怕的事儿。依我看，她不是被一条龙掳走，就是被其他残忍的怪物捉走了。"

"你这么说真是要了我的命。"刻瑞斯哭诉道，几乎要晕倒了，"那声音是从哪里传来的？又往哪里去了？"

"那声音一晃而过，"赫卡忒说，"而且与此同时，还有一阵沉重的车轮声，轰隆隆地朝东边去了。我能告诉你的只有这么多。老实说，你怕是再也见不到你的女儿了。我能给你的最好建议就是在这山

刻瑞斯举着火把朝洞里窥探 ▲

洞里住下来，那我们就是这世上最可怜的两个女人了。"

"还不是时候，阴郁的赫卡忒哟，"刻瑞斯回答，"你得先带上火把，帮我一起寻找我失踪的孩子。要是再也没有希望找到她了——如果这不幸的一天注定要来临的话——那么只要你给我个安身的地方，不管是在枯叶上还是在这光秃秃的岩石上，我都会叫你看看什么是痛苦不堪。但是，除非我知道她已经不在人世，否则我绝不会让自己沉溺于悲伤之中。"

忧郁的赫卡忒不太喜欢走在户外的阳光下，但是她转念一想，刻瑞斯闷闷不乐，她的悲伤正好可以像一层昏暗的微光笼罩在她们两人身上，任凭阳光再刺眼，她也能和在山洞里一样，享受到心情糟糕的乐趣。于是，最后她同意和刻瑞斯一起走。虽然那会儿还是阳光明媚的大白天，但她们还是拿着火把出发了。火光把她们的身影照得朦朦胧胧的，路人遇到了，都看不真切她们的模样。事实上，如果他们恰好瞥见了头戴蛇环的赫卡忒，也会觉得溜为上策，根本不会想看个究竟。

她们俩就这样愁眉苦脸地赶路时，刻瑞斯突然冒出来一个念头。

"还有一个人，"她叫道，"他一定见过我那可怜的孩子，而且肯定能告诉我到底发生了什么。我怎么没早点儿想到他呢？那个人就是太阳神[11]呀！"

"什么？"赫卡忒说，"就是那个总坐在阳光下的年轻人？噢，求你了，千万不要想着走近他。这个年轻人热情奔放，心情舒畅，举止轻浮，在你面前一直都是笑呵呵的样子。更何况，他周身笼罩着一层耀眼的阳光，会把我可怜的双眼弄瞎的——它们已经流了太多眼泪了。"

"你答应过要陪着我的。"刻瑞斯回答道，"来吧，我们得快点儿，不然太阳就要下山了，太阳神也会一起不见的。"

于是，她们踏上旅途，一路寻找太阳神。她们俩都在唉声叹气，老实说，赫卡忒哭得比刻瑞斯还伤心。你知道，悲伤痛苦就是她所有的快乐之源，因此她尽可能充分地享受着这些坏情绪。她们走呀走，

刻瑞斯和赫卡忒来到了世界上最为阳光明亮之地 ▲

经过了长长的旅途，终于来到了世界上最为阳光灿烂的地方。她们在那儿看到了一个美丽的年轻人，他长长的鬈发像是用金色的阳光编织而成，身上的长袍像夏日的轻云，脸上的表情异常生动。赫卡忒用双手捂着眼睛，咕哝着说他应该披一层黑色的面纱。太阳神就是她们要找的人。他手里拿着一把七弦琴[12]，正拨弄着琴弦，弹出甜美的音乐。他和着旋律唱起一首非常动听的歌曲，这首歌是他最近才写好的。这个年轻人多才多艺，他的诗歌更是让人赞叹，声名在外。

当刻瑞斯和她忧郁的同伴走到近前时，太阳神朝她们露出了灿烂的笑容。赫卡忒打心眼儿里希望自己能回到山洞里头，她头上的蛇环也发出了恶狠狠的"嘶嘶"声。至于刻瑞斯呢，她沉溺在悲伤中，太阳神微笑也好、皱眉也罢，她都完全不知道，也根本不在乎。

"太阳神！"她叫道，"我遇到了大麻烦，所以来向你求助。你能告诉我，我亲爱的孩子普罗塞耳皮娜到底发生什么了吗？"

"普罗塞耳皮娜！普罗塞耳皮娜，这是她的名字吗？"太阳神一边回答，一边努力回想。他的脑袋里始终涌现着叫人愉快的点子，所以总是忘记最近发生的事，哪怕就是昨天发生的事也常常记不起来。"啊，是的，我现在想起来了。当真是个很可爱的孩子呢。亲爱的夫人，我很高兴能告诉你，就在几天前，我确实见过小普罗塞耳皮娜。她很安全，有人在好好照顾她，你大可不必紧张。"

"哦，我亲爱的孩子在哪儿？"刻瑞斯哭喊道。她双手紧握，一屁股坐在太阳神的脚边。

"哎呀，"太阳神一边说，一边不停地拨弄七弦琴，弹奏出的音乐夹杂在他的说话声中，"这个小姑娘在采花的时候——她在赏花方面的确品位不俗——突然被普路托王掳走啦。普路托把她带到了自己的王国，我从没踏足过那地方。不过我听说那里的王宫建造得雄伟壮观，用的都是最富丽堂皇、价值连城的材料。金子、钻石、珍珠——各式各样的宝石都会是你女儿的寻常玩物。亲爱的夫人，我劝你不要自寻烦恼，普罗塞耳皮娜的审美情趣在那儿完全能得到满足。就算那里终日不见阳光，她的日子也会过得叫人羡慕。"

"住口！别再说这种话了！"刻瑞斯愤怒地回答道，"那里有什么能让她心满意足的？你说的这些金银珠宝毫无感情，又算得了什么？我一定要把她找回来。太阳神啊，你会和我一起去，向坏心眼的普路托讨回我的女儿吗？"

"请原谅。"太阳神优雅地欠了欠身，回答道，"我当然希望你能如愿以偿，不过我有要紧的事要处理，不能有幸陪你同行，实在是太遗憾了。而且，我和普路托王的交情也不怎么样。实话和你说，他那条三个脑袋的恶犬一直不肯放我进门，因为我总是随身带着一束阳光。你也知道，这在普路托的王国里可是不允许的。"

"啊，太阳神，"刻瑞斯的语气里透着一丝嘲讽，"你有琴却无情，再见吧！"

"您就不能再逗留一会儿，"太阳神请求道，"听我即兴创作一曲，吟咏普罗塞耳皮娜那美好动人的故事吗？"

但是刻瑞斯摇了摇头，和赫卡忒一起匆匆离开了。正如我告诉过你的那样，太阳神是个杰出的诗人，他马上以这位可怜母亲的伤心事为题材赋诗一首。要是单就这首优美的诗作而言，太阳神的心肠一定很软。然而，如果一个诗人的心弦总是被手中的七弦琴牵动，那么就算他弹唱个不停，也无法感受到人世间的痛苦。所以，尽管太阳神唱的歌曲十分悲伤，他却从头到尾都乐乐呵呵的，就像笼罩在他周围的那层金色阳光一样愉悦明媚。

可怜的刻瑞斯母亲现在总算知道自己的女儿到底出了什么事，但这也没法让她的心情好一点儿。恰恰相反，她的这档子事似乎比之前更叫人绝望。只要普罗塞耳皮娜还在地面上，就总有希望把她找回来。可如今这可怜的孩子被关在矿藏之王的铁门里，门口又有三个脑袋的刻耳柏洛斯看守，根本没机会逃出来。沮丧的赫卡忒老爱往坏的地方想，她让刻瑞斯不如和自己一起回到山洞，就这样苦恼地度过余生。刻瑞斯回答说，赫卡忒大可以回去，而她自己将在这世上到处漂泊，寻找普路托王所统治的王国的入口。赫卡忒接受了刻瑞斯的提议，连忙赶回了她钟爱的山洞。她那张长得像狗一样的面孔一路上吓坏了不少看到她的小孩子。

可怜的刻瑞斯母亲！她手举火把，只身踏上了艰难的旅程，那团火苗就像时刻噬啮她内心的痛苦与希望一样永不熄灭。想到这些真叫人不好受。她历经艰辛，尽管在踏上路途之初容貌还十分年轻，但在短短的时间里，她就已经看上去苍老不堪。她不在乎自己的衣着打扮，也想不到扔掉头上的那顶花环。花环上的罂粟花早已枯萎，这还是她在普罗塞耳皮娜失踪的那天早上戴在头顶上的呢。她头发蓬乱，发狂般地到处游荡，人们都以为她神志失常，做梦也想不到她就是刻瑞斯母亲——那个照看地里栽种的每一株庄稼的神祇。然而如今，她不再费神考虑播种或收获的时机，而是任由庄稼自生自灭，听凭农夫们自己料理农活。刻瑞斯现在对什么都提不起兴致，只有看到孩子们在路边玩耍或采摘鲜花时，她才会驻足凝视，泪眼婆娑。孩子们似乎很同情她的悲伤，他们围绕在她身边，忧伤地看着她的脸庞。刻瑞斯会一一亲吻他们，然后把他们领回家。她叮嘱孩子们的母亲，千万不要让他们到处溜达，离开自己的视线。

"如果他们走丢了，"她说，"那么你们也会遭遇我的不幸。那个铁石心肠的普路托王会看上你们亲爱的孩子，然后用马车把他们掳走，带到地底下。"

有一天，刻瑞斯在寻觅普路托的地下王国的漫漫长路中，来到了刻琉斯国王的宫殿。刻琉斯国王统治着厄琉息斯 [13]。她登上高高的台阶，进入宫殿的大门，却发现整个王室都在为王后的宝宝担忧。这个娃娃似乎生病了——我想可能是他的牙齿出了毛病——不肯吃东西，而且一直痛苦得直哼哼。王后墨塔涅拉很希望找到一位保姆。当她看到一个模样稳重的女人走上宫殿台阶时，心里就拿定了主意：这就是她需要的人。于是，墨塔涅拉王后怀抱着哇哇大哭的宝宝跑到门口，请求刻瑞斯照顾自己的孩子，或者至少告诉她怎么做才好。

"你愿意完全把孩子托付给我吗？"刻瑞斯问道。

"是的，我乐意之至，"王后回答，"如果你能全身心地照顾他的话。因为我能看出你也是个母亲。"

"你说得对，"刻瑞斯说，"我曾经也有一个孩子。好吧，就让我来当这个病恹恹的可怜娃儿的保姆吧。但是我得提醒你，怎么照顾他更合适，我自有分寸，请你不要干涉我的做法。如果你做不到，这可怜的宝宝就会因为他母亲的愚蠢而遭罪。"

然后，她亲吻了孩子。这似乎很管用，因为他笑了起来，紧紧地依偎在她怀里。

于是，刻瑞斯把火把放在角落里（它还在不停地燃烧），在刻琉斯国王的宫殿里住了下来，成为得摩丰小王子的保姆。刻瑞斯待他视如己出，王子是该洗冷水澡还是热水澡，该吃什么或者多久出去透透气，又或者什么时候该上床睡觉，国王和王后都不容置喙。说来你都不信，小王子很快就摆脱了病痛，长得胖乎乎的，脸色红润，身强体壮。他还长出了两排象牙般洁白的牙齿，比古往今来的所有小家伙长得都快。在刻瑞斯刚开始照顾他时，得摩丰王子还是这世上最苍白、最可怜、最羸弱的小不点儿，就连他母亲也这么说。但是现在，他已经是个身子骨十分结实的娃娃了。他叫呀笑呀，蹬着双腿，能从屋子的这头一直滚到那头。附近的主妇们都涌到王宫里，她们看到亲爱的小王子那么漂亮、那么健康，不由得举起双手，惊讶得说不出话来。当她们得知小王子没吃过任何东西，甚至连一杯牛奶也没喝过时，就更加惊奇了。

"保姆哟，请告诉我，"王后不停地追问，"你是如何让孩子这样苗壮成长的？"

"我曾是个母亲，"刻瑞斯总是这样回答，"我养育过自己的孩子，所以知道孩子们都需要些什么。"

但是墨塔涅拉王后很是好奇，想知道保姆究竟对自己的孩子做了什么。她有这种想法也是再自然不过的事。于是，一天晚上，她藏在刻瑞斯和小王子就寝的房间里，想一探究竟。壁炉里生着的炉火这会儿已经烧成了碎木炭，红彤彤的余烬在炉膛里燃烧着，偶尔迸出一点儿火苗，在墙上投下一道暖暖的红光。刻瑞斯坐在壁炉前，把孩子放在膝盖上，影子在火光的照耀下在天花板上摇曳跳动。她脱下小王子的衣服，从一个瓶子里倒了点儿好闻的液体出来，为小王子沐浴。接着，她拨开灰烬，在中间挖了个洞，刚好让底下的大木头露了出来。宝宝拍着胖乎乎的小手，对着自己的保姆又叫又笑。你们应该都瞧见过，家里的小弟弟小妹妹每次洗热水澡前也是那样的。刻瑞斯突然把小王子放到了洞里，让宝宝浑身赤裸地躺在炽热的余烬中。然后，她把灰烬拨了回去，盖在小王子身上，静静地走开了。

可怜的墨塔涅拉王后看见这一幕，脑子里只剩下一个念头，那就是她可爱的孩子要被烧成灰烬了。你们想想看，她这下发出了怎样的惊呼声吧。王后从藏身处冲了出来，奔到炉边，扒开炉火，把可怜的小王子得摩丰一把抱了出来。这时小王子正躺在火焰中，两只小手各攥着一块烧红的木炭。他伤心地哇哇大哭起来，就像其他宝宝突然被人从睡梦中惊醒一样。王后看到小王子根本没被炙热的火焰伤到半根毫毛，真是又惊又喜。她转过身，要刻瑞斯解释一下其中的奥秘。

"愚蠢的女人哟，"刻瑞斯回答道，"难道你不曾答应过我，要把这可怜的婴儿完全托付于我吗？你根本不知道自己的所作所为会给他惹来什么麻烦。如果你听凭我照顾他，那么他会像神明的孩子一样，拥有人类无法企及的力量与智慧，而且会长生不老。你觉得人世间的孩子不经烈火的锤炼，就能得到永生吗？虽然他会长得十分强壮，成为一个英雄，但是因为你的愚蠢行为，他还是会和其他女人的儿子一样渐渐老去，最后走向死亡。你毁了自己的亲生儿子。就因为他母亲的妇人之仁，这可怜的男孩儿付出了永生的代价。再见吧！"

刻瑞斯说着，亲吻了小王子得摩丰。一想到他再也不能得到永生，她不由得叹了口气。墨塔涅拉王后恳请她留下，求她再用灰烬把小王子盖起来，想盖多少次都成。可是刻瑞斯看也不看王后，径直走了出去。可怜的孩子！打那以后，他再也没睡得那么暖和过。

刻瑞斯住在王宫的时候，终日忙着照顾年轻的王子，失去普罗塞耳皮娜的痛苦似乎有所减轻。然而如今，她没了可以东忙西忙的活儿，又变得和以前一样忧郁可怜。最后，她在绝望中做出了一个糟糕的决定——除非她能找回自己的女儿，否则地上将再也长不出任何稻谷、草叶、土豆、洋葱，还有人类和野兽能吃的其他蔬菜。她甚至不允许鲜花绽放，唯恐有人见了这美景就要兴高采烈。

如今，没有刻瑞斯的特别允许，就连芦笋芽儿也不能擅自从地里冒出来。你可以想象世上因此降临了一场多么可怕的灾难。农夫们一如既往地播种耕耘，但是肥沃的黑色土地犁过之后，却和贫瘠的荒漠一样寸草不生。在甜美怡人的六月，牧场却像寒冷刺骨的十一月一样光秃秃一片。有钱人的大片农场也好，佃农的小块田地也罢，都是一派枯萎的景象。每个小姑娘的花坛里除了干巴巴的茎秆，什么也长不出来。老人们摇着白发苍苍的脑袋，念叨着这土地和他们一样上了年纪，再也绽放不出如夏日般温暖的微笑了。饥肠辘辘的牛羊可怜巴巴地跟在刻瑞斯身后，"哞哞哞""咩咩咩"地直叫唤，它们似乎在本能的驱使下，知道要向她求助。此情此景看了真是让人同情。每个熟知她力量的人也都恳请她对人类发发慈悲，好歹让地里长些青草出来。刻瑞斯虽然本性温柔，现在却对此无动于衷。

"不，"她说，"只有在我女儿的归来之日，她沿途经过的地方才会生长出草木，否则这土地别想再染上一星半点儿绿色。"

最后，一切似乎都没有挽回的余地了。我们的老朋友水银 [14] 于是被火速派去觐见普路托王。神祇们希望他能劝说普路托放了普罗塞耳皮娜，弥补他犯下的过错，让一切都恢复原状。水银于是以最快的方式赶到了地下王国的大门前。他纵身一跃，从那条长着三个脑袋的看门狗头上飞了过去，一眨眼的工夫就站在了王宫门口。他身披短短的斗篷，头戴有翼的盔帽，足蹬飞靴，手上的双蛇杖不时出现在各处。仆人们看到这模样和打扮，认出了是他。水银请求立刻参见普路托王陛下，普路托在高高的台阶上听到了他的声音，于是叫他上来。水银说话十分风趣，普路托很喜欢听他讲话，好借此消遣一下。他们既然有要事商量，我们就来看看打从我们上回说到之后，普罗塞耳皮娜到底怎么样了。

你也许还记得，这孩子曾发誓，只要她被迫待在普路托王的宫殿里一天，就一口东西都不会吃。她下定决心绝不动摇。尽管她不吃不喝，却还是身形饱满，气色红润。她到底是怎么做到的，我也说不清楚。不过凭我的理解，有些年轻的姑娘光靠空气就能生活，普罗塞耳皮娜似乎也有这样的本事。不管怎么说，她离开地面上的世界已经六个月了。这期间她滴水未进，这一点侍从们都能证明。普路托王每天都送上各式各样的甜点，鲜嫩多汁的水果，还有小孩子通常都很喜欢的佳肴美馔，想引诱她尝那么一小口，但普罗塞耳皮娜始终不为所动，这就更加难能可贵了。她的好母亲一直告诫她，这些东西对身体不好，所以即便只为了这个缘故，她也坚决不会吃。

不过这姑娘天性活泼好动，所以在这期间，她倒并不像你们想象的那样闷闷不乐。巨大的王宫里有一千间屋子，里面摆满了既漂亮又奇妙的玩意儿。但王宫始终笼罩在一片无尽的阴郁中，这是千真万确的。这种气氛隐匿在数不清的柱子间——在普罗塞耳皮娜到处闲逛时，它总是偷偷早她一步出现，又总是伴随着回荡的脚步声暗地里跟在她身后。璀璨夺目的宝石闪耀着光芒，但这根本不能和一缕大自然中的阳光相提并论；五彩斑斓的珍宝美轮美奂，普罗塞耳皮娜把它们当作玩具，然而比起她曾经摘下的那些质朴的花儿，最美的珍宝也要黯然失色。在这金碧辉煌的殿堂里，无论这姑娘走到哪儿，似乎都在用双手撒下挂着露珠的蓓蕾，为所到之处带去了阳光与自然之美。自从普罗塞耳皮娜来了之后，整座王宫不再是以前那座庄严、阴沉的雄伟建筑，住在里面的人都感觉到了这种变化，其中普路托王的感受最为明显。

"我的小普罗塞耳皮娜哟，"他说，"真希望你能多喜欢我一点儿。我们这些天生忧愁阴郁的人其实和那些快活的人一样，都有一颗火热的心。要是你能心甘情愿地留在我身边，我该多么高兴啊！即便拥有一百座这样的宫殿，也没法叫我更高兴了。"

"哈，"普罗塞耳皮娜说，"你应该在掳走我之前就让我喜欢你的。现在你最好放我走，这样的话，我还会时不时想起你，并且会觉得你表达了最大的善意。说不定某一天，我还会回来看望你。"

"不，不行，"普路托回答道，脸上挂着他那惨淡的微笑，"这件事可由不得你。你太热衷于采花，太喜欢生活在大白天了。这喜好真无聊，真幼稚！我下令为你挖掘的这些珍宝比我王冠上的宝石还要华丽，它们难道还不及一朵紫罗兰漂亮？"

"连一半都比不上。"普罗塞耳皮娜说着，从普路托手里抓起一把宝石朝大厅的另一头扔了过去，"哦，我可爱的紫罗兰哟，我还能再见到你们吗？"

她于是泪如雨下。不过，年轻人的眼泪并不咸涩，也不像大人的眼泪那样会灼痛眼睛，所以，不一会儿，普罗塞耳皮娜又开始在大厅里欢快地奔跑嬉戏，就像那天她和四个海仙女在海边玩耍时一样。这一点你大可不必惊奇。普路托王注视着她，多希望自己也是个孩子。小普罗塞耳皮娜转过身来，看到这个伟大的国王站在华丽的大厅中。他是那么威严，又是那么忧郁、那么孤独。普罗塞耳皮娜的心里突然充满了同情，她跑到普路托身边，生平第一次朝他伸出了柔软的小手。

"我有那么一点点喜欢你了。"她抬起头看着他的脸庞，轻声说道。

"亲爱的孩子，你真的喜欢我吗？"普路托王叫了起来。他低头想亲吻普罗塞耳皮娜，但是她退缩了一下，避开了他阴沉的脸庞。因为，尽管普路托模样高贵，但他看上去太阴郁冷酷了。"好吧，我不配亲吻你。我把你囚禁了那么长时间，而且让你忍饥挨饿。你难道不饿得发慌吗？我就没什么能拿给你吃的吗？"

矿藏之王之所以这么问，其实有他不可告人的目的。你应该还记得，只要普罗塞耳皮娜尝上那么一小口他王国里的食物，以后就再也没法摆脱他了。

"不，真的没有。"普罗塞耳皮娜说，"你的大厨总是烤啊炖啊烘的，要不就是在擀面团，把他以为我会喜欢的菜一道接一道地烧出来。可怜的胖厨子，他最好还是省点儿心吧。除了我母亲亲自烤制的面包和她花园里种的一点儿水果，其他食物我通通没有胃口。"

普路托听到这番话，终于意识到他诱使普罗塞耳皮娜进食的计划完全选错了方法。厨师精心烹制的佳肴珍馐在这好孩子的心目中，还不如刻瑞斯母亲平日里给她吃的粗茶淡饭一半美味。普路托暗自奇怪自己怎么没早点想到这茬儿。于是，普路托派了一名自己的心腹，挎着一个大篮子，去寻找地面上随处可见的梨、桃子、李子，要他把最鲜美多汁的那些带回来。不幸的是，普路托派出心腹的时候，正好撞上刻瑞斯严禁地里长出任何蔬菜瓜果。所以普路托王的心腹把地里都翻遍了，只找到唯一一个石榴，而且这石榴干巴巴的，看上去根本没什么吃头。但他也找不到更好的东西了，只好把这个又干又老、皱皱巴巴的石榴带回了王宫。他把石榴放在一个华丽的金托盘上，捧到了普罗塞耳皮娜跟前。说来真是凑巧，就在那个仆人带着石榴回到宫殿后门的当口，我们的朋友水银正走上前门的台阶。他的任务就是要把普罗塞耳皮娜从普路托王身边带走。

普罗塞耳皮娜一看到摆在金托盘上的石榴，就告诉仆人最好把它端走。

"我是不会碰它的，这一点我可以保证。"她说，"即便再怎么饥肠辘辘，我也不会吃这么糟糕干瘪的石榴。"

"这是世上仅存的一个石榴了。"仆人说道。

　　他放下金托盘走了出去,那个皱巴巴的石榴就摆在托盘上。仆人走了以后,普罗塞耳皮娜不由自主地走到桌子边,满怀渴望地看着这个皱巴巴的水果。说实话,这石榴很合她的口味,所以一瞧见这东西,普罗塞耳皮娜就感觉忍了六个月的食欲似乎一瞬间全回来了。当然,这个石榴的模样看着是寒碜了些,而且没什么汁液,没准儿就和牡蛎壳差不多。但是,普路托王的宫殿里根本没有其他类似的食物可供选择了。这是她在这儿看到的第一个水果,很可能也是最后一个。除非她马上就把这石榴吃掉,否则,它只会越来越干瘪,到最后就完全不能吃了。

　　"我至少可以闻一下。"普罗塞耳皮娜心想。

　　于是她拿起石榴,凑到鼻子下面。但是不知道怎么搞的,大概是离她的嘴巴太近了,这石榴居然自己跑到了那张樱桃小嘴里面。我的天哪! 这真是叫人终身遗憾! 普罗塞耳皮娜还没意识到自己做了什么,牙齿就不由自主地咬了下去。这要命的一口刚刚咬完,房门就打开了,普路托王走了进来,水银跟在他身后,正劝他放了这个小小的囚徒。普罗塞耳皮娜一听到他们进屋,就把石榴从嘴里拿了出来。但是水银的眼睛可尖了,他的智慧也无人能及,所以立刻就发现这孩子有一点儿迷惑。他看到那个空空如也的托盘,便疑心普罗塞耳皮娜已经偷偷吃了某样食物。普路托倒是没起一点疑心,他呀,压根儿就没料到还有这回事儿。

　　"我的小普罗塞耳皮娜哟,"普路托王说着坐了下来,满怀深情地把她拉到自己的膝间,"这位是水银,他告诉我,因为我把你留在我的王国,所以世上无辜的人们遭遇了很多灾祸。说实话,我也在反省,意识到把你从母亲身边带走的举动确实没有道理。但是,我亲爱的孩子,你得想想,尽管这些宝石都璀璨夺目,但这座硕大的宫殿还是太过沉闷阴暗了,我的性格又不是欢快活泼的那一类,所以找一个比我快活的人做伴也挺自然的。我希望你能收下我的王冠当作玩具，还有——哦，你在笑话我，淘气鬼普罗塞耳皮娜哟——尽管我一直闷闷不乐的，但是请你也把我当成一个玩伴吧。这个愿望太傻了。"

"也没那么傻，"普罗塞耳皮娜轻声说，"某些时候你还挺会逗我开心的。"

"谢谢。"普路托王干巴巴地说，"但是我清楚地知道，你把我的宫殿看作是一间昏暗的牢笼，把我当成一个铁石心肠的看守。如果我继续把你关在这儿，那我真是生了一副铁石心肠。我可怜的孩子，你已经整整六个月没吃过东西了。现在我还你自由，跟水银走吧，快点儿回到你亲爱的母亲身边。"

你可能觉得难以想象，但是普罗塞耳皮娜的确因为要离开可怜的普路托王而十分惋惜，她还因为没告诉他那个石榴的事情而心存愧疚。普罗塞耳皮娜觉得，这座宫殿里满是难看的人造光亮，而她自己则是普路托王唯一的自然阳光。想到自己离开以后这座雄伟的宫殿对他来说会多么寂寞、多么沉闷，她甚至还流下了一两滴眼泪。虽然他把自己拐了过来，但那也只是因为他太喜欢自己了。要不是水银催着她快点儿出发，我真不知道普罗塞耳皮娜还要对这郁郁寡欢的矿藏之王说上多少善意的话语。

"快来吧，"水银在她耳边低语道，"不然尊贵的陛下可能就要改主意了。最重要的是小心点儿，千万别提摆在金托盘里的东西。"

不一会儿，他们就离开了那扇巨门，把三个脑袋的刻耳柏洛斯甩在了身后。那条狗狂吠一通，在他们后面不停地嚎叫，三个脑袋一齐发出恶狠狠的咆哮声。两个人终于来到了地面上，只要是普罗塞耳皮娜沿途经过的地方，都再次变得郁郁葱葱。此情此景见了真是叫人高兴。她那两只受到祝福的小脚踩到哪儿，那里立刻盛开出一朵娇艳欲滴的鲜花。紫罗兰沿途一路绽放。青草和稻谷开始冒芽，而且长得又快又茂盛，长势是平常的十倍，似乎要弥补过去几个月来颗粒无收的荒凉。饥肠辘辘的牲口在忍饥挨饿了那么久以后，终于能饱餐一顿了。它们立马啃起了青草，整整一天都在狼吞虎咽，甚至半夜里还要爬起来吃上一顿。不过，我向你们保证，这是一年之中农夫们最为忙碌的时刻了，因为他们突然发现，夏天就这么仓促地到来了。我还要告诉你们，世上所有的鸟儿在刚刚冒出花骨朵儿的树林间扑腾，欣喜若狂地齐声欢唱。

此时，刻瑞斯回到空无一人的家中，满怀忧伤地坐在门前的台阶上，手里的火把还在不停地燃烧。她百无聊赖地盯着跳动的火焰看了一会儿，突然间火光闪了一下，然后熄灭了。

"这是怎么回事？"她想道，"这支火把被施了魔法，除非我的孩子回来，否则它是不会熄灭的呀。"

于是她抬起双眼，惊讶地发现原先黄褐贫瘠的田野一下子变得青翠欲滴。这情景就像在旭日照耀下，天地间闪过一道辽阔的金光一般。

"大地要违抗我的意思吗？"刻瑞斯愤怒地喊道，"我有命在先，除非我的女儿重新回到我的怀抱，否则它就要这样贫瘠下去。难道它打算不等普罗塞耳皮娜回来，就要擅自变得生机勃勃吗？"

"那么，亲爱的母亲，就请你张开双臂，"一个熟悉的声音传了过来，"把你亲爱的小女儿抱在怀里吧！"

普罗塞耳皮娜跑了过来，扑进母亲怀里。她们俩欣喜若狂，那份激动简直无以言表。离别之苦曾让她们不停地哭泣，如今团聚了，她们反而流下了更多的眼泪，因为这一份喜悦之情实在无法用其他方式表达。

她们渐渐平静下来之后，刻瑞斯不安地瞧着普罗塞耳皮娜。

"我的孩子，"她说，"你在普路托王的宫殿里有没有吃过任何食物？"

"最亲爱的母亲哟，"普罗塞耳皮娜回答道，"我要把事情原原本本地告诉你。直到今天早上，我都不曾吃过一口东西。但是今天，他们拿来了一个石榴。这石榴干瘪瘪、皱巴巴的，只剩下表皮和里面的石榴籽。但是我已经好久没见过水果了，而且饿得有点发慌，所以忍不住咬了一小口。就在这个时候，普路托王和水银走了进来，我没来得及咽下去。但是，亲爱的母亲，恐怕有六颗石榴籽还留在我嘴里，我希望这不会惹来什么麻烦。"

"啊，不幸的孩子，苦命的我哟！"刻瑞斯喊道，"一年之中，每一颗石榴籽都让你不得不在普路托王的宫殿里待上一个月。你只能称得上有一半回到了母亲身边——一年只能和我待上六个月，另外六个月，你得和那个不值一提的黑暗之王待在一起！"

"别把普路托王说得那么糟糕，"普罗塞耳皮娜说着，亲了亲她的母亲，"他还是有些优点的。而且，只要他肯让我在另外六个月里和你待在一起，那么我想，在他的宫殿里住上六个月也是可以接受的。他把我掳走这件事的确做得不对，不过他说了，孤零零地住在那么一座又大又阴暗的宫殿里，他的日子过得很苦闷。有个小姑娘在那里跑上跑下，能让他心情好很多。能让他高兴起来，我感到很欣慰。总之，最亲爱的母亲，至少我不用一整年都待在他那里，我们应该对这一点心存感激。"

271

---

[1] 另译为瑟雷斯，和希腊神话中的得墨忒耳相对应。拉丁语中的"谷物"一词即来源于她，她也是西西里岛的守护神。

[2] 罗马神话中刻瑞斯的女儿、普路托的妻子，对应于希腊神话中冥王哈得斯的妻子珀耳塞福涅，关于她的神话也完全是从珀耳塞福涅的神话照搬过来的。

[3] 作者在原文中用了 manes 一词，为 mane（马的鬃毛）的复数形式，但在罗马神话中也意指阴间的诸神或幽灵。作者在此处可能有一语双关的用意。

[4] 位于意大利西西里岛的东北部，是欧洲最高的活火山。

[5] 罗马神话中的冥王，阴间的主宰。希腊神话中冥王哈得斯别名普路同，可能是此名的来源。"普路同"源于希腊语词根"富有的"，因为冥王被认为是掌管地下财富并从地下赋予人间收成的神。在希腊罗马神话中，冥王从来不是邪恶的神，不过古代人确实很少崇拜他。

[6] 希腊罗马神话中位于冥府的一条河流，喝了忘川里的水，就能忘记过去的一切。

[7] 马鞭草和猫薄荷都是植物名，通常用于冲泡草药茶，有药用价值。

[8] 希腊神话中的森林之神，具人形而有羊的尾、耳、角等，性嗜嬉戏。

[9] 希腊神话中人身羊足、头上有角的畜牧神，爱好音乐，创制了排箫。

[10] 希腊神话中的月亮、大地和冥界女神。

[11] 在希腊神话中，福玻斯是阿波罗作为太阳神时的一个别名。现代研究者认为，太阳神并不是阿波罗最初的角色，因此福玻斯被当作阿波罗的别名也是后来才出现的事，很可能是在阿波罗作为奥林匹斯系神祇排挤掉了古老的泰坦女神福柏之后。

[12] 原文为 lyra，即里拉琴，是西方古典文明中最常见的拨弦乐器，弦数在五到八根之间，适合于伴唱之用。古希腊的游吟诗人经常使用这种乐器来烘托气氛。

[13] 即现在的埃勒夫希那，是位于雅典西北约 30 公里的一个小镇，主产小麦和大麦。

[14] 霍桑在原文中使用的是 Mercury，即罗马神话中的墨丘利，相当于希腊神话中的赫耳墨斯。由于霍桑在故事中将罗马神祇与希腊诸神的名字混用，为了不致混淆，统一译为水银。

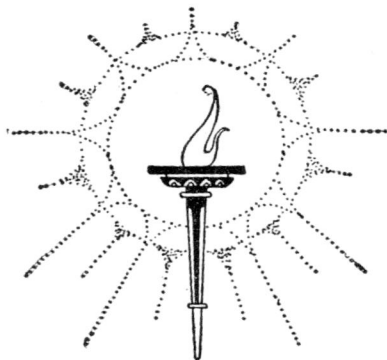

第十二章　金羊毛

故事相关背景：和天后赫拉相貌相似的涅斐勒有一男一女两个孩子，在两个孩子即将受到迫害的时候，水银给了他们一头会飞的绵羊，驮着他们逃离。女孩在途中不慎坠海，男孩则安全抵达科尔基斯，并把绵羊的金羊毛献给了国王埃厄忒斯。埃厄忒斯是战神玛尔斯的儿子、女巫美狄亚的父亲。美狄亚后来和伊阿宋结婚，随他离开了科尔基斯。

伊阿宋是被罢黜的伊俄尔科斯国王之子，他从小就离开父母，被送到一个你所听过的最奇怪的老师那里学习。这位博学的老师既是人，也是四足动物，是半人马族的一员。他住在一个山洞里，身体和四条腿长得像白马，脑袋和肩膀长得像人类。他的名字叫作喀戎。尽管长相奇怪，但喀戎是一位非常优秀的老师，后来有好几位学生在他的教导下成了世上的伟大人物。这其中有著名的赫拉克勒斯、阿喀琉斯[1]、菲罗克忒忒斯[2]以及享有盛誉的医生阿斯克勒庇俄斯[3]。优秀的喀戎教导学生如何演奏竖琴，如何治疗疾病，如何使用剑和盾牌，并给予他们其他各种教育。那个时代的年轻人所学的知识与如今要学的写作、算术可大不相同。

我有时候怀疑喀戎老师和其他人并没有什么不同，只是一个善良快乐的老先生。他总是相信自己是一匹马，常常四肢着地在教室里跑来跑去，还让小家伙们骑在他背上。所以啊，当他的学生们变成老爷爷后，也会趴在地上扮给孙子孙女当马骑，告诉他们这是爷爷上学时的游戏，而这些小家伙就认为自己的爷爷是跟着一位半人半马的老师学会认字的。你也知道，小孩子总是不太理解大人们告诉他们的事情，脑袋里常常装满了这类荒谬的想法。

尽管如此，这些还是说明了一个事实（这个说法直到天荒地老都不会改变）：喀戎有智者的脑袋、马儿的身体和四蹄。你们想象一下，这位庄重的老绅士蹚着四个蹄子"咯噔咯噔"地走进教室，还说不定会踩到哪个小朋友的脚指头呢。他甩着长尾巴当教鞭，时不时跑出门去吃一口青草。我很好奇铁匠帮他打一套铁鞋子会收他多少钱。

伊阿宋还是几个月大的婴儿时，就和四足的喀戎一起住在山洞里，一直到他长大成人，成为一名非常出色的竖琴演奏家。我想，他应该还善于使用各种武器，也相当熟悉草药和其他医术。当然，他最擅长的还要数骑术。因为在教授年轻人如何骑马这一点上，我们的好喀戎在教师之中肯定是无人能敌了。伊阿宋终于长成了一名高大健壮的年轻人，他决定去外面的世界闯一闯。不过他既没有征询喀戎的意见，也没有告诉老师这桩事情。这显然很不明智，我希望你们、我的小听众们，可不要学伊阿宋的坏榜样。不过，你们得理解，他已经知道自己是一位王子，而他的父亲——国王埃宋——被叔叔珀利阿斯夺去了伊俄尔科斯王国。要不是自己躲在半人马的山洞里，肯定也会被叔叔杀死。所以等到成年后，伊阿宋决心夺回属于自己的一切，惩罚害死他父亲的坏珀利阿斯，把他赶下王位，并取而代之。

伊阿宋怀着这样的念头踏上了征程。他两手各握一支长矛，肩上披着一张豹子皮用来挡雨，长长的金色鬈发迎风飘扬。在他的装束中，最让他自豪的是一双曾属于他父亲的凉鞋。凉鞋用金线绑在他的双脚上，上面有精美的刺绣。他浑身上下装束奇特，每经过一个地方，那里的妇女和孩子都会跑到门窗前张望，好奇这位披着豹子皮、脚踩金线鞋、左右手各握着一支长矛的英俊少年要去哪里，又要成就何等英雄伟业。

我不知道伊阿宋走了多远，才到了一条水流湍急的河边。这条激流正好挡住了他的去路，黑色的旋涡中翻滚着点点白沫，愤怒地咆哮着奔腾向前。如果在旱季，这条河并不宽阔，但此刻由于暴雨和奥林匹斯山上融雪的汇入，水位高涨的河流水声激越，看上去狂野危险。即使像伊阿宋这样勇敢的年轻人，也觉得最好谨慎一点儿，在河边先停一下。河床上似乎布满了崎岖不平的岩石，有些还露出了水面。不一会儿，就有一棵被连根拔起、覆满了残枝败叶的大树顺着河流被冲了下来，卡在岩石之间。不时还有淹死的羊从河里漂过，有一次甚至漂过一头死去的牛。

总之，这条高涨的河流已经造成了很多危害。河水显然太深、太湍急，伊阿宋既无法涉水而过，也没法靠游泳渡河。他没看到任何桥梁，至于渡船，即便有也会被河里的岩石瞬间撞得粉碎吧。

"瞧瞧这可怜的小伙子，"一个沙哑的声音从伊阿宋身边传来，"他肯定没受过很好的训练，都不知道怎么渡过这样一条小河。还是他怕弄湿脚上那双漂亮的金线鞋？他的四脚师傅不在，没法把他安全地驮过河去，真是太可惜了！"

伊阿宋听到这声音，不由得吃惊地四下张望，因为他根本不知道附近还有人。但他身边的确站着一个老妇人，头戴破破烂烂的斗篷，靠在一柄顶端雕刻成布谷鸟的手杖上。[4] 她看上去年纪一大把，满是皱纹，相当虚弱。然而她棕色的眼睛却像公牛的眼睛一样，异常地硕大明亮。当这双眼睛盯着伊阿宋的时候，他都顾不上看其他任何东西了。老妇人手里拿着一个石榴，可那会儿早过了吃石榴的时节。

"你要去哪里呢，伊阿宋？"她问道。

你看，她知道伊阿宋的名字呢。事实上，她那双巨大的棕色眼睛看上去能洞悉过去和未来的一切。伊阿宋盯着这位老妇人的时候，一只孔雀大摇大摆地走了过来，站到她边上。

"我要去伊俄尔科斯，"年轻人回答，"把邪恶的国王珀利阿斯赶下我父王的宝座，然后代替他统治王国。"

"哦，那好吧，"老妇人依旧用沙哑的嗓音说道，"如果你就这么一个任务，那大可不必那么着急，把我背起来，善良的年轻人，背我过河。我和我的孔雀也和你一样，想到河的对岸去，我们有些事要做。"

"亲爱的老妈妈，"伊阿宋回答，"您的事情应该没有把一个国王赶下王位那么重要吧。再说您也看到了，这条河非常湍急，如果我不当心绊倒的话，它会把我们两个都冲走的，这可比冲走远处那棵被连根拔起的大树还要容易。如果可以的话，我当然很愿意帮助您，但我怕自己不够强壮，没法背您过河呢。"

"那么，"老妇人轻蔑地说，"你也没有强大到能把国王珀利阿斯赶下台。而且，伊阿宋哟，如果连一位需要帮助的老妇人你都不肯帮忙，那么你也不配成为国王。国王是干什么的？国王不就是来扶危济困的吗？当然，做不做由你。要么你背我过河，要么我拼上这副老胳膊老腿，挣扎到河对岸。"

说着，老妇人拿起手杖往河水里戳，似乎想在岩石密布的河床里找个最安全的地方，好迈开第一步。伊阿宋此时因为自己刚才不愿帮助老妇人而羞愧不已，如果老人在试着渡河时遇到任何伤害的话，他永远都不能原谅自己。不管是不是半人马，善良的喀戎都教导伊阿宋，个人力量最高贵的用处就是帮助弱小。喀戎还教他必须像对待自己的亲姐妹一样对待每一位年轻女子，像对待自己的母亲一样对待每一位年长女性。想到这些箴言，我们勇武英俊的年轻人立刻半跪下来，请求老妇人爬到他背上来。

"在我看来，现在渡河不是很安全。"他说，"不过既然您有急事，我会试着把您背过去。除非河水把我冲走，否则您不会遇到危险。"

"那样的话，毫无疑问，两个人在一起心里就有底多了。"老妇人说道，"不过不用害怕，我们会安全过去的。"

于是她用胳膊抱住伊阿宋的脖子，伊阿宋背起老妇人，大着胆子迈进白沫四溅的激流，摇摇晃晃地离开了岸边。至于那只孔雀，则停在老妇人的肩上。伊阿宋一手握着一支长矛，用来保持平衡，不被绊倒，同时也用来在暗礁之中探路。不过，每一秒钟他都觉得自己和同伴就要被水流冲走，和那些被击碎的大树、漂在河上的浮木以及牛羊的尸体一样沿河漂流。冰冷的雪水从奥林匹斯山的陡坡上冲下来，肆虐咆哮着，像是和伊阿宋有仇似的，要不就是想尽办法要把他肩上的重担卷走。当他走到河中央时，那棵被连根拔起的大树（就是我刚刚提到的那棵）原本卡在岩石当中，现在又被冲击得松动了，硬生生地被水流夹带而下，径直朝伊阿宋冲过来。它断裂的枝丫伸展开来，就像巨人布里阿瑞俄斯 [5] 的一百只手臂。然而，它冲过去的时候居然一点儿都没碰到伊阿宋。可是紧接着，他的脚被牢牢卡在两块岩石的缝隙中，伊阿宋努力把脚拔出来的时候，把一只金线鞋给弄丢了。

277

这个意外让伊阿宋忍不住苦恼地叫出声来。

"怎么了，伊阿宋？"老妇人问道。

"真是糟糕，"年轻人说，"我的一只凉鞋掉在岩石堆里了。要是到国王珀利阿斯的宫殿里时，我一只脚穿着金线鞋，另一只脚却光着，那像什么样子呀！"

"别把这放在心上，"他的同伴快活地回答道，"掉了那只凉鞋才好呢。你就是'会说话的橡树'提到的那个人，这一点我很满意。"

那会儿可没时间追问"会说话的橡树"到底说过些什么，不过老妇人轻快的语调倒是鼓励了年轻人。而且，自从背上老妇人后，伊阿宋就感到自己前所未有地充满了活力与力量。他非但没有筋疲力尽，反而越向前走就获得越多力量。他就这样迎着激流前进，最终抵达了对岸。他爬上河堤，把老妇人和她的孔雀安全地放到草地上。然而刚做完这一切，他就忍不住沮丧地看着自己的一只光脚丫，脚踝上只剩下一缕金线了。

"你以后会得到一双更漂亮的凉鞋。"老妇人说道，漂亮的棕色大眼睛里流露出和蔼的眼神，"我保证，国王珀利阿斯只消看一眼你的光脚丫，就会吓得面如死灰。那边就是你要走的路，去吧，善良的伊阿宋，我的祝福会与你同在。等你坐上宝座，请记得曾在你的帮助下过河的老妇人。"

老妇人说完这些就蹒跚着离开了，临走时还回头微笑了一下。也许是因为她美丽明亮的棕色眼睛让她周身环绕着一圈光环，又或许是因为其他原因，伊阿宋总觉得她身上带着一些非常高贵和庄重的气质。总之，尽管老妇人看上去步履蹒跚，像是得了风湿一般，但她步态优雅庄严，丝毫不亚于地球上的任何一位王后。她的孔雀这时也已经扑扇着翅膀从她肩上跳了下来，气宇轩昂、大摇大摆地跟在她身后，还故意展开了华丽的尾屏让伊阿宋欣赏。

等到老夫人和她的孔雀消失在视野中，伊阿宋又踏上了旅程。他走了很长的路，最后来到了山脚下的一个小城，那里离海边也不远。城外到处是穿着盛装的男女老少，人们显然在庆祝某个节日，而海边挤着的人最多。伊阿宋越过人群朝那个方向望去，看到一圈烟雾盘旋着升上蓝天。他向身边的一个人打听这是什么地方，为什么有那么多人聚集在一起。

"这里是伊俄尔科斯王国，"那人回答说，"我们是国王珀利阿斯的子民。陛下把我们召集起来，观看他用黑色的公牛祭祀海神涅普顿。据说涅普顿是陛下的父亲。你看到烟雾升起的祭坛了吗，国王就站在那里。"

那人一边说，一边十分好奇地打量着伊阿宋。因为他肩上披着豹子皮，两只手各握着一支长矛，一身装束实在太过古怪，和伊俄尔科斯人太不一样了。伊阿宋还注意到，这个人一直盯着他的脚看。你们还记得吧，伊阿宋一只脚光着，另一只脚则穿着他父亲留下来的金线鞋。

"看看他！快看看他！"这人和旁边的人说道，"你看到了吗？他只穿着一只鞋！"

听到这话，人们一个接一个地都盯着伊阿宋看，每个人似乎都对他的装束十分惊讶，不过他们最关注的还是他的脚。不仅如此，伊阿宋还能听到人们互相窃窃私语。

"一只凉鞋！一只凉鞋！"他们不停地说，"这个人穿着一只凉鞋！他终于出现了！他是从哪里来的呢？他要做什么呢？国王会对这个穿着一只凉鞋的人说什么呢？"

可怜的伊阿宋感到非常尴尬，他觉得伊俄尔科斯人真是太没有教养了，怎么可以因为他装束中的一点意外就公然指指点点呢。与此同时，不知是由于人们的推搡，还是伊阿宋在不由自主地往前走，总之，他在人群中挤出了一条路，很快就发现自己已身处冒烟的祭坛旁，国王珀利阿斯就在那儿用黑公牛进行祭祀。众人看到光着一只脚的伊阿宋后，惊奇的议论声越来越大，打扰了正在进行的仪式。国王正举着一把大刀，准备割开公牛的喉咙。他被打断后很不高兴地转过头来，目光落到了伊阿宋身上。伊阿宋周围的人都往后退了一些，年轻人于是站在离冒着烟雾的祭坛很近的一片空地上，直面愤怒的国王珀利阿斯。

"你是谁？"国王恶狠狠地皱着眉头大声问，"你好大的胆子，居然敢打扰我用黑公牛祭祀我的父亲涅普顿！"

"这不是我的过错。"伊阿宋回答，"陛下，要怪就得怪你那无礼的臣民，他们就因为我碰巧光着一只脚而引起了这场骚乱。"

听到伊阿宋的话，国王惊恐地迅速扫了一眼他的脚。

"啊！"他喃喃自语，"这肯定就是那个穿着一只凉鞋的人了！我该拿他怎么办呢？"

国王把手上的大刀攥得更紧了，似乎他要杀的不是那头黑公牛，而是伊阿宋。周围的人立刻听到了国王的喃喃自语，一开始人群只是在低声讨论，后来有人大声叫了起来：

"穿着一只鞋的人来啦！那个预言要实现了！"

原来多年以前，多多纳[6]一棵会说话的橡树告诉国王珀利阿斯，一个只穿着一只凉鞋的人会把他从国王宝座上赶下来。因此他颁布严令：所有人必须把两只鞋子都绑紧了，不得光着任何一只脚出现在他面前。他还在自己的宫殿里专门设立官员，唯一的工作就是检查人们的鞋子，如果有人的旧鞋子快要穿坏了，就由王室出钱，马上给他换一双新鞋。在国王统治的那么多年里，他从来没有像现在这么恐慌过，因为他居然看到可怜的伊阿宋光着一只脚！不过，他天生是个胆大心狠的人，很快便鼓起勇气，开始计划如何除掉这个只穿着一只鞋的外乡人。

"我的好小伙儿，"国王珀利阿斯为了让伊阿宋放松警惕，用最柔和的声音说，"在我的王国，你将受到热烈的欢迎。看这身装束，你一定走了很长的路吧，因为这里的人没有披豹子皮的习俗。请问，我该怎么称呼你呢？你是在哪里接受教育的？"

"我的名字叫作伊阿宋，"年轻的外乡人回答，"从我还是个婴儿起，我就住在半人马喀戎的山洞里。他就是我的老师，教我音乐、马术以及如何医治伤痛，也包括如何用我的武器来制造伤痛！"

"我听说过这位喀戎老师，"国王珀利阿斯回答，"尽管他的脑袋不巧安在了马的身体上，但里面装了多少学识和智慧啊！我真高兴能在自己的王国里碰到他的学生。不过，为了检验一下你在这么出色的老师那里学到了些什么，我能否问你一个问题？"

"在下见识浅陋，"伊阿宋答道，"不过您尽管问吧，我会尽力回答的。"

现在，狡猾的国王珀利阿斯想要引诱年轻人上当，让他说出一些召来灾祸的话，自寻死路。国王的脸上于是浮现出一丝狡猾邪恶的微笑：

"勇敢的伊阿宋，如果你有足够的理由相信，自己注定要被这世上的某个人杀死和毁灭，你会怎么做呢？而且，如果这个人就站在你面前，在你的掌控之中，你会怎么做？"

伊阿宋看到国王眼中流露出来的阴险恶毒，就猜到国王可能已经发现了自己此行的目的，将要用自己所说的方法来对付自己。但他还是不屑于说谎，他是一位正直而有荣誉感的王子，于是决定说出真相。既然国王发问了，而伊阿宋也答应给他一个回答，那就只能告诉国王，当最可怕的敌人在自己的掌控中时，他会如何谨慎应对。

于是，伊阿宋沉思了一会儿，用坚定而富有男子气概的声音大声回答：

"我会让这个人去取金羊毛！"

你们将会知道，这个任务是世上所有事情中最困难、最危险的。首先，他要长途跋涉并越过未知的海洋。对任何一个年轻人来说，要度过这段旅途，成功取得金羊毛，并且活着回来叙述经历的艰难险阻，几乎都不太可能。可想而知，听到伊阿宋的回答后，珀利阿斯国王的眼睛里闪烁着喜悦。

"说得好，穿着一只鞋的聪明人！"国王大声说，"那就去吧，冒着生命危险去把金羊毛给我带回来！"

"我这就去。"伊阿宋镇定地回答，"如果我失败了，那你就不用担心我再回来给你添麻烦了。不过，如果我带着战利品回到伊俄尔科斯，那么国王珀利阿斯，你必须马上从高高的宝座上下来，把你的王冠和权杖交给我。"

"我会的。"国王冷笑着说，"在你去完成任务的时候，我会帮你好好保管它们。"

伊阿宋离开国王之后想到的第一件事，就是到多多纳去向会说话的橡树讨教：走哪条路比较好。这棵神木矗立在一片古老的树林中央，它宏伟的树干向空中伸出三十多米，投下的树荫浓密广阔，面积超过四千平方米。伊阿宋站在树下抬头仰望，这棵古老神秘的大树的中心就在交错的枝丫和绿叶之中。伊阿宋大声说起话来，似乎在向藏在绿叶深处的某人询问。

"我该怎么做才能得到金羊毛呢？"他问道。

一开始，不仅是在会说话的橡树底下，甚至在整片孤独的树林中，都只有深深的寂静。过了一会儿，橡树的叶子开始抖动，沙沙作响，就像有一阵轻风从上面掠过，而树林里的其他树木还是纹丝不动。响声越来越大，像是大风呼啸而过。渐渐地，伊阿宋发现自己能辨识出几个词语来，但还是含糊不清，因为大树的每一片叶子就像是一条舌头，而这么多舌头正在一齐说话。不过这嘈杂的声音渐深渐广，直到像是龙卷风扫过橡树，让千万条叶舌摇动着发出一个巨大的声音。现在尽管还带着大风刮过树枝的感觉，但听起来已经是一个浑厚的低音在用一棵树能发出的最清晰的声音说道：

"去找阿耳戈斯，那个造船的人，请他造一艘有五十支桨的大船。"

然后，声音又化为无法分辨的沙沙声，渐渐消失了。声音远去后，伊阿宋都开始怀疑刚刚是不是真的听到了那些话，还是说他把风吹过浓密树叶的声音幻想成了说话声。

不过伊阿宋询问了伊俄尔科斯的人们，发现城里真有个叫作阿耳戈斯的人，是个非常优秀的造船匠。那棵橡树八成是有智慧的，否则它怎么会知道有这样一个人存在呢？在伊阿宋的要求下，阿耳戈斯答应帮他造一艘巨船，船上需要五十个强壮的人来划桨。那时候世上还

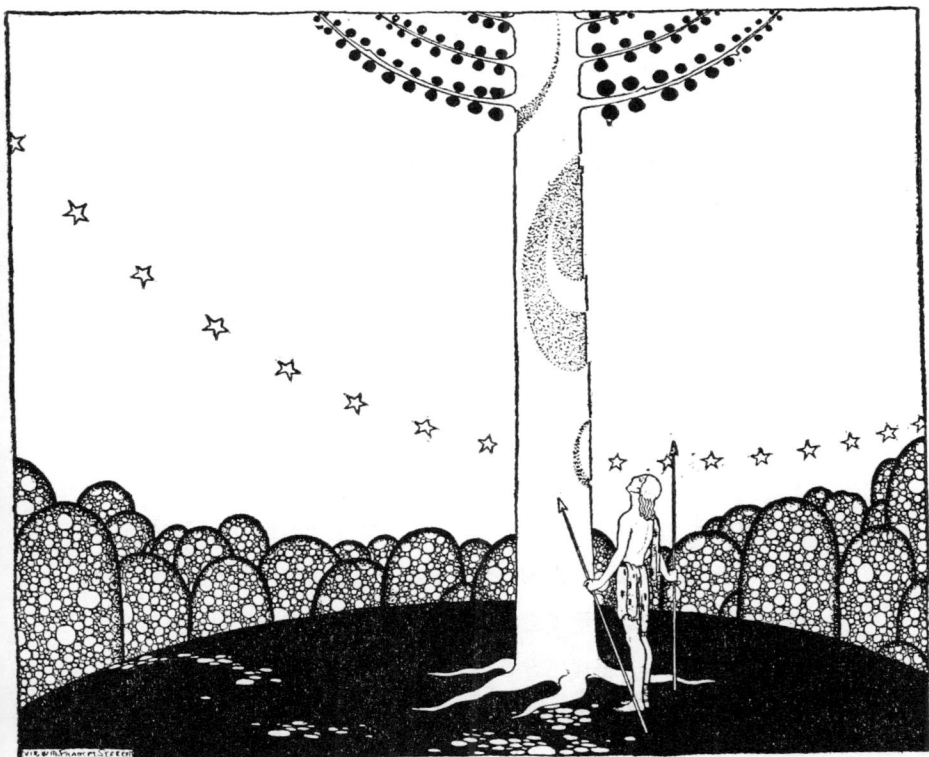

伊阿宋向橡树问道："我该怎么办呢？" ▲

没出现过那么大、能载那么多人的船，于是，木匠头带着他所有的雇佣工和学徒开始工作了。他们忙着砍劈木料，锤子敲得叮当响。就这样过了好久，一艘名为"阿耳戈号"的新船造好了，它看上去已经准备好了要远航。伊阿宋想，既然会说话的橡树已经给过那么好的建议，那再去讨教一下肯定错不了。于是他又去拜访老橡树，站在它巨大粗糙的树干下，询问接下来该做什么。

与上次不同，整棵橡树的叶子这回并没有一起颤动。然而过了一会儿，伊阿宋发现头顶上一根硕大树枝上的叶子开始沙沙作响，仿佛风只吹动了这一根树枝，其他枝条全都纹丝不动。

"把我砍下来！"当树枝能吐出清晰的字句时，它立刻说道，"把我砍下来！快点把我砍下来！把我雕刻成你帆船上的艏像！"

伊阿宋于是听从树枝的吩咐，把它砍了下来。他聘请了附近的一个工匠来雕刻艏像。匠人的技艺还算不错，他之前已经雕刻过一些艏像，不过都是些女性形体之类的常规样式，和我们今天的船头艏像差不多。雕像在船首斜桅下方挺立，大大的眼睛凝视着前方，面对风浪时也从不眨上一下。可奇怪的是，这一次工匠发现自己的手被一股无形的力量牵引着，用一种自己远未企及的高明技巧雕出了一个他从没想到过的形象——刻好的艏像居然是一个戴着头盔、长鬈发披肩的美丽女子。这女子左手拿着盾牌，盾牌中央是美杜莎的头像。美杜莎满头蛇发，看上去栩栩如生。女子伸出右臂，似乎指向前方。女子的神情并不显得恼怒，也不会令人望而生畏，但十分庄重高贵，你或许会说她"庄严"。至于她的嘴巴，仿佛马上就要张开，道出含义深刻的智慧之言。[7]

看到这橡木雕出的形象，伊阿宋十分喜悦。他催着雕刻匠不眠不休，一直工作到艏像完成。伊阿宋将艏像放置在船头，从那时起就一直矗立在船头，到现在都还在原位呢。

"现在，"他凝视着宁静庄严的雕像大声说，"我得去见会说话的橡树，问问它下一步该干什么。"

"没那个必要，伊阿宋。"一个声音响了起来，这声音尽管低沉得多，却不禁使他想起了伟大的橡树那深沉庄严的音调，"你要是需要好的建议，可以来问我。"

听到这些，伊阿宋直直地盯着雕像的脸，他几乎无法相信自己的耳朵和眼睛。实际上，橡木雕像的嘴唇正在动，看上去这声音就是从雕像嘴里发出来的。伊阿宋稍稍从震惊中平静下来之后心想，既然它是用会说话的橡树树枝雕刻的，那么它也能开口说话不但不足为奇，反而是世上最自然不过的事情。假如它不能说话，那才叫奇怪呢。不过，自己在冒险途中能带着这样一块充满智慧的橡木，真是一件值得庆幸的事情。

"告诉我，神奇的雕像，"伊阿宋喊道，"既然你是多多纳神木的女儿，继承了它的智慧，那么请告诉我，我能在哪里找到五十个无所畏惧的年轻人划我的大船？他们的臂膀必须强健有力，这样才能划桨；他们还要有勇敢的心来面对危险，否则，我们绝不可能赢得金羊毛。"

"去吧，"橡木艄像答道，"去把全希腊的英雄都召集过来。"

实际上，你们想想伊阿宋要做的是怎样一件大事，除了大船上的橡木艄像给出的建议，还有什么更明智的办法吗？于是，伊阿宋片刻都不耽误，立刻派遣使者到各个城邦，让希腊的每一个人都知晓国王埃宋的儿子伊阿宋王子即将启程寻找金羊毛。他需要世上最勇猛强健的四十九个青年男子帮他划船，与他风雨同舟，他自己则是第五十个勇士。

听到这个消息，全国上下那些爱冒险的年轻人都坐不住了。他们中有一些已经和巨人搏斗过，斩杀过恶龙；年纪小点的还没碰到这种好运，他们觉得自己活了这么久，还没有骑过飞蛇[8]，没有将长矛刺进喀迈拉的身体，甚至没能把右手伸进一只巨狮的喉咙中，真是一件憾事。在寻找金羊毛的过程中，他们很有可能遇到许多类似的冒险奇遇。于是，他们一磨亮自己的头盔和盾牌，挎上自己信赖的长剑，就立刻涌向伊俄尔科斯，登上了新建的大船。他们与伊阿宋握手，向他保证自己毫不吝惜性命，只要他想去，即使是天涯海角，他们也一定会尽力帮他把船划到那里。

这些勇敢的年轻人中，有不少是"四脚教师"半人马喀戎的学生，因此也是伊阿宋的老同学。他们都知道他是一个有胆识的小伙子。其中有大力士赫拉克勒斯，他后来用肩膀顶起了天空；有双胞胎兄弟卡斯托尔和波吕克斯，尽管他们是从蛋里孵出来的，但从没有人说他们胆小如鸡；有忒修斯，他因为杀死牛头怪弥诺陶洛斯而闻名于世；有眼力奇佳的林叩斯，他的目光能穿透磨盘[9]，也能深入地下，发现地底深处的宝藏；还有最好的琴师俄耳甫斯，他边弹边唱，七弦琴的声音美妙得连残暴的野兽听了，都会直起身子随着音乐欢快地起舞。你知道吗，当俄耳甫斯演奏最动人的音乐时，长满青苔的巨石会跃出地面，森林中所有的树会把自己从地里连根拔出，互相点着头，跳上一支乡村舞曲。

划桨手中还有一位美丽的妙龄女子，名叫阿塔兰塔。她从小生长在山间，由熊抚养长大。这美丽的女郎脚步轻盈，能自如地从一个泛着白沫的浪峰走到另一个，脚上的鞋除了鞋底，哪儿都不会打湿。她没有受过教养和束缚，热衷于谈论女权；她不喜欢针线活，却迷恋于狩猎和征战。不过要我说，这著名的五十人中最特别的，是北风神的两个儿子[10]。他们脾气暴烈，肩上长着羽翼，能在空中飞行[11]。脾气好的时候，他们几乎能和父亲一样，鼓起腮帮吹出清冽的微风。当然，我不该遗忘了先知和巫师们，船员中就有几个这样的人。他们能预言明天或后天发生的事情，甚至能预知一百年后会出现的事情，可是对眼前的一切却常常毫无察觉。

伊阿宋任命提费斯为舵手，因为他能观测星象，知道怎么使用指南针。林叩斯由于拥有非凡的视力，被指派到船头守望。他能看到一整天的航程，却常常忽略眼皮底下发生的事情。当船行驶到海洋深处，林叩斯还能给你描述海底的石头和沙子。他经常对同伴呼喊，说大船正航行在大批沉没的宝藏之上。可惜他自己并没有因此变得更富有——说实话，没几个人相信他说的话。

唉！可是当阿耳戈的英雄们，也就是这五十个勇敢的年轻人为旅途做好各项准备的时候，却出现了一个大家意料之外的问题，差点儿使航行还没开始就要结束了。你要知道，这艘帆船又长又宽，十分笨重，五十个年轻人合力都没法把它推到海里。我猜赫拉克勒斯那时候还没有完全具备他后来所拥有的力气，不然他只消轻轻一推，大船就能下水，就像小男孩儿把他的玩具小船放在水坑里那样容易。可是，不管这五十个英雄怎么推呀拽呀，哪怕他们用尽全身的力气，满脸涨得通红，阿耳戈号也纹丝不动。最后，英雄们疲惫不堪地坐在岸边，心情十分低落。他们心想，这大船只能待在那里，直到腐烂成碎片；他们要么自己游过大海去寻找金羊毛，要么只能放弃。

伊阿宋立刻想到了大船上那神奇的艏像。

"啊，会说话的橡树之女哟，"他大声说，"我们怎么才能把大船推进大海？"

"都到船上坐好。"雕像回答，其实它早就知道该怎么办，只等着有人向它提出这个问题，"坐好了，拿起你们的桨，让俄耳甫斯弹竖琴。"

五十位英雄立刻上船，抓过船桨，竖直握在手中，俄耳甫斯则将手指掠过琴弦，开始弹奏（他喜欢这种工作远胜于划船）。第一个音符一响起，他们便感到大船在移动。俄耳甫斯的手指飞快地弹拨着琴弦，船立马滑向大海，船头深深地扎进海里，艏像则张开神奇的嘴唇饮着海水，过了一会儿，船身又像天鹅一样轻快地浮出了水面。船员们不停地划桨，白沫在船首涌起，海水在船后汩汩冒泡。

俄耳甫斯继续弹奏着轻快的音乐，大船似乎伴着琴声、合着音乐的节拍在浪尖上起舞。就这样，阿耳戈号成功地驶出了港口，在人们的欢呼声中、在每个人的美好祝愿中起航了。只有邪恶的老珀利阿斯站在海角上狠狠地瞪着"阿耳戈号"，妄图把心中包藏的愤怒吹出来变成风暴，好叫大船和船上的所有人都葬身海底。他们在海中航行了大约八十千米之后，林叩斯恰好用他锐利的目光向后看去，他说坏心肠的国王还站在海角之上，阴沉地怒视前方，那身形就像天边的一片黑色雷雨云。

为了打发旅途中的时间，英雄们谈论起金羊毛来。原来它最先属于一只波伊俄提亚[12]的公羊。它驮着两个遇到危难的孩子，带着他们逃亡，越过大地，渡过海洋，最后到达了科尔基斯国。其中一个名叫赫勒的孩子不幸掉入水中淹死了，另一个名叫佛里克索斯的小男孩儿则被忠诚的公羊安全带上了岸。然而这时公羊已经精疲力竭，一上岸就倒地而亡。为了纪念这只公羊的义行，也为了象征它忠实的内心，它的羊毛奇迹般地变成了黄金，成为世界上最美丽的东西之一。金羊毛就挂在圣林中的一棵树上，我不知道它在那儿挂了多久。它是许多威名赫赫的国王梦寐以求的宝贝，因为他们自己的宫殿中绝没有这般璀璨华美的东西。

如果要我给你们讲阿耳戈英雄们的全部冒险经历，也许从清晨讲到傍晚都讲不完。就像你们之前听过的那些故事一样，他们一路上可不缺少奇遇。在某个小岛上，国王库梓科斯热情地款待了他们，为他们举办了盛宴，对待他们就像对自己的兄弟一般亲切。不过，阿耳戈英雄们发现这位善良的国王看上去十分忧愁沮丧，便询问主人到底为何事而烦恼。国王库梓科斯告诉他们，附近山上的居民时常骚扰伤害他和他的臣民。这些山民向他们开战，杀死了很多人，还肆意掠夺毁坏他们的国家。库梓科斯说着指向远处的大山，问伊阿宋和他的同伴们看到了什么。

"我看到了一些高高的东西，"伊阿宋答道，"可它们太远了，看不清究竟是什么。陛下，说实话，他们看上去很奇怪，我觉得他们像是碰巧变幻成了人形的云。"

"我看得清清楚楚，"林叩斯说，你们知道他的眼睛能看到千里之外，如同望远镜一般，"他们是一群巨人，每人长着六只手臂，每只手上都握着棍棒、长剑或是其他武器。"

"你的眼神可真厉害。"国王库梓科斯说，"是的，正如你所说，他们是六臂巨人，是我和我的臣民们不得不对抗的敌人。"

第二天，当阿耳戈英雄们准备扬帆出发时，可怕的巨人们从山上下来了。他们一步能跨将近一百米，六只手臂在空中高高地挥舞着，十分吓人。光是一个巨人就能独自应对一场战争，因为他的一只手可以甩出巨石，第二只手可以挥动棍棒，第三只手可以拿剑，第四只手则可以用长矛刺向敌人，第五、第六只手还能用弓箭射击。不过幸运的是，尽管巨人如此庞大，手臂如此之多，但他们每人也只有一颗心，那颗心可并不比一个普通人的心更大、更勇敢。而且，即便他们像百臂巨人布里阿瑞俄斯一样，勇敢的阿耳戈英雄们也会让他们应接不暇。伊阿宋和他的朋友们勇敢地迎战，砍死了很多敌人，剩下的纷纷逃之夭夭。哎呀，如果他们不是长着六只手臂，而是长着六条腿的话，也许还能跑得快些！

一行人在色雷斯[13]有一段奇异的冒险，他们在那儿发现了一位可怜的国王，叫作菲纽斯。他双目失明，被臣民抛弃，孤苦伶仃地生活着。伊阿宋问菲纽斯有没有什么事需要他们帮忙，菲纽斯国王说，他长久以来一直受三只叫作哈耳庇厄的动物折磨，它们长着女人的脸，却生着秃鹰的翅膀、身体和爪子。这些丑陋的怪兽总是抢走他的饭菜，让他不得安宁。听了菲纽斯这番话，阿耳戈英雄们明白哈耳庇厄贪婪无比，一闻到食物的香味就会出来抢夺，于是在海岸上摆起了宴席。菜还没上齐，三个长着女人脸的秃鹰就拍着翅膀，冲过来抓起食物，又迅疾地飞走了。两个北风之子抽出宝剑，展翅追赶这三个小偷。他们飞了几百公里，最后在一群岛屿之间赶上了它们。两个长着翅膀的年轻人挥舞着宝剑，气势汹汹地向哈耳庇厄怒吼（他们遗传了父亲的坏脾气），吓得哈耳庇厄郑重发誓再也不会骚扰菲纽斯国王。

之后，阿耳戈英雄们继续上路，遇到了很多不可思议的事情，每件事都能单独当成一个故事来讲。有一次，他们停泊在一个岛屿上，来到草地上休息，这时突然遭到了一阵钢头箭雨的袭击。一些箭射到了地上，一些被英雄们的盾牌挡住，还有一些刺穿了他们的皮肉。五十个英雄一跃而起，四下观望，寻找偷袭者，但是一个人影也看不见。虽然整个岛屿都找不到能隐藏起哪怕一个弓箭手的地方，但钢头箭还在"嗖嗖"地飞过来，最后有人猛地抬头一看，发现一大群鸟正在他们上空盘旋，把羽毛射向他们。这些羽毛就是那些让他们头疼不已的钢头箭。如果伊阿宋没有想到征求橡树雕像的建议，五十个阿耳戈英雄根本没有办法做出反击，他们也许会被这群难对付的鸟杀死或射伤，再也没有机会见到金羊毛了。

于是伊阿宋拼命跑向战舰。

"噢，会说话的橡树女儿啊，"他上气不接下气地喊道，"我们现在比任何时候都需要你的智慧！我们的处境非常危险，有一群鸟用带着钢尖的羽毛袭击我们。我们怎么做才能把它们赶走呢？"

雕像说："把你们的盾牌撞得叮当响！"

得到这条绝妙的建议之后，伊阿宋迅速跑回同伴身边（他们比对付六臂巨人时还要沮丧），让他们用宝剑击打铜盾。五十个英雄立即使出全力，起劲地敲敲打打，弄出吓人的哐当声，吓得那些鸟仓皇地逃走了。虽然它们用掉了翅膀上一半的羽毛，但还是没一会儿就飞出好远。它们在云朵间掠过，活像一群野鹅。俄耳甫斯为了庆祝胜利，用竖琴弹奏了胜利的赞歌，和着琴声动听地唱起歌来，歌声十分迷人。不过伊阿宋请求他停下来，因为那些长着钢羽的鸟是被难听的声音赶走的，他担心它们若是听到了这甜美的歌声，会被吸引回来。

阿耳戈英雄们在岛上停留的时候，看到一只小船慢慢地接近海岸。船上载着两个年轻人，长相相当英俊，举手投足间有王子的风度——在那个时候，所有的年轻王子都相貌英俊。你们猜这两个人是谁呢？好吧，如果你们肯相信我的话，他们是佛里克索斯的儿子，而佛里克索斯小时候正是骑在金羊毛所属的那头羊背上来到科尔基斯的！来到科尔基斯之后，佛里克索斯娶了国王的女儿，这两个王子就是在科尔基斯出生、长大的。他们时常在树林边玩耍，而金羊毛就被钉在树林中央的大树上。他们现在要前往希腊，希望夺回一个从他们父亲手中被篡夺的国家。

两个王子听说了阿耳戈英雄们要去哪里之后，主动提出愿意原路返回给他们带路。可与此同时，两个王子说话的语气表示出他们非常怀疑伊阿宋能否成功取得金羊毛。据他们说，有一条恶龙看守钉着金羊毛的大树，一口就能吞掉一个试图接近的冒险者，从来没有失手过。

"路上还有其他艰难险阻，"两位年轻的王子继续说道，"不过，光是恶龙还不够吗？啊，勇敢的伊阿宋，趁现在还来得及，赶快回去吧。如果你和那四十九个无畏的同伴被恶龙用五十口就吞掉，我们会悲痛不已。"

"我年轻的朋友们，"伊阿宋平静地回答说，"你们说恶龙凶猛无比，我一点儿也不吃惊。你们从小就害怕这条恶龙，所以一直对它心怀畏惧，就像小孩儿害怕保姆给他们讲的妖魔鬼怪一样。但是在我来看，它不过是一条长得大点儿的蛇罢了，没等它一口咬到我，我就会把它丑陋的脑袋砍下来，扒了它的皮！不管怎么样，谁要是想回去就回去好了，我拿不到金羊毛就不回希腊！"

"我们决不回头！"伊阿宋的四十九个勇敢的同伴喊道，"让我们立刻登上战舰，如果恶龙想要把我们当成早餐，我们也决不会让它好受！"

接着，俄耳甫斯（他习惯把任何事都谱写成音乐）弹起竖琴，唱起最壮丽的歌，让每一个男儿都觉得世界上没有比与恶龙搏斗更愉快的事。就算是在最糟糕的情况下，也没有比被恶龙一口吞掉更荣耀的事。

两个王子十分熟悉路途，有了他们的带领，阿耳戈英雄们很快就到了科尔基斯。国王埃厄忒斯听说他们来了，立刻召伊阿宋觐见。埃厄忒斯国王凶狠冷酷，虽然他尽量让自己显得礼貌好客，但伊阿宋一点儿也不喜欢他的样貌，觉得他和篡夺了父亲王位的珀利阿斯国王一样丑陋。

"欢迎你，勇敢的伊阿宋。"埃厄忒斯国王说，"请问，你们是出来旅行散心的吗？或是为了探索不知名的小岛？还是其他什么原因让我有幸在我的宫殿里迎接你们？"

"尊贵的国王陛下，"伊阿宋行了个礼回答说——喀戎教导过他，不论是对国王还是对乞丐，都要举止得体，"我来这里是为了执行一项任务，还请国王陛下准许。珀利阿斯国王篡夺了我父亲的王位，他根本不配坐在那张宝座上，就像他不配坐在国王陛下您的宝座上一样。他向我保证，只要我拿到金羊毛给他，他就会把王位、王冠和权杖都归还给我。国王陛下一定知道，金羊毛就挂在科尔基斯的一棵树上，我乞求国王准许我带走它。"

埃厄忒斯国王不由得皱起了眉头，面庞愤怒得扭曲了起来。他把金羊毛看得比世界上的所有东西都要宝贵，甚至有人猜测他为了把金羊毛据为己有而做过伤天害理的事。因此，当他听到英勇的伊阿宋王子带着四十九个全希腊最勇敢的年轻战士来到科尔基斯，就是为了夺走他最宝贵的珍藏时，他的心情差到了极点。

"你们知不知道，"埃厄忒斯国王冷酷地看着伊阿宋，问道，"为了拿到金羊毛需要做到哪些事？"

伊阿宋回答说："我听说挂着金羊毛的大树下面守着一条恶龙，不管是谁，只要接近就有被一口吞掉的危险。"

"没错，"埃厄忒斯国王说，脸上露出一丝不怀好意的笑容，"非常正确，年轻人。但是，想要得到被恶龙吞掉的机会，你还得完成其他一些同样困难，甚至更难的事情。比如，你首先得驯服两头有铜蹄和铜肺的公牛，它们是技艺精湛的锻工伏尔甘为我打造的。它们的肚子里有熔炉，嘴巴和鼻孔里能喷出炽热的火焰，只要有人接近，就立马会被烧成一小块焦炭。勇敢的伊阿宋，你觉得怎么样？"

"我必须面对危险，"伊阿宋沉着地说，"因为它挡在了我取得金羊毛的路上。"

"驯服了喷火的公牛之后，"埃厄忒斯国王继续说，打定了主意要尽量吓唬伊阿宋，"你得把它们套到犁上，去耕种战神玛尔斯[14]树林中的圣土，然后播下卡德摩斯种出武士的龙牙。那些龙牙武士可是一群难以驾驭的暴徒，如果你处理不当的话，他们就会手握宝剑冲向你。勇敢的伊阿宋，你和你那四十九个阿耳戈英雄论人数、论力量都敌不过这些从地里涌出来的龙牙武士。"

伊阿宋回答说："我的老师喀戎很久之前给我讲过卡德摩斯的故事。也许我和卡德摩斯一样，能应对这些好斗的龙牙武士。"

于是埃厄忒斯国王自言自语道："我希望恶龙把他还有他那长着四个蹄子的书呆子老师一起吃掉！他就是一个鲁莽又自负的纨绔子弟！我们等着瞧，看那会喷火的公牛会怎么收拾他。"接着，他非常恳切地大声说："好吧，伊阿宋王子，今天就在这里好好歇歇，既然你这么坚持，明天早上就去试试你犁地的本事吧。"

国王跟伊阿宋说话的时候，一位漂亮的年轻姑娘正站在宝座后面。她的双眼热切地盯着这个陌生的年轻人，认真地听伊阿宋说出的每一句话。伊阿宋从国王面前退下的时候，这个年轻姑娘也跟着他出了房间。

"我是国王的女儿，"她对伊阿宋说，"我叫作美狄亚。我知道很多其他公主不知道的东西，会做很多她们就算在梦里也不敢做的事情。如果你肯信任我，我会告诉你怎么驯服喷火的公牛，怎么播种毒龙的牙齿，还有怎么取得金羊毛。"

伊阿宋说："噢，美丽的公主，如果你愿意帮我，我保证会一辈子对你感激不尽。"

伊阿宋在她的神情中能看到惊人的智慧。她是为数不多的眼中充满神秘感的人物，所以，当你看着她的双眼时能看得很远，就像看进一口深邃的水井一样。然而，你却不知道是不是看到了最深的地方，井底有没有藏着什么东西。如果伊阿宋懂得惧怕的话，他会害怕和这位年轻的公主成为敌人，因为虽然她现在看起来美丽可人，但下一秒就可能变得和看守金羊毛的恶龙一样可怕。

"公主，"他大声说，"你看起来似乎确实很聪明，本领很大。不过你怎么才能帮我做你提到的事情呢？你是一个女巫吗？"

"没错，伊阿宋王子，"美狄亚笑着回答说，"你一下就猜中了。我是一个女巫，父亲的妹妹喀耳刻教会了我魔法。如果我乐意，我能告诉你那个带着孔雀和石榴、拿着布谷鸟手杖、让你背着她过河的老妇人是谁，还有是谁通过你们战舰船头上的橡树雕像在跟你说话。你看，我知道你的一些秘密。还好我对你有好感，不然你很难逃过被恶龙吞掉的下场。"

伊阿宋说："比起恶龙来，我更想知道怎么对付长着铜蹄铜肺还会喷火的公牛。"

"如果你和我想象中一样勇敢——你也必须勇敢才行，"美狄亚说，"你勇敢的内心会告诉你，只有一种办法来对付发疯的公牛，这要留给你在危险的时候找出答案。至于它们喷出的火焰，我有一种魔

美狄亚向伊阿宋自我介绍道：“我是国王的女儿。” ▲

法药膏能保护你不被火焰烧焦，如果不巧被轻微烫伤了，还能把你治好。"

于是她把一个金色的盒子放在他手上，教他怎么使用里面带着香味儿的药膏，还告诉他半夜在哪里相会。

"一定要勇敢，"她补充了一句，"这样在天亮之前，铜牛才能被驯服。"

年轻人向她保证不会言不由衷。然后，伊阿宋和同伴们会合，告诉他们自己和公主之间的事，提醒他们要时刻准备好，到时候他可能需要他们的帮忙。

到了约定好的时间，伊阿宋去国王宫殿的大理石台阶上和美丽的美狄亚见面。她递给伊阿宋一个篮子，里面装着卡德摩斯很久之前从毒龙嘴里拔下来的毒牙，这些牙齿还保持着当时的样子。美狄亚带着伊阿宋走下宫殿的台阶，穿过城市里寂静的大街小巷，来到饲养铜牛的皇家牧场。当晚繁星闪烁，东边的天际发出明亮的微光，月亮就要升起来了。进了牧场之后，美狄亚公主停下来四处张望。

"它们在那儿，"她说，"在草地最远的角落里歇脚，一边喷火一边反刍呢。我向你保证，等它们瞥见你，好戏就要上演了。我父亲和他的大臣最爱看陌生人为了得到金羊毛而试着给它们套犁。在科尔基斯，只要有陌生人这样做，全国就跟过节一样欢腾。就我来说，我也非常喜欢观看。你简直无法想象，一眨眼间，它们喷出的火焰就能把一个年轻人烤得缩成一块焦炭！"

伊阿宋问："美丽的美狄亚，你确定金盒子里的药膏能防止烫伤吗？"

"如果你心存怀疑，哪怕有一丝恐惧，"美狄亚公主借着昏暗的星光看着他的脸说，"比起想要靠近喷火的公牛，你还不如从未来过这世上。"

伊阿宋在约定的时间来到宫殿的台阶上与美狄亚见面 ▶

可是伊阿宋下定决心要取得金羊毛，我怀疑就算他确信自己向前走一步就会被烤成一块炽热的焦炭或是一捧白灰，也绝不会空手而归。因此他放开美狄亚的手，勇敢地走向美狄亚指给他看的地方。他看到在前方不远处，四股像火一般灼热的蒸汽有规律地出现，忽而模模糊糊地照亮了周围的景色，忽而又消失不见。你一定明白，这是铜牛的呼吸造成的。它们正趴在地上反刍，灼热的气息悄悄地从两对鼻孔里冒出来。

伊阿宋刚刚迈了两三步，两头铜牛就听见了他的脚步声。它们抬起滚烫的鼻子在空气中嗅了嗅，呼出的灼热蒸汽似乎更多了。伊阿宋又往前走了一段。从火红的蒸汽喷出的轨迹来判断，两头铜牛已经站了起来，他现在能看到灼眼的火星和一股股明艳的火焰。伊阿宋又向前迈了一步，两头铜牛发出了恐怖的吼叫声，回荡在整个牧场上空。同时，它们喷出的火焰刹那间把整个场地照得通亮。伊阿宋又勇敢地迈上一大步，两头铜牛像一道闪电一样冲了过来。它们发出雷鸣般的吼叫，呼出一团团白色的火焰，把整个场地照得比白天还要亮。当然，他看得最清楚的还是两头铜牛，它们飞奔着朝他冲过来，黄铜蹄子"咔嗒咔嗒"地敲打着地面，尾巴笔直地竖了起来，和所有发怒的公牛一模一样。它们的气息滚烫无比，把面前的牧草烧得焦干，甚至点着了伊阿宋身旁的树。但是多亏了美狄亚的魔法药膏，白色的火焰包围着伊阿宋，他却一点儿也没被烧伤，就跟石棉 [15] 做的一样。

发现自己没被烧成焦炭之后，伊阿宋大受鼓舞，做好准备抵挡公牛的袭击。正当两头铜牛以为已经把伊阿宋顶到空中时，他左手抓住一头铜牛的角，右手抓住另一头铜牛的尾巴，双手像老虎钳一样握得紧紧的。哎，他的手臂当然非常有劲儿。不过，实际上有个诀窍：这两头铜牛被施过魔法，伊阿宋对付它们的方式非常勇猛，这就打破了它们身上的咒语。打那以后，勇敢的人遇到苦难或危险时，最爱"抓牛抓牛角"[16]。不过抓尾巴也差不多是同样的效果，关键是要抛开恐惧，勇敢地克服危险。

现在给铜牛上犁，再赶它们耕地要简单得多。在过去的许多年里，犁就那么放在角落里慢慢生锈，没有人能战胜铜牛，更不用说赶牛翻地。我猜，伊阿宋能学会犁地，全靠优秀的老先生喀戎，他也许曾经让学生们赶着自己去犁地呢。不管怎样，还没等月亮升到天空四分之一的地方，伊阿宋就非常顺利地把一块草皮破开，犁出了一大块黑土地，随时可以播下龙牙。他把龙牙撒播开，用耙子把它们耙进土里，然后站在地边，焦急地想知道下一步该做什么。

此时月亮已经高高地升到天上了，明亮的月光洒在耕好的地上，但地里还是什么都没有长出来。如果有农夫看到的话，谁都会告诉伊阿宋要等上好几个星期种子才会发芽，现在离谷子变黄、成熟和收割还有好几个月呢！然而，不一会儿，整片地里就出现了什么东西，像晶莹的露珠一样在月光下闪闪发亮。这些发光的物体越长越高，伊阿宋发现它们是长矛的钢头。接着，无数锃亮的黄铜头盔反射出耀眼的光芒，等它们又从泥土中长出来一些，能看到戴着头盔的武士长着一张张黝黑的脸，留着胡须，挣扎着想从困住他们的泥土里挣脱出来。他们一睁开眼，就对地面上的世界充满了蔑视和愤怒。很快，他们的胸铠也露出了地面，每个武士的右手握着一把宝剑或一柄长矛，左手拿着一面盾牌。当这些奇怪的作物长出地面一半多的时候，他们受不了土地的约束，开始挣扎，把自己从土里连根拔起。哪里播下了龙牙，哪里就长出了全副武装的武士，随时准备好了要大打一场。他们用宝剑敲打盾牌，发出当啷当啷的声音，互相怒目仇视着对方——他们在一个平静的月夜里来到了美丽的世上，怒气冲冲地准备杀掉每一个人类同胞，以回报上苍让自己来到世上的恩德。

世界上有很多军队和这些龙牙武士一样凶狠残忍，但这些站在洒满月光的土地上的龙牙武士却情有可原，因为他们从来没有得到过母亲的爱抚。亚历山大和拿破仑那种一心想征服世界的将领如果能像伊阿宋一样，不费吹灰之力就种出来一群全副武装的士兵，肯定会喜出望外。

　　一时间，龙牙武士们站在那里挥舞着兵器，把宝剑和盾牌碰得当当作响。他们满怀怒气，渴望大打一场。他们开始大喊："敌人在哪里？带我们去冲锋！要么战死，要么获胜！来吧，勇敢的伙伴们！要么获胜，要么战死！"除此之外还有数以百计的叫喊声，战场上的士兵总会喊出这样的话，这些龙牙武士似乎能脱口而出。最后，前面一排的龙牙武士看到了伊阿宋。他借着月光看到这么多武器闪着寒芒，觉得自己最好也拔出宝剑。一瞬间，所有龙牙武士都把伊阿宋当作了敌人，异口同声地喊道："保卫金羊毛！"然后提起宝剑、架起长矛，朝他冲过来。伊阿宋明白，自己单打独斗根本不可能抵挡住这么多嗜血的龙牙武士，不过既然没有更好的办法，他决定和龙牙武士一样，死也要死得英勇。

　　然而，美狄亚叫他从地上抓起一块石头。

　　"快把石头扔进他们中间！"她喊道，"只有这样你才能活下来！"

　　龙牙武士现在逼近了伊阿宋，他扔石头的时候都能看见他们眼中喷出的怒火。一名高个武士手里高举着宝剑冲向伊阿宋，石头正好擦

过他的头盔，打在离他最近的同伴的盾牌上，然后又飞出去打到了另一个武士的脸，狠狠地砸在他的鼻梁上。三个被打中的武士都理所当然地以为自己旁边的人打了他们，于是不再跑向伊阿宋，而是内斗起来。骚动很快蔓延到整支队伍，一眨眼间，他们开始互相又砍又刺，一会儿砍掉一只胳膊，一会儿又砍掉了脑袋和腿。他们显赫的战功让伊阿宋钦佩不已。与此同时，看到这些强大的武士因为自己挑起的事端而互相大打出手，他又禁不住想笑。叫人难以置信的是，短短一瞬间（几乎和他们长出来用的时间一样短），除了一个龙牙武士中的英雄，其他人都倒在地上，气息全无。最后活下来的那个是所有龙牙武士里最勇敢、最强壮的，但他也只剩下力气把沾满鲜血的宝剑举过头顶，扬扬得意地大喊："我胜利了！胜利了！我会流芳百世！"然后就倒下，安静地躺在死去的兄弟们之间。

这就是从地里长出来的龙牙武士的结局。他们来到这个美丽的世界上，却只享受了这场激烈残忍的战斗。

"就让他们在所谓的荣誉中长眠吧。"美狄亚公主脸上带着一丝狡猾的微笑看着伊阿宋说，"世界上总有像他们一样的傻瓜，自己也不知道为了什么打打斗斗，前仆后继，还幻想子孙后代会费心费力地在他们破烂生锈的头盔上摆上桂冠。伊阿宋王子，看到最后一个家伙倒地之前自负的样子，你难道不会发笑吗？"

"这让我感到很悲伤。"伊阿宋沉重地回答说，"公主，跟你说实话，看到这些之后，赢得金羊毛似乎没那么有价值了。"

"等到早上你的想法就会不一样了。"美狄亚说，"确实，金羊毛可能没你想的那么有价值，可世上再没有比它更好的东西了。而且，人必须有奋斗目标。来吧！你夜间的任务完成得很好，明天你可以告诉埃厄忒斯国王，说已经完成了他指派给你的第一部分任务。"

伊阿宋听从了美狄亚的建议，第二天一早就进宫见埃厄忒斯国王。他来到接见厅里，在宝座前深深地行了一个礼。

"伊阿宋王子，你的眼皮看起来很沉重，"埃厄忒斯国王注意到了这一点，"你似乎度过了一个不眠之夜。我希望你已经颇识时务地考虑过这个问题，决定还是别尝试驯服我那长着铜肺的牛，免得被烧成焦炭。"

"陛下，这项任务我已经完成了，希望您能满意。"伊阿宋回答说，"我已经驯服铜牛，给它们套上犁，翻过地了。还播下了龙牙，把它们耙进土里，土里长出了龙牙武士，他们互相残杀，最后一个不剩。现在我恳求陛下准许我和恶龙交战，等从树上取下金羊毛，我就和四十九个同伴离开。"

埃厄忒斯国王一脸不悦，看起来非常生气且烦躁不安。他明白自己身为君主一言九鼎，如果伊阿宋有勇气和能力，那么理应让他前去夺得金羊毛。可是，因为这个年轻人在对付铜牛和龙牙武士的时候交了好运，国王害怕他也能成功宰杀恶龙。因此，虽然他十分乐意看到
302 伊阿宋被恶龙一口咬死，但还是决定不要冒险，免得失去宝贝金羊毛。坏心肠的君主这样做是不对的。

他说："年轻人，如果我那不孝的女儿美狄亚没有用魔法帮你，你根本不可能完成这桩任务。如果你行事磊落，现在已经变成一块黑炭或一捧白灰了。我不许你再试图夺走金羊毛，不然就把你处死。我明白地告诉你，你不许再打哪怕是一撮金羊毛的主意！"

伊阿宋既悲伤又愤怒地离开了宫殿，思考之后觉得最好的办法就是，召集起四十九个勇敢的阿耳戈英雄立即前往玛尔斯圣林，杀死恶龙，夺得金羊毛，然后登上"阿耳戈号"，张满风帆驶回伊俄尔科斯王国。说实话，计划能不能取得成功，全看恶龙能不能一口口把所有勇士都吞掉。但是，伊阿宋匆忙走下宫殿的台阶时，美狄亚公主在身后叫住了他，示意他回去。她闪烁着敏锐智慧的黑色双眼看着他，让他感觉像有一条毒蛇要跃出这双眸子。虽然前一晚美狄亚极力帮助他，但他没有把握她不会在日落之前伤害自己。你一定要知道，这些女巫一点儿也不值得信赖。

"我那尊贵诚实的父亲说了什么？"美狄亚微微一笑，问道，"他愿意不给你增加危险和麻烦，直接把金羊毛给你吗？"

"恰恰相反，"伊阿宋回答，"他知道我驯服铜牛、播下龙牙之后非常生气，不许我再试图夺走金羊毛。不管我能不能杀死恶龙，都不肯给我。"

"没错，伊阿宋，"美狄亚公主说，"我还能告诉你更多事呢。除非你们明天日出之前就起航离开科尔基斯，否则，他就打算烧掉你们那艘有五十把桨的战舰，之后把你和四十九个勇敢的同伴杀死。不过你要鼓起勇气，只要我的魔法能帮你拿到金羊毛，你就一定会把它拿到手。午夜前一小时在这里等我。"

到了约定的时间，你们又能看见伊阿宋王子和美狄亚公主偷偷摸摸地穿过科尔基斯的大街小巷前往圣林，金羊毛就挂在圣林中央的大树上。当他们穿过牧场时，两头铜牛走向伊阿宋，摇摇摆摆地低下头，把鼻子伸过来，和其他牛一样，希望有人亲切友好地爱抚它们。它们凶猛的性格完全被驯服了，肚子里的熔炉也随之熄灭了，因此它们现在能更加舒服自在地吃草反刍了。确实，肚子里的熔炉之前给这两头可怜的动物带来了很大的不便，它们想吃草时，还没等咬上一口，鼻孔里喷出的火就把草烤干了。我实在想象不出来它们是怎么想方设法活下来的。现在，它们的鼻孔里不再喷出火焰和一股股带着硫黄味的蒸汽，呼吸也变得像其他牛一样清甜。

伊阿宋友好地拍了拍两头公牛的脑袋，然后跟着美狄亚走进玛尔斯圣林里。那里有生长了几个世纪的大橡树，树荫浓密，月光几乎透不过来。偶尔几点微光零星地洒在堆满落叶的地上，或者不时吹过的微风把树枝拨到一旁时，伊阿宋才能瞥到一眼天空，免得在浓浓的黑暗中忘记了头顶上还有天空存在。他们在朦胧的夜色中越走越远，终于，美狄亚捏了捏伊阿宋的手。

"看那边。"她耳语道，"你看见了吗？"

一束光线在古老庄严的橡树间闪烁，不像是月光，更像是落日的金色光辉。光线来自树林更深处的某个物体，悬在离地大概一人高的地方。

伊阿宋问："那是什么？"

"你不远万里冒险来到这里，"美狄亚惊呼道，"一路千辛万苦，结果它在你眼前闪闪发光时，你却不认得它吗？这就是金羊毛呀！"

伊阿宋又往前走了几步，停下来盯着看。噢，它看起来多美啊！这无价之宝发出美妙的光辉，引得众多英雄渴望看上一眼，可他们要么死于路途中的艰险，要么死于铜牛炽热的气息。

"它发出的光多么灿烂夺目呀！"伊阿宋狂喜地叫道，"一定有人把它浸泡在落日最璀璨的光辉里！让我赶紧上前，把它拥抱在怀里吧！"

"等等，"美狄亚把他拉了回来，"你忘了是什么在守卫金羊毛吗？"

实不相瞒，伊阿宋看到他日思夜想的宝物，就把可怕的恶龙忘得一干二净。不过，接下来发生的事情提醒了他将要遇到的危险。一只羚羊似乎迷失了方向，把金色的光辉当作刚升起的太阳，飞快地跃过树林，径直朝金羊毛奔去。这时突然响起一阵可怕的"嘶嘶"声，恶龙巨大的脑袋和长满鳞片的上半身猛地伸了出来（它一直盘在挂着金羊毛的树上），一口咬住那只可怜的羚羊，把它吞了下去！

恶龙吃完羚羊之后，似乎察觉到近旁还有其他活物可以让它饱餐一顿，于是把丑陋的鼻子戳进树丛里，脖子伸得老长，一会儿伸向这里，一会儿伸向那里，现在离伊阿宋和美狄亚公主藏身的那棵橡树已近在咫尺。恶龙的脑袋悬在离伊阿宋只有一只胳膊远的地方不停地摇摆晃动，我敢说这绝对是一幅恐怖又让人作呕的景象。它的血盆大口足有王宫的大门那么宽。

◄ 伊阿宋指着橡树上的金羊毛问美狄亚："那是什么？"

"好啦，伊阿宋，"美狄亚小声说（她像所有女巫一样坏心肠，想要吓唬勇敢的伊阿宋），"你现在还觉得自己有机会赢得金羊毛吗？"

伊阿宋抽出宝剑，向前迈了一步，作为对她的回答。

"停下！愚蠢的年轻人，"美狄亚抓住他的胳膊说，"你难道没有发现，要不是我像天使一样守护你，你早就不知所措了吗？这个金盒子里有一些魔法药水，对付起恶龙来比你的宝剑更有用。"

恶龙好像听到了他们说话的声音，电光石火的一刹那间，它那黑色的头颅和开叉的舌头发出"嘶嘶"声，重新冲进了树林间，猛地一冲就能冲出去整整十多米。等它靠近时，美狄亚把金盒子里的魔法药水扔进它张开的血盆大口里，巨龙顿时发出一声骇人的"嘶嘶"声，痛苦地扭动了一下，尾巴猛地甩起，击中了最高的那棵树的树顶，坠落时把所有树枝都打得粉碎。最后它直挺挺地躺在地上，一动不动了。

"这只是安眠药而已。"女巫美狄亚对伊阿宋王子说，"这种凶恶的生物早晚能派上用场，所以我还不想马上把它杀死。快点儿！你已经赢得了金羊毛，拿上宝物，我们赶紧走！"

伊阿宋从树上抓过金羊毛，迅速跑进树林，金羊毛发出的金色光芒把周围漆黑的树林照得通明。他看到曾经被自己背着渡河的老妇人站在前面，旁边站着那只孔雀。老妇人开心地拍着双手，叫他快点儿跑，然后就消失在幽暗的树影里了。伊阿宋看到两个长着翅膀的北风之子（他们在约两百米的上空，正在月光中嬉戏），于是吩咐他们飞去告诉其他阿耳戈英雄，让他们尽快登船。不过，林叩斯早就隔着几堵石墙、一座小山和玛尔斯圣林的重重树影，用千里眼看到伊阿宋带着金羊毛往回赶了。听了他的话，阿耳戈英雄们已经坐在战舰里的坐板上，手中笔直地握着船桨，随时待命出海。

伊阿宋越走越近，他听见船头上会说话的雕像语气急切，不同寻常，声音却严肃而甜美。它说：

"快点儿，伊阿宋王子！为了活命，快一点儿！"

他一跃跳上甲板，四十九个英雄看到光辉闪耀的金羊毛之后高兴得大叫，俄耳甫斯则弹起他的竖琴，唱起了一首胜利的歌。"阿耳戈号"和着乐声飞越洋面，像插上了翅膀一样轻快地驶向家乡！

---

[1] 古希腊英雄，是色萨利国王佩琉斯与海洋女神忒提斯的儿子，参加过特洛伊战争，被誉为"希腊第一勇士"。

[2] 古希腊英雄，是墨利波亚国王波亚斯的儿子，以擅长弓箭著称，参加过特洛伊战争。

[3] 古希腊神话中的医神，是太阳神阿波罗之子。

[4] 此处的老妇人即天后赫拉，她是宙斯的妻子，主管婚姻和家庭，代表物为石榴、布谷鸟和孔雀。

[5] 希腊神话中的百臂巨人，有 50 个头、100 只手臂。

[6] 古希腊最有名的圣地之一，那里长满了橡树，据说宙斯会在多多纳一棵神圣的橡树下聆听人们的声音，橡树叶的飒飒作响就是他对信徒的回应。

[7] 此处用神木的树枝做成、后来与英雄们对话的雕像是雅典娜，她是宙斯的女儿、智慧和战斗女神。

[8] 科尔喀斯国看守金羊毛的巨蛇，后来美狄亚用魔法使之入睡，帮助伊阿宋取得了金羊毛。

[9] 霍桑在这里一语双关，"磨盘"的英语为 millstone，而 see through a millstone 是一个成语，表示明察秋毫的意思。

[10] 北风神玻瑞阿斯的两个儿子是泽忒斯与卡莱斯。

[11] 原文用 airy 一词修饰，除了表示他们能飞，还可能有"轻浮""漫不经心""高傲"之意。

[12] 位于希腊中部的地区名，最大的城市是底比斯。

[13] 巴尔干半岛的一个地区，今天的色雷斯包括保加利亚南部（北色雷斯）、希腊北部（西色雷斯）和土耳其的欧洲部分（东色雷斯）。

[14] 罗马神话中的战神，希腊神话中称作阿瑞斯。

[15] 石棉是一种可分离出柔软长纤维的矿物，常用于制作防火材料，如安全服、防火帘等。

[16] 寓意不畏艰险，坚决而大胆地应对困难。

霍桑的希腊神话：
套色版画插图本

[美] 纳撒尼尔·霍桑 著
[英] 沃尔特·克兰
[美] 弗吉尼亚·弗朗西丝·斯特雷特 绘
吕陈童、戴晓橙、李墨、周晓玲、张逸夫 译

特别感谢：魏丹

图书在版编目（CIP）数据

霍桑的希腊神话：套色版画插图本 /（美）纳撒尼尔·霍桑著；（英）沃尔特·克兰，（美）弗吉尼亚·弗朗西丝·斯特雷特绘；吕陈童等译 . – 北京：北京联合出版公司 , 2017.9（2023.11 重印）
ISBN 978-7-5596-0725-6
Ⅰ.①霍… Ⅱ.①纳… ②沃… ③弗… ④吕… Ⅲ.
①儿童文学－神话－作品集－古希腊 Ⅳ. ① I545.88
中国版本图书馆 CIP 数据核字 (2017) 第 177198 号

**A Wonder Book and
Tanglewood Tales**

by Nathaniel Hawthorne
Illustrated by Walter Crane&Virginia
Frances Sterrett

选题策划	译言古登堡计划 × 联合天际·任菲
责任编辑	昝亚会　崔保华
特约编辑	任 菲
美术编辑	王颖会
封面设计	@broussaille 私制

关注未读好书

客服咨询

出　　版	北京联合出版公司
	北京市西城区德外大街 83 号楼 9 层　100088
发　　行	北京联合天畅文化传播有限公司
印　　刷	北京联兴盛业印刷股份有限公司
经　　销	新华书店
字　　数	225 千字
开　　本	889 毫米 × 1194 毫米 1/32　10 印张
版　　次	2017 年 10 月第 1 版　　2023 年 11 月第 8 次印刷
I S B N	978-7-5596-0725-6
定　　价	88.00 元

译言古登堡计划
Yeeyan Gutenberg Project